二兩福妻

2

文創風 847

鳳棲梧桐 著

目錄

第二十一章

月寧聞言伸出右手，衝季霆晃了晃，道：「我看到你爹的手指上有握筆留下的厚繭，當時我只是有些好奇，所以就隨口詐了下你爹。我以前看過不少邸報，三十年前有個因貪墨被抄家的戶部尚書就姓季，碰巧，他的嫡長孫跟你爹還同名同姓。」

眾人聞言都吃了一驚，紛紛詫異的看向季霆。

在場的人都讀過些書，握筆留下的繭子和種田、練武形成的繭子，在手上的位置是完全不同的。而握筆想要能在手指上留下厚繭，還這麼多年都消不掉，沒有十年以上的苦功肯定是不行的。也就是說，季洪海不但識字，還曾讀書極為刻苦，甚至可能身有功名。

季霆被這個消息炸得整個人都懵了。他娘從小就對他刻薄，比起他娘打小就想弄死他，他爹有可能是罪臣之後這個消息讓他更加難以接受。他不敢置信的問月寧。「妳該不會以為……我爹就是那個被抄家的尚書的嫡長孫吧？」

姚鵬瞇著眼回想，好一會兒才道：「我記得三十年前被判斬立決的那個戶部尚書，是叫季書雲吧？好像是因為收受賄賂，貪墨江浙兩地交上來的百萬兩稅銀被判的罪。」

姚鵬師傅對朝廷中的事情記得還挺清楚的嘛?!

月寧眼底的眸光一閃，道：「正是呢，季書雲被判斬立決，罪及妻兒。季家女子不管老幼，皆被判入教坊為奴，一歲以上男丁則被判流放西北挖礦，而季書雲的嫡長孫就叫季洪海。」

秀寧想起月寧跟季洪海說話時的情景，不由得驚呼道：「季四嬸當時連那個戶部尚書的名字都還沒說出來，就被季大爺給打斷了，還說那只是同名同姓。」

這前後一連繫，還有什麼不清楚的呢?

姚鵬一下就沈了臉。「看來，這季洪海就算不是季書雲的嫡孫，也脫不了關係。」

姚錦富卻哈哈笑道：「真沒想到你還是名門之後啊，石頭。」

季霆此時哪裡還有心思開玩笑，一臉凝重的問姚鵬。「師傅，我爹要真是那個戶部尚書的嫡孫，這事若是被人捅出去，季家上下是不是都要被論罪?」

「不會吧?!」姚錦華瞪了眼大大咧咧的姚錦富，才轉頭去安慰季霆。「放心吧，這事我們也只是猜測，就算是真的也沒什麼，我們是絕對不會把這事洩漏出去的。」

「我不是不相信師傅和兩位師兄，而是害怕會有萬一。」季霆愁眉不展道：「這世上並不缺聰明人，連我媳婦都能因我爹手上的繭子猜出這麼多事情來，要是再來一個人從我爹手上的繭子猜到他的身分，這事就瞞不住了。」

小張氏見眾人都愁眉不展，就出聲勸道：「要不，你們夫妻倆就跟公爹簽一份賣身契算了。」雖然季霆今天對外說他們夫妻倆已經賣身給姚家了，可在場眾人都知道那是假的。

根據大梁朝的律法，賣身給人為奴的人，與父母、親人就已經脫離了關係，家人犯罪是牽連不到他們的。不過一旦入了奴籍，他們以後就算有再多的錢，孩子也不能走科舉這條路了。

雖然自己的孩子未來不一定要去當官，可不到萬不得已，月寧也不想絕了自己孩子未來的道路。她看向季霆，道：「你還是想辦法讓你爹娘把你除族吧，除族之人不會受誅連的。」

在這個不但要比爹比娘，還要比家族的時代，會被驅逐出族的一般都是做奸犯科，為家族所不容的人。但季霆的情況與那些人又不一樣，拜季霆多年走鏢所致，福田鎮的人大致都認識他，也都知道他打小就不被爹娘待見，所以季霆就算被驅逐出族了，也不會有太大影響。

秀樂在旁插嘴道：「季四嬸，季家是外來戶，整個何花村也就季四叔一家姓季的，他們家是沒有祠堂的。」

「他們家沒有祠堂，卻不一定沒有族譜。」月寧猜季洪海十有八九就是季書雲的嫡長孫，身為一個讀書人最重視的就是傳承，特別是曾經的世家子弟，就算沒有條件建祠堂，族譜這東西應該還是會有的。

姚鵬點頭贊同道：「不錯，季洪海要是真跟季書雲有關係，季家就肯定會有族譜。」

「有沒有，咱們去看看不就知道了嗎？」姚錦富說完就看向季霆。

武人和文人的區別就在這裡了。對於姚錦富等人來說，只要晚上摸去季家大宅，點上一枝迷香就能將季家翻個底朝天，有什麼秘密找不著？

季霆對夜探自家老宅也不排斥，反正也不是第一次做了。月寧說的事情他不是不相信，而是這種事情沒有親眼看到，他不敢相信。

「我今晚去老宅一趟。」

月寧不知他的想法，不解問道：「為什麼要等到晚上？我好不容易從你爹手裡打到的秋風，你不早點去把糧食運回來，明天那些來做活的人吃什麼？」

季霆被她問得一愣，眾人卻都忍不住笑起來。

月寧看眾人笑得愉快，只覺莫名其妙。他們「窮」，去富得流油的公婆家打秋風，這不是很正常的嗎？有什麼好笑的？

張嬸笑道：「你媳婦說得對，她好不容易幫你弄到了糧食，你可不能不去拿。不然時間久了，你爹娘又要耍賴不給你了，錦華、錦富，一會兒你們套上牛車跟季霆一起去，一趟運不完就多走幾趟，一定要打鐵趁熱把糧食都拉回來。」

三人齊聲應了。

月寧扯扯季霆的衣袖，雀躍道：「要不我也去吧？我長這麼大，頭一回有機會去打秋風，想想就覺得新鮮。」

眾人笑噴。

季霆哭笑不得的道：「妳還是回屋歇著吧，早上畫圖還不夠妳累嗎？」連坐在屋裡畫畫都能累得睡一下午的人，身體差成這樣，可沒有胡亂任性的權利。

「好吧……」月寧噘著嘴，無奈的嘆了口氣。

季霆跟姚鵬和張嬸告退後，就扶著月寧出了堂屋。兩人回西跨院的路上，月寧問他。「你可怪我？」

「怪妳？」季霆愣了下才反應過來，她是在說季洪海的事，搖頭道：「不管我爹是不是罪臣之後，他隱瞞的身分肯定有問題。這事多虧妳發現得早，才讓我有了應變的機會，不然等事情被揭發了我們還一無所知，豈不是要坐著等死？」

「你不怪我就好。」以季洪海今天的表現來看，月寧覺得他是季雲書嫡孫的機率是百分之百，不過這事她也不好多說，既然季霆自己已經有了主意，那就讓他自己去折騰好了。

季霆送月寧回房之後，就出來跟姚錦富和姚錦華坐了牛車往季家老宅趕，路過村口的大槐樹時，一大群在那裡聊天的村民頓時被吸引了目光。

於是牛車駛到季家院門口時，身後就跟了一長串想看熱鬧的人。

在院子裡餵雞的季夏荷和季秋菊，一看到門口停下的牛車上坐著的季霆等人，立即一溜煙往自家屋子跑，邊跑還邊喊：「娘，娘，四叔回來了！」

躲屋子裡生悶氣的姜荷花聽到這聲喊，立即就火冒三丈的衝了出來，邊跑一邊嘴裡還不乾不淨的罵著。「養不熟的白眼狼，才分了家翅膀就硬了，還敢來跟老娘搶食吃？看老娘今天不弄死你。」

季洪海就在堂屋裡抽菸，原本聽到兩個孫女兒的喊聲，他還想端端架子，讓那越來越難以管束的么兒來見自己，誰知道姜荷花又突然發瘋跑出來。

季洪海氣得衝過去把姜荷花拽回來。「妳是嫌妳今天丟的臉還不夠多是不是？老四來運糧食是我答應了的，妳要再敢鬧騰，信不信我一紙休書休了妳？」

「你！你竟然要為那個孽障休了我？」姜荷花不敢置信的瞪大了眼，見季洪海凶狠的瞪著她，一時悲從中來，扯開喉嚨想要哭嚎，卻被季洪海毫不留情的一個巴掌給拍了回去。

他抓著姜荷花的手，惡狠狠的低聲威脅道：「妳這黑心的婆娘，季霆可是我們的親兒子，妳幾次想要害他也就算了，現在還要鬧？妳是嫌我季家的臉還沒被妳丟夠是不是？我現在還沒休了妳，是看在老大、老二和老三的面子上。妳要是再敢胡鬧，就別怪我真找了姜家的族長來把妳休了！」

姜荷花看著季洪海凶狠的模樣，雖然覺得委屈憤怒，卻也知道心虛，嗚咽一聲，捂著臉就回房哭去了。

季洪海冷冷看了眼被甩上的房門，低頭淡定的拉平身上弄皺的衣服，轉身走到堂屋門口，看著院門外從牛車上慢慢挪下來的季霆，眼底閃過一抹複雜難明的光芒。

「吱嘎。」

季洪海扭頭，就見東廂的門被用力拉開，季武正一邊低頭撣著身上的木屑，一邊急忙忙的往外走。

「阿武！」

季武聞聲抬頭，就見季洪海站在堂屋門口看著他。

季武連忙止步，低下頭恭順的叫了聲。「爹！」

西廂的門緊跟著也被拉了開來，白氏一隻腳才邁出去，抬頭就見季洪海站在堂屋門口，一旁還站著季武，那條邁出去的腿立即就像是受驚似的縮了回去。

「公公，二叔。」白氏訥訥的躬身低頭，背在身後的手，卻把擠過來的兩個女兒都用力推了回去。

季洪海「嗯」了一聲，轉頭對季武道：「我答應分你四弟一千斤粗糧，他腿腳不方便，老二你去給他幫把手吧。」

「好的，爹。」季武心裡雖然詫異季洪海怎麼會肯分糧食給季霆，卻也聰明的沒有多話，聽話的大步往門口去迎季霆。

季霆其實並不需要人迎，他手裡的枴杖不過就是個道具，要不是月寧身子虛弱，禁不起擾鬧，他也不用裝瘸子走路。

季武看著走起路來瘸得厲害的弟弟，心裡難受，一雙眼睛就落在了季霆的傷腿上。

「老四，我來扶你吧。」

季霆往一旁躲了下，抬頭衝季武淡淡的道：「不用了，二哥，我自己能行的。」

跟著季霆等人的牛車過來看熱鬧的村民們，一見季霆進了院子，呼啦一下就擁了上來，然後攀牆頭的攀牆頭、爬樹的爬樹，不單把季家院門口給堵了個嚴嚴實實，就連季家的牆頭都扒了不少腦袋。

姚錦華和姚錦富被這盛況擋在外頭，都差點沒能擠進院子裡去。兩人好不容易擠過人群，抬頭見季洪海正站那兒定定的看著他們，忙笑著上前跟季洪海打招呼。

「季叔，我們是來給石頭幫忙搬糧食的，不知您家的糧食放在哪個屋？天色不早了，我們這就過去搬，搬完了也好早點回家吃飯。」

一進門就理直氣壯的要糧食，季洪海嘴角一抽，到口的場面話就全被堵在嘴裡。

季霆沒理會姚錦富故意拿話氣季洪海，定睛去看季洪海的右手手指。他爹五指握筆的位置上繭子其實很明顯，但因為他常年勞作，雙手粗糙，五指間的繭子混在一堆厚繭裡，若非月寧眼尖，還真不容易發現。

季霆心裡一片冰冷，低低喚了聲「爹」，就閉嘴不肯再多說一個字了。

季洪海眼裡有怒色一閃而過，可看著外頭圍著準備看熱鬧的村民，他要是不想再淪為笑柄就只能打落牙齒和血吞。他擠出一抹僵笑衝季武道：「老二，帶你四弟去庫房搬糧食吧。」

「好的，爹！」季武雖外表憨實，可並不代表他就真的什麼都不懂。聽著季洪海咬牙切齒的聲音，他乖乖躬身答應了一聲。雖然驚訝老四怎麼突然變強勢了，季武面上卻什麼也沒說，上前接過季洪海手裡的鑰匙，引著季霆和姚家兄弟就往放糧食的屋子搬糧食去了。

他娘剛才氣沖沖的回來就甩上了門，現在爹嘴裡說分給老四糧食，可那樣子看著好像又話裡有話，季武覺得爹娘肯定是在老四手裡吃虧了。

有姚錦華、姚錦富和季武三個人在，季霆這個「殘障人士」只須站在一旁看著。一千斤粗糧也才十麻袋，三個男人來回幾趟就搬完了，壘在牛車上卻裝了滿滿的一車。裝瘸子的季霆回程時坐車轅上，而姚錦富和姚錦華就只能走回去了。

三人趕車回姚家時看到馬大龍家門口鬧哄哄的，站了不少揹著包袱的壯漢，便知是馬大龍他們招人回來了。

姚錦華朝在驢車上整理東西的姚立強喊道：「立強，你們到底招了多少人回來啊？」

姚立強抬頭見是姚錦華、姚錦富和季霆，立即咧嘴笑道：「二叔，三叔，季四叔，我們今天招到了二十人。」

馬大龍正進屋叫田桂花出來開隔壁茅屋的門，夫妻倆聽到聲音快步出來，見季霆三人趕著牛車回來，車上還裝滿了糧袋，不禁都驚訝得張大了嘴。

田桂花把鑰匙塞給馬大龍，讓他替那些難民開門，回身就問趕車的姚錦富。「你們怎麼這麼快就把糧食運回來了？沒被為難嗎？」

荀健波引誘季文跑去爬茅屋後牆的那些話，田桂花也聽到了，她當時還躲在屋裡幸災樂禍呢。姜荷花和季洪海等人在荀家院子裡鬧起來時，她就躲在人群裡看熱鬧。要不是怕自己曝光率太高了，晚上回家跟馬大龍不好交代，她是肯定不會放過給姜荷花和季洪海潑髒水的機會的。

「沒被為難，季叔對我們可客氣了。」姚錦富笑嘻嘻的道：「不但讓季武給我們幫忙，我們要走的時候，還一路送我們到門口呢。」

田桂花一臉懵，怎麼聽怎麼覺得兩人說的，跟她認識的不是同一個人。不過看季霆笑盈盈的，看著心情似乎不錯的樣子便不疑有他，跟季霆說起請人做飯的事情來。

「我請了王大娘和鐵柱媳婦明天過來幫忙做飯，說好了一天做三頓，包三頓飯，每天再加十文的工錢。明天我和姚家的三位嫂子都會過去幫忙，要是六個人還不夠，我明天再去村裡多請幾個人也來得及。」

「麻煩嫂子了。」季霆道了謝，就下車去看馬大龍招來的那些難民了。

田桂花只在門口看了眼，見那二十人都是身材高大的大漢，心裡一跳，急忙轉身回家幫忙做飯去了。二十個大老爺們的飯食可不那麼容易做，這給被請來做飯的王大娘和鐵柱媳婦增加了不小的壓力。

燒火，熬大骨湯，炒鹹菜絲，揉麵醒麵，兩個人忙得差點沒飛起來。

「我來揉麵，我力氣大。」田桂花一進灶房，就麻利的擼起袖子，洗手過去幫忙。

王大娘讓出位置，拿了刀和乾淨的竹篩過來，一邊動手拉麵一邊悄聲問田桂花。

「我來的時候聽村口的那些人叨叨，說是石頭夫妻倆賣身給姚家了，真的假的？」
當然是假的。
可這事目前還是個秘密。雖然王鐵柱是季霆的鐵哥們，王大娘和鐵柱媳婦也不算外人，可季霆自己沒說之前，田桂花也不好跟她們說這事，所以只能道：「是不是真的我也不曉得，不過石頭夫妻倆今早是真的搬去姚家住了。」
「這姜荷花和季洪海可真是造孽啊，好好的兒子不珍惜，偏要這麼折騰，等把石頭的心給鬧冷了，我看他們以後要怎麼辦？」王大娘心裡有氣，手下切麵的動作也就多用上幾分力氣。
往切均勻的麵條上灑一小撮麵粉，王大娘雙手揪著麵條兩邊一拉一甩，雙手間的麵條便變得細長起來。如此飛快的反覆幾次，麵條變得越來越細，也越來越長。她拉麵的動作如行雲流水般順暢，拉出來的麵條根根分明，只這麼幾句話的工夫，一把拉好的麵條就被她團在了竹篩上。
坐在灶前燒火的鐵柱媳婦聞言就笑道：「婆婆就別為季叔、季嬸擔心了，他們上頭還有三個兒子，手裡又有石頭給他們賺的那麼多銀子，就算少了個兒子也不怕沒人養老送終的。」
王大娘嘆了口氣，臉色有些不好看，不過手裡拉麵、團麵的動作卻一點都沒慢下來。過了半晌，王大娘又抬頭問田桂花。「我聽人說……下午石頭跟他娘鬧開的時候，石頭媳婦也去了。」

田桂花看她好奇就笑道：「是啊，秀樂那丫頭一看石頭和季嬸鬧起來了，就跑去告訴了石頭媳婦。石頭媳婦擔心石頭，就讓秀寧和秀樂扶著她過去了。」

王大娘遲疑了下，又道：「聽村裡人說，石頭媳婦長得很漂亮？」

田桂花一想到村裡那些三姑六婆什麼都敢往外說的臭習性，眉頭就不由皺了起來，抬頭問王大娘。「可是村裡有人嘴裡不乾不淨的說道石頭媳婦了？」

「那倒沒有。」王大娘訕笑道：「村裡人妳也是知道的，雖然也有那麼幾個說酸話的，不過大多數人都是羨慕石頭好福氣，能娶到那麼個漂亮的媳婦。」

鐵柱媳婦抬頭看了自己婆婆一眼，直言不諱的對田桂花道：「田嫂子，我婆婆是想說石頭媳婦長得太漂亮了，最好還是少拋頭露面才好，她是怕石頭媳婦會給石頭招禍呢。」

「我還以為大娘妳想說什麼呢！」田桂花這才釋然的笑道：「大娘妳就放心好了，石頭媳婦可是個嫻靜人，她到季家這麼久也就前幾天由石頭陪著去了趟南山坳，平時可是待在屋子裡都不出門的。再說石頭也是有本事的人，他那麼寶貝他媳婦，妳還怕他會護不住人？」

在姚家西跨院裡專心繡心經的月寧，絲毫不知她才在人前露了次面，就差點被人限制住自由。她睡了一個下午，又成功從「公婆」手裡打到了千斤糧食的秋風，月寧此時精神亢奮，興奮到根本不需要休息。

季霆一走，院子裡就剩月寧一個人了，她去櫃子裡把沒繡完的心經拿出來，坐到窗前繼續專心的繡起來。前身留下來的記憶，月寧要實做幾次過後才能真正的融會貫通。繡心經，她只用了二十五種針法中的平針和繞針。因為針法簡單，她繡起來速度很快，而且隨著她對各種針法的掌握日漸熟練，這個速度還有所提升。

月寧覺得自己只要照這個速度，半個多月就能把這一幅心經繡完。可想法雖好，對她現在的身體狀況，要實際做到卻並不容易。

傍晚時分，秀寧和秀樂給月寧送了晚飯和藥過來。秀樂一進門就歡快的把季霆的行蹤彙報給月寧。「季四叔已經回來了，不過他有事要跟爺爺和我爹他們商量，所以就讓我和堂姐給嬸嬸送飯和藥過來了。」

「秀樂！」秀寧拿自己這個活潑得過分的小堂妹沒辦法，只能嘆了口氣，道：「妳別光顧纏著季四嬸說話了，嬸嬸還沒吃飯呢。」說著搶下秀樂手裡的食盒，將用雞湯精心熬煮的白粥端出來。

在災年裡，季霆還能讓她每頓吃上精心熬煮的雞絲粥，月寧知道這份心意有多麼不容易，就衝著他的這心意，她忍著噁心，把粥當藥一樣默默的吞進了肚子。

秀樂和秀寧看她那副膩得想吐的神色，都忍不住為她難受。秀寧皺眉道：「也不知道這雞絲粥有什麼講究沒有？要是沒什麼講究，就讓大伯娘給嬸嬸換樣吃食吧。」

第二十二章

「雞絲粥易克化，益脾胃，能養血補血，緩解氣喘體虛之症。」月寧有氣無力把季霆常叨唸的話說完，把碗裡最後一口粥扒拉進嘴裡，又連忙挾了口蘿蔔秧子解膩，這才將飯菜嚥下去。

「雞絲粥又不是藥，真有這麼多功效嗎？嬸嬸，妳不會是被人騙了吧？」秀樂趴在桌上，撐著下巴一臉幸災樂禍的看著月寧。

月寧白了她一眼，起身一邊在屋裡轉圈消食，一邊道：「有養血、補血功效的食材很多，只不過妳季四叔固執的認為吃雞最補，所以才堅持要我每頓都吃雞絲粥的。」

這下秀寧和秀樂都忍不住為月寧掬一把同情淚了。

月寧看兩人一眼，對季霆的固執也是既生氣又無奈，可也體諒他為她好的那片心意。「不說這個了，妳們上午繡的荷包繡好了嗎？」

女紅大概是這個時代女孩子們共通的話題，三人從花樣到針法，這一聊話題就有點煞不住了，月寧說到口乾，把一碗苦藥都當水一口給灌了。

季霆回來時，三人還聊興正濃。不過兩個小丫頭極有眼色，一見季霆回來，立即就起身告辭了。

可此時天色已暗，月寧看看桌上放著的繡繃，再看看季霆虎視眈眈望來的目光，果斷歇了點燈做繡品的心思，舉手投降道：「你別這麼看著我，我不做了可以吧？」

「本來就不該做了。」季霆伸手攬她入懷，將下巴擱在月寧肩上，柔聲道：「做針線傷眼睛，晚上光線不好就更傷眼睛了。接下來幾個月我不能一直陪在妳身邊，妳身子虛弱，可不能犯倔，要多注意休息才是。」

月寧現在對季霆的摟抱都有些習慣了，心裡感動他對自己的心意，卻也無奈他總拿自己當孩子看。「知道了，知道了，我又不是小孩子，你別總跟個老媽子一樣嘮叨，行不行？」她微紅著俏臉，一巴掌推開季霆的腦袋。「一身的汗臭，還不快去洗洗。」

季霆知道她害羞了，也就順著月寧的力道鬆開她，嘴裡道：「我去灶房提水，一會兒等妳洗好之後我再去洗。」說著便轉身大步出了門。

看著季霆漸行漸遠的背影，月寧忍不住笑了笑。

嫁給這麼個願意寵愛她的男人，或許也不錯吧？

翌日天未亮，姚家大院裡除了月寧還能在床上安睡之外，所有人都早早的起來了。

姚鵬醒來時才寅時三刻，他自己睡不著了，還把張嬸也一併叫起來，然後洗把臉就跑去馬家把馬大龍吵醒，叫上那些幹活的人，一起上山砍竹子去了。

張嬸還以為自己是睡遲了，結果收拾完了出門一看天還是黑的，氣得她眉頭倒豎，直想把姚鵬揪回來爆打一頓。

黑沈沈的天，一看就知道離起床時辰還早得很，可再回去睡肯定也睡不著了。張嬸索性「父債子償」，把一眾兒子、媳婦全都叫了起來。

季霆聽到動靜醒過來，只見窗外的天還是黑的，他心裡奇怪大家怎這麼早就起來收拾了，卻也不好意思再賴在床上，輕手輕腳的給月寧掖好被子，便套上衣服躡手躡腳的關好門，快步往外走去。

秀樂和秀寧被眾人搬東西的動靜吵起來時，季霆這邊已經裝好一車東西，由小張氏和姜氏押車先送去南山坳了。兩姐妹以為自己起晚了，往灶房去時頭都垂得低低的，可誰知她們轉了一圈，也沒人肯給她們活幹，秀樂當下就不高興的噘起了嘴。

張嬸轉身看到兩個孫女站在門口發呆，忙招手把她們叫到跟前，交代道：「咱們家打今兒起就要去南山坳那邊給妳季四叔家幫忙了，妳們倆就留在家裡照顧妳們季四嬸。」

被委派了任務的秀樂瞬間高興得忙點頭。「奶妳放心，我們一定會照顧好季四嬸的。」

秀寧卻有些不安，小聲道：「奶，要不讓秀樂在家裡陪著季四嬸，我去給妳們幫忙吧。」

「奶奶可不能讓妳去那兒幫忙。」張嬸笑道：「今兒去南山坳那些幹活的，可都是些大男人，妳一個小姑娘去那邊幫忙不合適。」

鄉下地方對男女大防雖沒有京城那麼嚴苛，可他們家畢竟是從京城出來的，兩人受到的教養讓她們不敢再開口，只能紅著臉，有些無措的站在那裡。

張嬸見狀就笑著拉起兩人的手，道：「打今兒起，咱們家的一日三餐就都要在南山坳那邊做了，正餐奶奶會讓妳們大哥送來的，不過妳們要是有什麼其他想吃的，也可以自己去灶房做。」

秀樂和秀寧聞言，眼睛都亮了起來。張嬸見狀，怕兩個小丫頭回頭攛掇了月寧做什麼出格的事來，又忙囑咐她們道：「妳們倆在家要看好門戶，除了咱們自家的人，誰來都不能開門，知道不？」

秀寧和秀樂齊聲應道：「知道了，奶。」

張嬸又叮囑秀寧。「妳三妹性子跳脫，妳這做姐姐的可要看好她，妳季四嬸身子不好，妳要提醒她多休息，可別讓她累著了。」

秀樂一臉「我明明已經很乖了，怎麼又說我」的表情，委屈巴巴的看著秀寧，看得秀寧忍笑不已，點頭應道：「奶放心，我們會照顧好季四嬸的。」

何氏端著一口大鐵鍋從灶房裡出來，看了眼表情生動的女兒，對張嬸笑道：「娘，灶房我都收拾好了，鍋我先端出去了。」

「去吧，另一口鍋就放著我來拿。」張嬸說完，又警告的拍了下秀樂的頭，和秀寧道：「妳們去西跨院吧，妳季四嬸要還在睡，妳們也別吵她，她的傷如今要多休息才能好得快。」

「知道了，奶奶，我們回去拿了針線簍子就過去。」秀寧笑咪咪的拉著滿臉不高興的秀寧走了。

季霆剛在前院收拾好東西過來，迎頭遇上兩姐妹，又誠心拜託了兩人幫忙照看月寧，秀樂這才高興起來，蹦蹦跳跳的跟秀寧手拉著手回屋拿針線去了。

天大亮的時候，田桂花將自家的一對兒女也打包送到姚家，然後用把大鎖將姚家的大門一鎖，就坐上季霆趕的牛車，帶著一大堆碗筷桌凳往南山坳去了。

可他們走沒多久，村長姜金貴就領著一群手拿鐵錘、鋤頭的村民過來找人了。

敲門聲嚇了在院子裡玩的慧兒和建軍一跳，兩人一陣風似的跑去西跨院報信。「秀寧姐姐，秀樂姐姐……」

「噓——」秀寧連忙衝兩人示意噤聲。「小聲點，季四嬸還在休息呢，可不能吵著她。」

屋裡被吵醒的月寧，不由撫額苦笑，很想告訴外頭的幾個小傢伙，她已經被吵醒了。

慧兒緊張的捏著拳頭，小聲道：「有人在敲門，還問姚爺爺在不在，不是立強哥哥。」

馬建軍也一臉嚴肅的點頭。「是個老頭的聲音。」

「你們在這兒待著，我們出去看看。」秀寧和秀樂快步跑了出去，扒著門縫往外看了看，見是姜金貴才道：「村長，我爺爺、奶奶和叔叔、嬸嬸他們一早就帶人去南山坳了。他們早上要搭棚子和做飯用的土灶，你要找我爺爺就去南山坳吧。」

姜金貴瞪著姚家緊閉的大門和門上的大鎖，不由多嘴問了句。「秀寧啊，妳家大門怎麼還掛上大鎖了？不知道的人還以為妳家裡沒人呢。」

我們可不就是打這個主意的嗎？

「馬家嬸嬸今天也去南山坳幫忙做飯了，她把慧兒和建軍放在我家，怕孩子頑皮跑出去，才在門上掛鎖的。」秀寧回道。

如今大旱未過，村子裡偶爾還是會有乞討的難民跑來，小孩子要是沒有看好，若被拍花子抱走了可就再也找不回來。

「好，那你們乖乖在家待著吧！我們去南山坳找妳爺爺。」姜金貴說著，朝身後的眾人揮了揮手，示意眾人跟他走。

南山坳早就已經忙開了。可因連日來的大旱，整個南山坳也只剩南面山壁上小瀑布還有點水流下來，所幸這點水也夠洗鍋做飯了，姚鵬就作主讓眾人將棚子和土灶搭在了瀑布邊上。

馬大龍在招人時，挑的都是幹慣了粗活的壯漢。這二十人天未亮就跟著姚鵬上山砍毛竹，下山後也沒人偷懶，姚鵬叫壘土灶就壘土灶，叫搭棚子就搭棚子，幹活積極得不得了。

張嬸等人一過來就有現成的土灶可用，把鍋碗瓢盆一卸下車就能燒水做飯，倒是省了不少事。姚鵬預計今天會有六、七十人過來幫忙幹活，要做這麼多人的吃食可不是件容易的事。

張嬸和王大娘分工合作，一人各指揮一邊。黑麵和白麵都是一半一半倒進大木盆的，大家倒麵粉揉麵都沒背著人，那些原本專心幹活的漢子們，看著木盆裡的都是實實在在的糧食，臉上的激動幾乎都要抑制不住了。

一路逃亡，每個人都經歷了太多太多，以往給人幹一天的活，他們能分到幾個摻了沙子的黑窩頭就不錯了，少有像新東家這樣實在，肯給他們加白麵的。一眾漢子知道自己這回是遇上好心人了，激動得渾身都是勁，手裡幹活的速度都不自覺加快了許多。

張嬸等人麵揉好了放到一旁待發，六口大鍋一字排開，五口鍋全煮上金燦燦的玉米糊糊，還有一口鍋中竟還燉上了肉。幹活的漢子們面面相覷，卻不敢肖想自己能吃到那肉，只以為那是東家為自己準備的，只能在心裡暗暗羨慕，一邊偷偷吞嚥口水。

等陣陣雞肉的香味飄出來，原本忙著專心搭棚子的一眾漢子們，眼睛就有些不聽使喚了。空氣中的肉香味，讓這一群缺衣少食了大半年的漢子們，口水都差點流滿地，那肚子更是此起彼伏、不受控制的叫起來。

姚鵬見狀就揚聲喊道：「大家夥兒加把勁，把棚子搭起來咱們就可以吃飯了。」食物的誘惑力是巨大的。在眾人的通力合作下，十幾公尺長的棚子眼見著就立了起來。

玉米糊糊起鍋時，張嬸往每鍋各加了一勺油汪汪的山雞湯和幾勺鹽進去，這讓一眾幹活的漢子們眼睛都亮了，搭棚子的速度直線飆升，甚至還有不少人自動跑去清理棚子底下大大小小的亂石和地面上的茅草枯葉。

姜金貴帶人來到時，張嬸等人這邊正在烙餅子，滿山谷都飄散著濃郁的餅香和肉香味。

彼時眾人正忙著從牛車上往下搬桌子和長凳，季霆和姚鵬等人見姜金貴帶人跑來，臉色一變，暗道一聲不好。

果然，下一刻季霆和姚鵬等人的想法就成真了。那二十個逃難到福田鎮的漢子，也不知是誰慌得喊了一嗓子。「他們來搶吃的了！」然後就抄起手邊的凳子、石頭，紅著眼睛就凶狠的要朝姜金貴等人衝去。

「你們幹麼？都給老子停下！」姚鵬急得大吼，中氣十足的吼聲嚇了眾人一跳的同時，向前衝的腳步也不由得一頓。

季霆乘機閃身跳到眾人面前不遠處的一顆大石頭上，神情嚴肅的喊道：「把你們手裡的東西都放下，這些人是我們村的村民，都是跟你們一樣過來給我們幹活的。你們全都回去坐下，馬上就開飯了。」

眾漢子驚疑不定的看著季霆猶豫了好一會兒，才慢慢倒退著回到竹棚底下，扔了石頭，放下板凳，然後警戒的坐下。

這些男人能在萬千逃難大軍中活下來，顯然受過不少苦，身上的戾氣之濃，比之戰場上染過血的戰士都不遑多讓。姚鵬、季霆、馬大龍以及姚錦華、姚錦富兩兄的臉色都有些凝重。

他們早知道招難民做活存在一定的危險，不過他們也不懼就是了，只是方才這夥人裡有幾個瞬間爆發出來的殺氣，實在濃烈得有些過分了。

大災之年，人在餓極的時候，真是什麼事情都幹得出來的。若這些人只是懼怕別人來搶糧食還罷，若是別的……姚鵬與季霆等人交換了一個隱晦的眼神，就扭頭衝被嚇到的張嬸喊道：「老太婆，早飯好了就趕緊端上來，我都快餓死了！」

「好了，好了，這就給你們端過去。」張嬸嘴裡答應著，穩了穩被嚇得慌跳的心臟，從一邊端過裝烙餅的木盆，向王大娘等人使了個眼色，就往竹棚大步走去。

王大娘見狀，驚慌的心立即就安穩了，連忙也提起剛裝好的一桶玉米糊糊跟了上去。有了張嬸和王大娘做表率，小張氏和姜氏等人也回過神，連忙抬起裝碗的大木盆跟了過去。

姜金貴要是知道自己讓村民們帶趁手的工具過來，會讓馬大龍招來的這些難民誤會，打死他都不會為季霆設想得這麼周到了。見那些人高馬大的漢子都退了回去，他這才重重的呼出一口氣，兩腿發軟的扶住身邊的大石，強忍著直沖腦門的尿意。

剛才那一瞬，他不知道身後的那些村民做何感想，但他是真的差點就被嚇尿了。

季霆轉身看向姜金貴等人，居高臨下的視野讓他突然意識到自己的處境尷尬了，他剛剛一著急就跳上了腳下這顆有成人腰部高的大石頭。

可他這個腿廢了的「瘸子」，顯然是不應該能跳上這麼巨大石頭的，這下該怎麼補救呢？難道要說他的腿已經治好了？

真是怕什麼來什麼，季霆這邊還沒想好要怎麼給自己善後，就聽姜金貴身後的人群中，有人驚訝的喊道：「季霆，你的腿好了？」

季霆想也沒想的道：「沒好，還瘸著呢。」

眾人心道：你當我們瞎呀？這麼高的石頭，他們兩腿好好的都跳不上去，你一個瘸子是怎麼輕鬆蹦上去的？

面對眾人懷疑的目光，季霆心念電轉，單腿一蹬，腋下木枴一撐就穩穩的落到了地上，然後臉不紅氣不喘的道：「以我的功力，就算只剩一條腿，跳上這麼點高的石頭還是沒問題的。」

一眾村民聽得眼睛發亮。

有人興奮道：「那你的傷腿豈不是不治也沒什麼關係？」要真是這樣，那老季家為何不給季霆治腿就急匆匆的把家給分了，還鬧出那麼多讓人戳脊梁骨的事情來，豈不是搬起石頭砸自己的腳？

季霆冷冷的看了那滿臉幸災樂禍的人一眼，淡淡的道：「沒有人會想當瘸子，我的腿又不是不能治，為什麼不治？」

那人被季霆凌厲的目光看得背脊一寒，想到自己這陣子還要在季霆手裡討生活，便縮縮脖子再不敢亂說話了。

「石頭本事大著呢，跳個石頭有啥好嚷嚷的？」姜金貴這會兒緩過勁來，連忙吼了眾人一嗓子，然後討好的回頭衝季霆笑笑，希望他不要介意村人的多嘴。

姜金貴隱約知道季霆身上有秘密，可他也知道這不是他能管的事。季霆走南闖北十多年，有見識、有人脈，季洪海和姜荷花腦子殘了放棄這樣一個能幹的兒子，那是他們沒福氣。

姜金貴微微出神的目光掃到竹棚下的那些漢子時，不由得害怕的抖了抖，連忙湊近季霆小聲道：「石頭啊，那夥人就是姚家招來幹活的災民吧？他們看起來可不怎麼友善呀。」

季霆不在意的笑了笑，道：「他們逃難到福田鎮，一路上為了活下去難免要與人搶食，鄉親們帶著工具而來，他們會誤會也在情理之中。」

姜金貴可不覺得這是自己的錯。「我聽說你們要用山坳裡的石頭砌房子，這不是怕你們工具不夠，才讓大家把自家的家什都帶上的嘛。」

季霆聞言抬頭看向那些村民，看到眾人手裡不是拿著鐵錘，就是舉著鋤頭，點頭笑道：「表舅設想的確實周道，我們手頭還真沒多少家什。」

季霆扭頭叫姚立強給他送紙筆過來，一邊對眾村民道：「村長既然帶大家來這兒，就說明眾位叔伯、兄弟都是勤勞肯幹的好漢子，因為咱們這兒幹活的人比較多，為了管理方便，大家到我這兒記一下名字和各自帶來的工具，等完事之後大家就可以過去竹棚那邊吃早飯了。在咱們這兒幹活，一日三餐管飽，活計幹得快的話，東家還會獎勵大家吃肉。」

季霆指指瀑布旁的幾口土灶，道：「相信大家都聞到香味了吧？今天東家準備的是一大鍋山雞肉，只要大家幹活努力不偷懶，中午就能分到一塊山雞肉解饞了。」

「哇！」村民們激動了。

平日莊戶人家的日子都過得緊巴巴，一年到頭能不餓肚子就不錯了，肉這種奢侈品不是過年過節根本捨不得買。能被姜金貴選中來幫季霆起房子的村民，都是村裡窮到快要揭不開鍋的人家，眾人聞著空氣中的肉香，饞得口水都差點要流出來了。

「這姚家真是有錢啊！現在一隻山雞拿到鎮上最少能賣半兩銀子呢，他們竟然捨得拿給我們吃。」

「姚家買下季霆夫妻倆還可以說是他們兩家關係好，可這樣的年月還肯給我們這些幹活的人吃飽、吃肉，這是真厚道啊。」

「四叔，你要的紙筆。」姚立強捧著名冊和筆墨過來，季霆接過後準備給眾人登記造冊。

村民們的竊竊私語，季霆一字不落的全聽見了，只要不是惡意亂嚼舌根，他倒也不介意他們議論自己或是姚家。不過在這些村民誇多貶少的議論聲中，季霆多多少少能聽出這些人的人品，不由得暗讚姜金貴辦事靠譜。

「石頭，你那邊有多少人啊？」姜金貴帶來的人比姚鵬他們事先預料的多出不少，張嬸和王大娘等人雖然事先準備了村民們的吃食，不過因這超出預料的人數，事先準備的餅子和玉米糊糊顯然還不夠這些人吃的。

季霆轉頭詢問的看向姜金貴。

姜金貴連忙道：「四十人。」

「表舅一大早帶人過來，應該也還沒用早飯吧？一會兒跟我們一起隨便吃點吧。」季霆笑著說完，就轉頭把人數報給了張嬸。

姜金貴不好意思的搓了搓手，眼睛卻控制不住的往瀑布邊那六口大鍋瞄去，嘴裡客氣著。「這怎麼好意思呢？」

季霆淡淡的笑道：「也不是什麼好東西，表舅別嫌棄就好了。」

「不嫌棄，不嫌棄，嘿嘿嘿！」姜金貴笑得見牙不見眼。怎麼會嫌棄？眼見這天一天一天旱下去，他們家如今都只能吃糠餅子配清水稀粥了，姚家還給幹活的人吃摻了白麵的黑麵餅子和用雞湯熬的玉米糊糊，這麼好的事哪裡去找啊？「那我就厚顏留下了。」

季霆抓緊時間給村民登記姓名和他們各自帶的工具，四十個人看著挺多，可全部登記完，也就只花了一刻多鐘。

第二十三章

姚鵬見季霆這邊完事了，咬著塊餅子晃過來，把季霆拉到一邊悄聲道：「那二十個漢子經過了災難洗禮，身上的悍勁和戾氣光是站在那裡，都能叫那些村民害怕，你讓他們在一起幹活，別弄到最後打起來。」

「那就別讓他們一起幹活好了。」季霆無所謂的道：「這裡地方夠大，光要把地上的亂石整理乾淨都不知道要多久，不愁沒活幹。」

這倒是！

姚鵬深以為然的點點頭，道：「我也正想問你，你想怎麼整理這塊地？」

南山坳遍地都是石頭，讓人想整理都有些無從下手，這樣的地方，想要整理出能起房子的地基和可耕種的田地並不是件容易的事。

季霆抬手指了指遠處。「先讓那些漢子沿著三十五畝地的邊緣，把圍牆的位置整理出來。至於村長帶來的那些人，就讓他們負責整理房子的那塊地基好了，其他地方的石頭等圍牆弄好了，再讓那些漢子慢慢整理不遲。」

姚鵬點點頭。「先起圍牆也好，荷花村是個大村，咱們這邊起房子的消息一傳開，跑來看熱鬧的人肯定少不了，等那些人再看到咱們提供的伙食，說不定還會再鬧出事情來。」

季霆歉然低頭道：「弟子不孝，又要連累師傅操勞了。」

「一家人不說兩家話。」姚鵬拍拍他的肩膀，轉身就要走。「我讓姜金貴帶我去認地方，你先安排鄉親們吃飯吧。」

「還是我帶他們去認地方吧，您幫我招待好村長和村裡人。」季霆連忙拉住姚鵬，笑道：「要不是我已經過膩了整天東奔西跑的日子，也確實煩了村裡人的多嘴多舌，還真不想住到這山疙瘩裡來。」住在村裡，就得跟村人打交道，偏偏村裡什麼極品都有，實在煩人得很。

姚鵬鄙視的斜眼看他。「說的比唱的還好聽，你小子什麼德行我還能不知道？你媳婦要不是長那麼漂亮，你小子會甘願跑這兒來起房子？說那麼多，還不是想把你媳婦藏起來？」

季霆一臉「您冤枉我」的表情，叫屈道：「看您說的，我媳婦是人又不是玩具，我還能整天拘著她？」

「我信你才有鬼呢，你小子是我看著長大的，我還不知道你那點心思？行了行了，解釋就是掩飾，我不跟你廢話。」姚鵬不耐煩地揮揮手，扔下季霆大步走開，過去招呼姜金貴等人吃飯了。

季霆無奈的笑笑，招手把吃飽喝足的二十個漢子叫到一起，將他們這幾天要幹的活計吩咐下去，就拿著工具，沿著三十五畝地的邊緣走了一遍，將圍牆的位置給畫了出來。

要在遍地大大小小的石頭中拄著枴杖裝瘸走一圈，就算季霆自詡功夫不錯，一圈下來也被累得夠嗆。他走進竹棚，王大娘看他滿頭大汗，忙浸濕了塊棉布巾子遞給他擦臉。「累壞了吧？快過來歇歇。」

「謝謝大娘。」濕布巾子帶著山泉特有的涼意，擦過之後，季霆感覺整個人都輕鬆多了。

「趕緊過去吃飯吧，再不過去，今天的早飯可就沒你的分了。」

「知道了，大娘，我等會兒就過去。」季霆還想找張嬸問問，是否已經給留在姚家的秀寧等人送早飯了。早上一直在忙，他都忘了要交代張嬸給月寧用雞湯熬粥了，也不知道張嬸給秀寧她們做的是什麼吃食？

王大娘看他在那兒東張西望，不由啐道：「你找什麼呢？」

「沒什麼。」季霆看到張嬸在竹棚的另一頭吃飯，便只能問王大娘。「大娘，秀樂和慧兒她們的早飯送過去了嗎？」

「送了。」王大娘一聽這話就了然的笑起來，道：「你張嬸用頭鍋熬好的雞湯煮了麵條，一煮好就讓立強給秀寧她們送過去了。麵條是用白麵擀的，好消化得很，不會讓你媳婦食不下嚥的。」

季霆被王大娘笑得臉上有點熱，忙道：「大娘也還沒吃飯吧？咱們一起過去吧。」

王大娘沒繼續笑話季霆，看到他對自己媳婦這麼上心，人看著也不再像以前那樣冷冰冰的了，王大娘只覺得欣慰不已。

這一天，姚家在南山坳買了塊地起新房子的消息，經過一眾到南山坳挖野菜的孩子之口，迅速傳遍了整個荷花村。村長姜金貴私下拉關係，叫了四十個村民給姚家幹活的消息也不脛而走。

第二天一早，季霆這邊才開工幹活，就有不少村民趕早跑來看熱鬧。事後季霆跟月寧說起這事時，月寧好半天都反應不過來，直為村民們看熱鬧的熱情咂舌不已。

季霆買的三十五畝地是沿著山腳邊量的，這點地方只占了整個南山坳一小片地方，季霆和姚錦華等人散布在其中幹活，一個低頭，一個彎腰就被大石頭給遮得看不見人了。

荷花村裡跑來看熱鬧的三姑六婆和閒得蛋疼的男人們，一看這稀稀落落幹活的人是說什麼的都有。有笑姚家不會買地的，有笑姚家小氣不肯招人的，更有人說姚家有錢無處花，盡拿來拋費的。

可等他們看到姚家為幹活的人準備的吃食時，就只剩下吞嚥口水的聲音了。摻了白麵、香軟熱呼呼的黑麵餅子堆了一盆又一盆，喝的玉米糊糊雖是稀的，可那上頭卻漂著油花，聞著還有一股濃濃的肉香味，一看就知道肯定好吃得不得了。

「那些都是姚家給幹活的人準備的嗎？」

「給姚家幹活要是能天天吃到這麼好的東西，讓我給姚家幹一輩子活都願意啊。」

一語驚醒夢中人，跑來看熱鬧的村民有一個算一個，全都兩眼冒光的直奔姚鵬和張嬸去了。

「姚叔，你家還缺人不？」

「老姚啊，我也來給你家幫把手吧，放心，我不要你工錢，只要你能給頓飽飯就行。」

而張嬸這邊，眼見一群女人直撲過來，王大娘幾個嚇得連忙丟下手裡的活計轉身先過去攔人。

這樣的年月不肯出去找活幹，還有空跑來看熱鬧的，大半都是村裡好吃懶做又沒臉沒皮、慣愛占人便宜的三姑六婆和閒漢。而她們之前為了做飯方便，米麵菜肉都堆在一旁，要是被這群人衝過來，這些米麵肉菜估計就別想有剩的了。

姚立強更是直接抄起一個大木盆，沿著六口鍋轉了一圈，眼明手快的把才烙好的餅子全倒到一個盆裡，緊緊的抱在懷裡護好，深怕被撲過來的村民們給趁亂摸走了。

「你們想幹麼？退開！不想死的都給我退後，否則別怪我們不客氣。」這邊的混亂立即引起了在遠處幹活的眾人注意，那些村民還在觀望的時候，那二十個招來幹活的漢子已經紛紛一邊呼喝、一邊凶神惡煞的往這邊衝來。

滿腦子都是撲上去搶餅子，或是乘機抓把菜米回家的村民，對這些呼喝聲根本充耳不聞。可他們不當一回事，張嬸和王大娘幾個卻嚇壞了。

昨天姜金貴帶人過來時那些男人的反應，大家可是都看到了，眼見場面就要失控，張嬸嚇得驚聲大叫。「老頭子，快來啊！」

姚鵬也知道這些村民欺軟怕硬又喜歡胡攪蠻纏的劣根性，這些人都是不見棺材不落淚的滾刀肉，他們要不硬氣些，以後只會麻煩不斷。他飛身躍上一顆大石頭，運氣大吼。「通通給我住手！誰要敢在我姚家的地盤上搗亂，就別怪我老頭子不客氣了。」

吼聲如炸雷般在山坳裡不斷回盪，四周山上的鳥雀才撲騰著起飛就被震得摔了下去。地上直面這吼聲的村民們，除季霆、姚錦華等幾個身懷武功的人還能站著，普通村民都反射性捂住嗡鳴的耳朵，痛苦得抱頭蹲到了地上。

季霆這會兒也顧不得偽裝了，和姚錦華幾個緊張的飛奔過來，把張嬸和王大娘幾個人扶起來。

季霆低頭問王大娘。「大娘，妳還好吧？」

「還好、還好。」王大娘捂著胸口呼出口氣，感慨道：「姚老頭這嗓門也太嚇人了，張嫂子平時怎麼受得了哦。」

季霆、姚鵬、眾人皆是無語。

深知村中這些人品性的季霆，扶王大娘站好後就轉身冷冷的看著地上蹲著的眾人，道：「姚叔脾氣大嗓門也大，若是驚著嚇著了各位鄉親，還請大家多包涵。咱們姚家這回起房子人手已經夠了，鄉親們熱鬧看完了就回吧。」

「季石頭，你小子怎麼說也是咱們荷花村的，姚家起房子這麼好的事，你小子怎麼也不招呼大家一聲？還叫了一堆外鄉人來跟咱們搶食吃，你小子幹下這麼吃裡扒外的事，也難怪你爹娘不待見你，要是我有你這麼個兒子，我也把你掃地出門。」

季霆看著從地上蹦起來，對他冷嘲熱諷的男人，忍不住冷冷一笑，道：「姜十八，你少在那裡瞎叨叨，姚家要就地取材在這裡起房子，來幹活的人每天頂著大太陽不是搬石頭就是鑿石頭，這樣的重活你幹得了嗎？再說，來幹活的人都是不給工錢只供飯的，你要是自認能吃得了這苦，你也可以試試。不過我醜話說在前頭，你要是偷奸耍滑，幹不完分派給你的活計，可是要被罰不許吃飯的。」

這叫姜十八的男人算是季霆從小到大的死對頭，大名叫姜木山，是姜家他們那一房的老來子。同是家裡的么兒，姜十八從小是被他爹娘心肝肉似的寵著長大的。這和季霆吃了上頓沒下頓，還要時時被打罵的待遇完全是一個天一個地。

姜十八打小就愛嘲笑季霆爹不親娘不愛，而季霆則嫉妒姜十八一家對姜十八的寵愛，嫉妒得咬牙切齒。所以小時候，兩人每每碰在一起，不打一架絕不算完。

後來季霆學了武功，姜十八被揍怕了就喜歡躲在遠處罵他，季霆一追他就跑，典型的膽小如鼠還嘴賤。多年過去，季霆一直在為生活奔走四方，想把三觀養歪也歪不成，可姜十八卻是被一家人給寵得肩不能挑、手不能提，整日遊手好閒的成了村口八卦大軍中的一員。

「你放屁！憑什麼老子幹了活還不給飯吃？」姜十八掐著腰就準備跟季霆吵。

可今時不同往日，南山坳這地對外名義上可是姚家的。姚鵬可不會慣著姜十八，聞言一瞪眼，吼道：「老子說活幹不完不許吃飯，就是不許吃飯，給老子幹活就這規矩，老子又沒招你幹活，你瞎亂個啥？」

姜十八被姚鵬這一聲吼給吼得心臟怦怦跳，嚇得瞬間安靜如雞。當然，安靜如雞的不只姜十八一個，還有剛剛還哭著喊著要給姚家幫忙的一眾村民。

這些一天到晚不幹活，只知道東跑西蕩，四處看熱鬧的懶漢，都是寧願躺著餓肚子也不想為口吃的累死累活的貨色。他們一聽給姚家幹活沒工錢拿，還要頂著大太陽勞動一天，都覺得給姚家幹活太吃虧了，當下哪還敢冒頭說話？

姚鵬對於現場的安靜非常滿意，他扠腰站在大石頭上，抬手衝四周的村民們逐一抱拳，道：「多謝各位鄉親們對姚家的抬愛，不過我這裡的人手已經夠用了。下回若是還要招人幹活，姚某人肯定先通知各位。」

誰要給你這個摳門的老貨幹活啊？

眾人聽得一個激靈，也顧不得讓姚家拿點東西出來賠償他們受驚的心靈了，紛紛擺手找藉口告辭，不過一會兒工夫就跑得一個都不剩了。

所以說，想讓一群懶漢退避三舍最好的辦法，就是讓他們幹重活還沒有報酬拿。不過南山坳這邊是清靜了，負責給那四十個村民牽線的村長姜金貴卻悲劇了。

吃飽了撐著四處打嘴仗，本就是這群三姑六婆和閒漢們的日常，姚家一看就很難啃，他們在姚家這邊討不到好，可不就柿子揀軟的捏，轉頭找姜金貴要好處了嗎？

晚上收工回家，季霆把這事當笑話說給月寧聽，直把月寧驚得嘴巴好半天合不攏。

這算是月寧對村裡人的初步認識，不過卻給她以後跟村裡人的相處，提供了很好的參考意見。

時間在忙碌中一晃而過，轉眼就大半個月過去。月寧繡的大幅心經早就繡完了，另外繡的雙面繡蝶戲牡丹桌屏，也只剩下一塊小假山石就能收線了。

月寧算著自己來月事的日子，迫切的想要去鎮上一趟，一是想把繡好的繡品拿去賣了，二是買些棉花和油紙回來做衛生棉。回想上次月經來時，田桂花拿給她的草灰包，月寧就生無可戀。那幾天她幾乎是趟床上硬熬過去的，這回就是打死她，也不要再用那恐怖的草灰包了。

晚上洗了澡，趁季霆在院裡洗衣服的空檔，月寧端了個小馬札坐到他身邊，一邊殷勤的給他打扇，一邊跟他商量。「季大哥，我想去鎮上買點東西，你明天能抽點時間陪我去嗎？」

「明天啊……」季霆想了想就點頭道：「成，我一會兒去跟師傅說一聲，明天叫上馬大哥和立強跟咱們一起去。南山坳的地已經收拾得差不多了，馬大哥之前聯繫了鎮上有名的泥瓦匠陳師傅，也不知道陳師傅那邊的活差不多了沒有，咱們明天要是有空就親自過去一趟，把面子做足了，以後陳師傅給咱們起房子也能盡心些。」

月寧記起自己交代他去找人燒製的陶管，就問：「我畫的那些個陶管和坐便器、洗手盆什麼的，你找窯廠燒了嗎？」

「早就找人燒了，那窯廠就在福田鎮往北十多里的大窯村，那裡整個村子祖祖輩輩都是製陶燒窯的手藝人，東西交給他們做妳盡可放心。」

月寧翻了個白眼，心說：我有什麼不放心的，橫豎不過是些下水管道，一次燒得不行就讓人改進了再燒唄。

季霆又道：「我上次去拜訪陳師傅時，給他看過妳畫的那些個房子的圖紙。陳師傅當時就說過，那陶管得在打好地基之後，再把地重新挖開，這樣埋下去才成。不然，埋早了地基打不實，埋晚了，到時候房子砌好了又要敲掉牆體，將地面重新挖開，費時費力的不好弄。」

月寧前世學的是市場行銷，對怎麼埋地下水管還真不清楚。她點點頭，道：「術業有專攻，陳師傅是起房子的大師傅，這管子要怎麼埋，聽他的應該不會錯。」

季霆手上搓衣服的動作不停，月寧偏頭看著他洗衣服的「賢慧」模樣，好心情的勾起嘴角，手上的扇子移近季霆，搧得呼呼生風。

季霆頭往後仰了仰，避開月寧差點打到他臉上的扇子，無奈的看著她道：「我不熱，妳給自己搧吧。」

月寧伸手從季霆額上沾了顆汗珠，遞到他面前笑問：「真的不熱？」

季霆苦笑。「我是男人，流點汗，一會兒再沖個涼就行了，妳自己身子弱，要是熱著了就不好了。」

「我最近一直有持續鍛練，身子已經好多了呢，不信你看。」月寧說完還一手握拳，用手指戳戳自己手臂上因用力而略微繃起的肌肉。「你看，我以前手臂上的肉可沒有這麼結實。」

季霆抬起手臂，示範似的讓手臂上的肌肉蹦起跳動，然後向月寧揚了揚眉。

月寧的好心情一下就飛了，手裡的扇子「啪」的一聲拍在季霆向她示威的手臂上。「有肌肉了不起嗎？我哪天要真練成你這個樣子，你就等著哭去吧！」

季霆哈哈大笑，醇厚的笑聲愉悅的在院子裡散開，月寧氣得哼了一聲。「馬札你自己收拾。」就傲嬌的轉身從他身邊走開了。

輕軟的裙襬帶著月寧身上特有的馨香在他的手臂上拂過，季霆嘴角的笑意就怎麼都壓不住了。看著木盆裡自己和月寧換下來的衣物，黑色的男裝和粉嫩的衣裙混在一起，就如他和月寧現在的關係一樣，親近得不分你我。

想著等房子一建好，他們就能拜堂成親了，季霆心中歡喜的泡泡就抑制不住一個接一個的往外冒。

月寧回屋拿起還沒繡完的桌屏，挑亮油燈，繼續繡起上面還沒繡完的那塊假山石。而外頭院子裡，季霆還在一邊洗衣服一邊傻樂，滿心想的都是兩人美好的未來。等他晾好衣服，到外面跟姚鵬和馬大龍商量好明天的行程回來，月寧手裡的假山石也繡得差不多了。

「怎麼還在弄這個？不是跟妳說了，晚上不要拿針線嗎，妳眼睛不想要了？」季霆大步過來就要搶月寧手裡的繡繃。

眼見他跟個黑煞神似的跑過來，月寧連忙轉身背對他，一邊叫道：「別搶，別搶，我就剩最後兩針收尾了，小心你亂搶讓針扎到我。」

這話簡直比聖旨還有效，季霆果然不敢伸手和她搶繡繃了，只是黑著臉站在月寧身後，那眼睛瞪得跟銅鈴似的，怪嚇人的，所幸月寧確實只剩下最後兩針就收尾了。

「好了。」月寧拿起剪刀剪斷繡線，再慢條斯理的將繡好的蝶戲牡丹從繡繃上拆下來，疊好放到桌上，這才轉身面對季霆，笑道：「我繡好了，現在輪到你了，你說你想幹麼吧。」

看著她有恃無恐的樣子，季霆發現自己是真的拿她一點辦法都沒有，他氣悶的伸手握住她的柳腰，輕鬆將人給舉起來與自己對視。「我不讓你晚上繡花是為妳好。」

「我知道啊，可就剩下幾針了，反正閒著也是閒著嘛，我乾脆就繡完嘍。」月寧晃了晃被抱離地面的腳，雖然知道季霆不會摔著她，可還是下意識的伸手攀住了他的肩頭，以便穩住自己的重心。

「我就只繡了幾針，不會傷眼睛的。」季霆皺緊的眉頭卻一點都沒放鬆，瞪著她的眼神彷彿她就是個不聽話的孩子似的。

這還跟她強上了?!

月寧伸手捧住他的臉，湊近他，與他的額頭相抵，嬌聲哄他道：「好啦，好啦，我知道錯了，以後晚上保證再也不動針線了，這樣總行了吧？」

雖然像季霆這樣會自覺搶著洗衣服做家務的男人，即使在那個提倡男女平等的現代，也是如鳳毛麟角般的存在。可男人的體貼技能一旦再配上霸道屬性，就太緊迫盯人了，整天這個不許那個不行的，月寧覺得她都沒一點自由可言了。

自顧自胡思亂想的月寧沒有發現，當她湊近季霆，與他額頭相抵時，季霆的眼神就變了。

兩人的臉近得呼吸可聞，季霆的眼睛緊盯著她嘴角絕美的笑，眼底波光洶湧，趁她出神，他下巴微抬就貼上了她的唇。

月寧瞪著眼前放大的臉，愣了半晌才反應過來季霆做了什麼，她下意識的就想要躲，可壓在她後脖頸上的大手，卻讓她挪不開半分。

季霆強逼著自己做了一個多月的「君子」，天天抱著月寧入睡卻不敢碰她，就是怕自己一旦嘗到了甜頭就停不下來。可當月寧笑盈盈的湊近他，與他額頭相抵時，她馨香的呼吸噴在他的臉上，一下就擊碎了他心裡豎起的高牆。

抱著懷裡嬌柔馨香的身體，季霆覺得意志力什麼的這會兒不要也罷。月寧的唇比他想像的更加柔軟香甜，讓他一含到嘴裡就再也捨不得放開了……

第二十四章

第二天一早，季霆頂著兩個黑眼圈，咬牙切齒的看著月寧哼著小曲，精神奕奕的起床洗漱打扮。一夜好眠的她像隻快樂的小鳥般，忙來忙去的收拾東西。

季霆瞪著她，磨著後槽牙暗自想著：早知道昨晚就不點到為止了，要是一口把她給吃了，這小女人……

月寧收拾好東西回頭一看，季霆竟還坐在床上發呆，不由過去扠腰嗔道：「你答應我今天要陪我去鎮上的，不許耍賴，快起來！」

「起來了，起來了。」季霆無奈的伸手拉過她，揉捏著她柔軟的小手，一邊有些心不在焉的道：「現在的時辰還早呢，我昨天跟馬大哥他們說好辰時出發的。」

月寧轉頭看看外面灰暗的天空，離辰時確實還早，想了想，她道：「那要不……咱們先去南山坳看看？」

季霆果斷搖頭。「還是算了吧，就妳這小身板，去一趟南山坳回來，咱們今天就不用出門了。」

敢小看本姑娘?!

月寧瞪他。「你少門縫裡看人，等我養好了身子，就一天去南山坳跑三個來回，看你還小看我不？」

季霆想說小看她，和她能不能去南山坳跑三個來回，真的一點關係都沒有。不過看月寧小臉氣鼓鼓的可愛模樣，他心中只剩下滿滿的歡喜和甜蜜，昨夜抱著月寧睜眼到天亮的鬱氣，早在她親近他的舉動中消失得一點不剩了。

他翻身起來穿好衣服，洗了把臉，再束了髮，就把有些興奮過頭的月寧按坐在椅子上，板著臉叮囑她。「妳在屋裡歇著，我去灶房給妳把粥和藥端過來。」

月寧一聽就忍不住皺眉道：「今天該不會又是雞絲粥或是雞湯粥吧？」

季霆好笑的摸摸她沒有血色的臉，道：「雞絲粥養血補血，吃了對妳的身子有好處。」

月寧抗議。「我都吃了一個多月的雞絲粥加雞湯粥了，就是再有好處，我也吃得快吐了。」

「這不是還沒吐嗎？」

這是不想好好聊天了?!說不通就動手。

月寧抬手就一巴掌呼到他手臂上，嗔道：「養血補血的東西又不止這一樣，你就放過那些雞吧，牠們這麼被你惦記著很可憐的。」

「調皮。」季霆刮了她的鼻子一下，對她的小暴力毫不在意。不過月寧吃膩了雞，這確實是個問題。

揉開月寧皺起的眉頭，季霆妥協道：「早上這一頓先吃了，回頭等到了鎮上，咱們去藥鋪把荀叔開的方子再多抓幾帖回來，喝藥比食補效果要好，妳不想吃雞，那就只能吃藥了。」

月寧氣得伸手去戳他額頭。「真想敲開你的腦袋看看，裡面是不是裝了一堆稻草！」

季霆抓住她的手放到唇邊親了一口，深情款款的笑道：「不用敲開我的腦袋這麼麻煩，妳只要拿面鏡子照一下，就能看到我腦袋裡都裝什麼了。」

一言不合就說甜言蜜語的男人最討厭了。

月寧紅著臉抬腳踹他。「快走，快走，不是說要去給我端飯嗎？我都快餓死了，你還賴在這裡不動？」

季霆哈哈大笑起來，低頭飛快的在月寧臉上偷了個吻，才道：「妳等著，我去去就回。」

吃過早飯，月寧把包好的繡品拿上，就急不可耐的要拉季霆出門。

「碗筷還沒收拾呢。」季霆無奈的把她舉起來，放回到床上。「等著，我很快收拾好。」

月寧眨眨眼睛，看著他賢慧的出去拿了個背簍進來，然後去櫃子裡收拾了一套她的衣服，用深藍色的粗布包好了放到背簍裡，最後才把她的繡品放進去，只覺汗顏得不行。她自己都不記得外出要備一套衣服以防萬一了，沒想到季霆這個大男人反而注意到這細節。

月寧心裡默默感動著，坐在床上閒閒的晃著腳，看季霆手腳麻利的收拾碗筷，擦桌抹椅。等一切收拾停當，他揹起背簍，提起食盒，這才衝月寧伸出手。「好了，走吧。」

月寧歡快的朝他燦爛一笑，把手放進他的手心裡。

姚家正院的堂屋裡，秀樂正眼淚汪汪的纏著姚立強，鬧著要一起去鎮上玩，秀寧、慧兒和小建軍三人站成一排，笑嘻嘻的看著她跟姚立強鬧。

季霆牽著月寧進去時，姚立強大鬆了口氣，就跟見到了救星般跳起來，一邊提起裝繡品的背簍往外跑，一邊大叫。「四叔，我先去外頭等你們，你們快點出來啊。」

「大哥！」秀樂氣得直跺腳，已經跑出門去的姚立強，一聽到她這一聲喊，跑得就更快了。

季霆將食盒遞給秀寧，交代她把碗筷洗了，才看向秀樂道：「鎮上如今還很亂，我與妳大哥和妳馬叔三人護妳季四嬸一人還行，妳們要是都去，萬一碰上什麼事，我們就怕護不住妳們。妳要想去鎮上玩，就再等等吧，等世道太平些了，季四叔一定帶妳去好好玩上幾天，好不好？」

秀樂敢對姚立強胡攪蠻纏，可不敢在季霆面前放肆，聞言乖乖含淚點頭，一雙眼睛卻可憐巴巴的望著月寧。

月寧只覺好笑，過去摸摸秀樂的頭，笑著安慰道：「秀樂乖乖在家看家，季四嬸回來帶糖給妳吃。」

秀樂的目光瞬間哀怨起來，無聲的控訴月寧拿她當孩子哄。

月寧才不理她的控訴呢，能出門逛逛，她現在心情好得很，轉身又捏了捏慧兒和小建軍的小臉，同樣給了換湯不換藥的承諾。「你們兩個也乖乖在家，季四嬸回來給你們帶好糖吃，好不好？」

「好！」慧兒和小建軍兩眼亮晶晶的齊聲點頭，那樣子別提多乖巧了。

「走吧。」

月寧戴上帷帽，歡快的與留守家中的四人揮別，坐上牛車，就好心情的晃著腳丫，一路東張西望的往福田鎮去了。

季霆坐在她身邊一路小心的護著她，魁梧的身材把早上毒辣的日頭都給遮了個嚴實，讓月寧不禁再次讚賞自己的選擇。找個高大強壯的男朋友，不但能打、能扛，還能遮陽，簡直就是居家旅行之必備良品啊！

福田鎮是穀和縣下面緊靠官道的一個小鎮，全鎮只有三萬不到人口。雖地處高山環繞之間，卻因在南北交通要道上，所以很是繁華熱鬧。

牛車駛近鎮門口時，月寧看到很多人都把牛車、馬車、驢車、騾車和豬啊羊啊之類的牲口都趕到鎮門口一側的空地上去了，可馬大龍卻趕著牛車直直往前跑。

在經過門口的守衛時，馬大龍遞給衙役三個銅板，他們就暢通無阻的進了鎮子。

月寧用手指了指那塊停滿各種車和牲口的空地，湊近季霆小聲的問他。「牲口進鎮子要交錢，所以那些人才把牛馬都趕到那邊去了嗎？」

季霆順著她的手指看過去，然後了然的笑道：「牲口不是人，要大小便也不會選地方。雖說農戶人家都會將牲口的糞便收集起來存著肥地，可沾了糞便的地面還是髒了。鎮上街道鋪的都是青石板路，這三文錢就是給衙門的人清理街面的。咱們福田鎮鎮子小，這牲口稅才只要三文錢，要是到穀和縣，牲口進城就要交十文錢，我走過那麼多地方，就京城收的牲口稅最貴，牛馬進城得交三十文錢。」

月寧眼冒星光的看著他，又發現了男朋友一個優點——見多識廣啊！

馬大龍受不了兩人的膩歪勁，回頭問季霆。「咱們先去哪兒？」

季霆看著月寧。

月寧就掰著手指道：「我今天要買棉花、去藥鋪抓藥、要去店心鋪子給慧兒他們買糖果點心，還要去雜貨鋪看看有沒有家裡缺的調料，最後就是去如意繡坊賣繡品。」

季霆果斷道：「那就先去如意繡坊吧，如意繡坊就有賣棉花，然後再去任安堂和陳記雜貨鋪。」

按照東窮、北亂、南富、西貴的不成文規定，如意繡坊就坐落在鎮西熱鬧的主街上，四間打通的門面一看就非常的氣派。季霆扶月寧下了牛車，從車上拿過背簍揹到背上，留下馬大龍看車，就和姚立強一起進了如意繡坊。

如意繡坊門面大，裡頭的夥計和客人也不少，三人才進去，迎面就小跑過來一個眉清目秀的小夥計。

「哎喲！季鏢師，真是稀客啊。」這小夥計看年紀也就十六、七歲的樣子，一張嘴卻像抹了蜜似的，好話跟不要錢似的往外倒。「小的上次聽說您走鏢時傷了腿，還為您擔心來著，您這是大好了？」

季霆衝夥計客氣的一抱拳，笑道：「我這腿已經不礙事了，煩勞小六兄弟擔心，季霆在此多謝了。」

這叫小六的夥計滿面堆笑的擺擺手，笑道：「季鏢師客氣了。」又道：「您幾位這回來是買東西還是交繡品啊？」

「想買些棉花，也有繡品要交，不知金掌櫃可在？」

「在的，在的。」小六連連點頭。「您幾位在此稍等片刻，小的這就去後頭請掌櫃的出來。」

等小六一走，月寧就好奇的轉頭小聲問季霆。「你在鎮上是不是很有名啊？這一路過來，好像每個人都認識你的樣子。」

季霆笑著低下頭，也學月寧那樣湊近她，很小聲的道：「我以前幹活的鏢局就在這條街上，我在鎮上住的時間比在村子裡還久。別說這條街上的人，就是這福田鎮誰家牆上有幾個狗洞，我都清楚。」

「盡瞎說！」要不是場合不對，月寧都想伸手擰他了。

姚立強紅著臉乾脆背對兩人，一副「我跟他們不認識」的神情。心裡則不住抱怨道：大庭廣眾的湊在一起咬耳朵，也不注意一下形象，還當著他這單身漢的面秀恩愛，都不怕遭天打雷劈。

季霆可不管別人怎麼想，逕自一本正經的逗著月寧。「我可沒瞎說，妳要不信，等改天得空了，我帶妳去看。」

如意繡坊通往後堂門簾子上掛著一串銅鈴，銅鈴「叮呤」一響，月寧就抬頭看了過去。只見一頭戴鏤空梅枝流蘇金釵，身穿白色雲錦妝花褙子，下配一條水紅色羅裙的圓臉婦人撩簾走了出來。

金掌櫃長得圓臉杏眼，身材微有些豐腴，舉手投足間卻自有一股少女沒有的嫵媚風情。

小六子在後頭向他們這邊一指，金掌櫃就抬頭向他們這邊看了過來。

「哎喲！是季鏢師，真是稀客呢。」金掌櫃誇張的一拍手，做出一副久別重逢的驚喜模樣。若非她的話跟小六之前說的一模一樣，月寧還真會當她與季霆交情有多深呢。

大抵生意人都有這樣見人三分笑的本事，看著金掌櫃滿面堆笑、搖曳生姿的款步走來，月寧也忍不住揚起嘴角，興致盎然的看季霆跟她交談。

季霆笑著向金掌櫃抱了抱拳。「金掌櫃，生意興隆啊。」

「託您吉言，生意還馬馬虎虎。」金掌櫃一甩手上的帕子，臉上的笑意又盛了兩分。「聽小六說，您是來交繡品的？不知是幫哪幾家帶的？」

季霆客氣道：「馬家和姚家的幾位嫂子讓帶來的荷包等物，都在我這姪兒身上，內子另有兩幅繡品想讓金掌櫃給掌掌眼。」

季家給季霆買了個只剩半口氣的媳婦的事，早就在福田鎮上傳遍了。

金掌櫃之前看到一旁戴著帷帽的月寧，雖猜到了幾分，卻也不好多問。此時聽季霆明確叫出「內子」二字，她才笑著向月寧福了福，道：「原來這位就是季鏢師的小娘子啊？久仰大名，小婦人這廂有禮了。」

月寧知道金掌櫃這話裡的「久仰大名」並不是客套話，只能苦笑著斂裙回禮，一邊道：「掌櫃的客氣了，不知您這兒可有方便談事的地方，小女子好拿劣作出來給您看看。」

「小女子」這個自稱，一般指的是尚未出嫁的姑娘家，按金掌櫃的理解，月寧應該自稱「小婦人」才是，所以她這一開口，就等於是將她未嫁的身分給暴露了。

金掌櫃眼中有詫異之色一閃而過，再看向季霆的眼神就帶了抹欽佩之意。「小店後院有供客人歇腳的包間，各位請隨我到後頭喝杯茶吧。」

等到了後院包間，眾人分主次坐下，月寧就將帷帽拿了下來。

金掌櫃一看到月寧的臉就忍不住驚嘆道：「小嫂子原來長得這般天香國色，季鏢師真是好福氣啊！」

月寧客氣道：「金掌櫃過獎了。」

季霆卻在旁一本正經的點頭，道：「能娶到內子為妻，確實是季某人的福氣。」

金掌櫃聞言一愣，繼而哈哈大笑起來。

臉皮厚成這樣，也真是沒誰了。姚立強很乾脆的低頭裝死，儘量縮小自己的存在感，以免跟著丟人。

月寧趁人不注意，暗戳戳瞪了季霆一眼，季霆卻仍是一副「本就是如此」的得意模樣，看得月寧牙癢癢的。

等小六進來給四人都上了茶，金掌櫃才笑著開口道：「季家小嫂子人漂亮，這繡品想來也肯定做得極好，你們也別藏掩著了，趕緊拿出來給我瞧瞧吧！」

季霆彎腰從腳邊的背簍裡拿出個用白色細棉布包好的布包，卻沒有遞給金掌櫃，而是轉手遞給月寧。

月寧接過布包，起身走到金掌櫃身邊的桌子前，將布包攤放在桌上解開。布包裡頭又是兩個一模一樣、包得方方正正的布包。月寧將最上頭的布包解開，露出裡面包得整整齊齊的油紙。

金掌櫃見這一層又一層的包裹，神情也不禁鄭重起來。正所謂行家一出手，就知有沒有。頂級繡品在保存方面有很多講究，可這些講究卻不是一般人會懂的，這話反過來說就是，能懂這裡頭門道的人，那就一定是這一行的行家了。

眼見月寧打開油紙，金掌櫃忙將茶杯拿到一旁，拿出帕子擦了擦手，這才去接月寧遞來的繡品。白綢一展開，她盯著那一個個龍飛鳳舞般的黑色繡字，就挪不開眼了。

先不論這繡品繡得如何，單就這白綢上的字體，就足夠叫人驚豔了。再細看這繡字，針腳細密得連個線頭都找不到，遠遠一看就像人寫的墨寶似的，就知道這做繡之人技藝之高超了。

繡品是好繡品，這字更是好得沒話說，再看這白綢的料子雖不算頂好，卻也是個中等，用的繡線也是極好，總體來說這就是幅佳品。

金掌櫃將整幅繡品一字不落的一一看過，這才來回打量著季霆和月寧，試探道：「這幅繡品小嫂子若是肯出手，我如意繡坊願出一百兩買下。」

季霆對繡品一竅不通，他看向月寧，示意她自己拿主意。

月寧卻看著金掌櫃笑了，道：「金掌櫃這價格開得可是有點低啊。」

「咳咳——」姚立強被自己的口水嗆到，突然猛咳起來。

季霆也被月寧這話給嚇了一跳。在他看來，金掌櫃肯出一百兩買這麼一幅繡品，已經很給面子了。想想田桂花她們那些荷包和帕子，一件也不過就幾文錢呢。

金掌櫃目光一閃，客氣道：「小嫂子的意思是？」

「這幅心經的字，拓印自當朝太子太傅陳進取大人的手書，這繡藝或許只值一百兩，可這字若是拿到京城，其中的價值就不是銀兩能夠衡量的了。」

金掌櫃收起笑臉，肅容道：「小嫂子這話可當真？」見月寧點頭，她想了想，又問：「字雖無價，繡品卻有價，不知這幅繡品小嫂子打算多少錢出手？」

月寧含笑不語，又將另一個布包打開，拿出其中用綃紗繡就的一塊蝶戲牡丹桌屏，拎著繡品的兩個邊角，將正反面都展示給金掌櫃看。

「雙面繡?!」金掌櫃驚呼一聲，不可思議的看著月寧道：「這是小嫂子自己繡的？」

「千真萬確！」月寧將繡品遞給金掌櫃，看她奉若珍寶般的接了，才笑咪咪的道：「我急著用錢，兩幅繡品五百兩賤賣予掌櫃的，如何？」

「咳咳——」姚立強才剛平緩了些的咳聲又響了起來。

季霆也急了，他深怕金掌櫃怪月寧獅子大開口，正想為她解釋一二，卻見金掌櫃用力一拍手掌，活像是得了天大的便宜般哈哈笑道：「小嫂子爽快，五百兩就五百兩，小婦人占點便宜，回頭再送妳一套全色的上好繡線做搭頭。不過這話又說回來，以後小嫂子要是再有大作出手，可一定要先考慮賣予我如意繡坊啊。」

兩幅繡品五百兩，就這樣金掌櫃還覺得自己佔便宜了?!還要上趕著送上好的繡線做搭頭？

季霆和姚立強驚得下巴都快掉到地上去了，雙雙錯愕的瞪著月寧和金掌櫃，就看兩人妳一言我一語，笑盈盈的就談起了買賣來。

「這個好說。」月寧微微笑道：「我也不瞞掌櫃的，我與外子雖然名分已定，卻尚未正式拜堂成親。妳也知道這婚事要想辦得熱鬧，最是花錢不過了。我如今手頭不寬裕，金掌櫃若是有什麼喜歡的花樣，也可與我說說，回頭我繡好了拿來，也好與您要個高價。」

金掌櫃一聽這話簡直要喜出望外了，拉著月寧的手就道：「再過三個月就是知府大人家的老太太七十大壽了，我正不知如何是好呢，如今有了小嫂子這話，我就放心了，小嫂子若是得空，看能不能給繡幅寓意好的拜壽圖？」

「寓意好的拜壽圖啊……」月寧想了想，道：「五蝠獻壽、千字福、仙鶴獻壽圖和金童玉女獻壽圖都不錯，要是想再隆重點，還可以繡八仙賀壽圖，不過那個篇幅太大了，沒有八、九個月繡不出來。」

金掌櫃聽了，喜得眼睛都笑成了條縫。「那以小嫂子之見，三個月的時間繡幅金童玉女獻壽圖還來不來得及？」

「來得及。」月寧很乾脆的點頭，道：「不過指定圖樣，我要先收一半定錢，繡品大小可以由妳定。掌櫃的既然是外子的朋友，我也就不與妳客套了，我的繡品一尺大小的單面繡一百五十兩，雙面繡三百兩。三尺左右的單面繡四百兩，雙面繡價錢翻倍，篇幅每增加三尺，價格往上翻一翻，以此類推。」

見金掌櫃皺眉想要開口，月寧搶先一步，道：「這是我能給你們如意繡坊的最低合作價，明碼標價，恕不還價。」

金掌櫃瞪著月寧，心裡在咆哮：妳會不會談生意啊？知道什麼叫漫天要價，坐地還錢妳知道嗎？

月寧笑咪咪的回看著她，一點兒都不擔心這生意會談崩了。

金掌櫃恨恨瞪了月寧半晌，見她不為所動，知道自己是碰到行家了，這才壯士斷腕般的以拳擊掌，咬牙切齒的吐出兩個字。「成交！」

第二十五章

月寧看她這樣只覺得好笑，道：「金掌櫃可莫要得了便宜還賣乖喲，妳該知道精品雙面繡如今是有價無市，蘇杭那邊的刺繡名家為持身分，一年也出不了一幅繡品，我若非急需用錢，也不會賤賣繡藝。等過個兩年我不缺銀子了，妳就是捧著銀子上門，我也不動針了。」

「可別！」金掌櫃連忙端正了表情，也不管季霆就坐在旁邊，一臉諂笑著勸月寧。「小嫂子繡藝如此精湛，若是荒廢了豈不可惜？咱們女人可不比那些糙漢子，平時做身衣裳、買手飾哪樣不要錢？跟男人伸手總還要聽他們叨念，小嫂子一年隨便出手個兩、三幅繡品，就什麼都有了，也省得去看男人的臉色。」又道：「價格方面妳放心，只要是雙面繡，我如意繡坊肯定高價收購。」

季霆在一旁聽得臉都黑了，偏偏金掌櫃一心撲在勸說月寧多繡幾幅繡品上，壓根兒就沒注意到他。

月寧倒是注意到了，不過當著金掌櫃和姚立強的面，她也沒好意思哄他，便只和金掌櫃道：「我最近確實極需用錢，到年底之前應該還會趕繡幾幅繡品出來。」

「那金童玉女獻壽圖……」

月寧也不推託，道：「這金童玉女獻壽圖繡成大幅的屏風是最氣派好看的，若繡成桌屏就沒那麼大氣了。我是繡大繡小都沒問題的，就不知金掌櫃可能作這獻壽圖的主？」

三尺以上的雙面繡，就要價八百兩，這麼多銀子可不是她一個小掌櫃能作主的。金掌櫃一臉為難。「小嫂子這雙面繡的價格開的雖然不高，可八百兩也不是筆小數目，這麼多銀子小婦人也作不了主，還要先回稟了東家，待東家示下之後，才能告知小嫂子要繡多大的篇幅。」

月寧早知道會這樣，所以很乾脆的道：「大幅的繡品造景複雜，顏色又多，最快也要繡上兩個多月才能完成，若是換成仙鶴獻壽圖就簡單多了，只須一個多月就能繡好。我重傷未癒，身子還在調養之中，掌櫃的若是過了半個月還沒回音，那我就按自己的意思繡了，到時候妳看著覺得好就收，覺得不好就不收，如何？」

金掌櫃聞言仔細打量著月寧，見她雖然看著與常人無異，可唇色泛白，明顯是氣血不足的症狀，這才信了她的話，鄭重道：「小嫂子放心，我今天就派人給東家傳話，最遲五天一定給小嫂子答覆，但若沒給妳送信去，小嫂子就按自己的意思繡。」

「如此甚好。」月寧點頭。

至此，兩人的事算是談完了。

收到了兩件精品刺繡，金掌櫃心情極好，看看坐在一旁默不吭聲的季霆和姚立強，就對月寧笑道：「聽說小嫂子還要買棉花，不如我叫小六帶妳先去挑選，我這裡先將姚、田兩家送來的繡品結算好，回頭再跟你們一起結帳。」

「那就這樣吧。我們到前頭等你們。」季霆早就待不下去了，給月寧戴上帷帽，就扶著她直接往外走。月寧有些不放心的看了眼姚立強，可還來不及說話，就被季霆半扶半抱著挾帶了出去。這下她還有什麼不明白的呢？等走遠了些，月寧小聲問他：「你在生氣？」

「哼！」

喲！看來氣得還不輕。月寧笑起來。「因為剛剛金掌櫃說的那些話，你不高興了？」

季霆站住腳，一臉認真的看著她，道：「我季霆的媳婦，想幹麼就能幹麼。」

這是說他不會管她，也不會不讓她做新衣裳，買手飾？

月寧不由得笑起來，拉著他的大手輕輕搖了搖，嬌聲道：「我知道啊，你說了家裡不管大事小事都聽我的，做衣裳、買手飾這種小事自然也是我說了算嘛。」

季霆鬱怒的心一下就被撫平了，他反手握住她的小手，盯著她的帷帽看了眼，突然湊到她耳邊，幾不可聞的道：「要不是地方不對，真想好好親妳一口。」

月寧臉上一熱，正想抽回自己的手，他卻已經先一步拉起她往外走去，邊走還邊低聲道：「走吧！再不出去挑棉花，一會兒別人就該懷疑了。」

別人能懷疑什麼？月寧又羞又惱，正想著要不要踹他一腳時，就聽一陣風鈴聲響，卻是季霆掀起了鋪子通往後堂的布簾子。

小六一聽說兩人要挑棉花，立即就去後院扛了個大布袋出來，解開袋口給月寧挑選。「我們鋪子裡的棉花，都是由專人挑揀過的，價格雖比別的鋪子貴上那麼幾文錢，不過我們的東西好，您一買回去就可以直接做衣裳了，省心。」

月寧從布袋裡抓了幾朵棉花出來，放在手心裡一點一點扒開。見棉心裡頭連顆棉花籽都沒有，確實又白又乾淨，她便掰著手指在心裡算了算。上次，她託何嫂子買的那些布料，除了送人以及給自己和季霆做衣裳外，家裡還剩下不少料子，其中白色的細棉布都還沒動過。

月寧計算著那堆布料除了供她自己做些必需品外，以後搬新家做被套、枕套之類的也夠用了，便和小六道：「這樣的棉花我要兩百斤，另外還要買一疋正紅色細棉布，三丈上等寬幅的綃紗和三丈上等的白綢，還有就是，你們金掌櫃方才答應了要送我一套全色的上等繡線做搭頭，等會兒結帳，你可莫要忘了幫我拿來才好。」

小六不敢多話，掰著手指頭將月寧要的東西重複了一遍，這才下去了。

一次買兩百斤棉花，季霆雖然覺得這數目確實有點多，可秉持著大事小事都由媳婦作主的原則，他就什麼都沒說。反正棉花這東西遲早都是可以用得上的，多買點就多買點吧。

而月寧這會兒完全是財大氣粗，她才賣了兩幅繡品，賺了五百兩銀子，根本不差這點錢。可沒想到，等到結帳時，金掌櫃卻又拿這兩百斤棉花做人情，以白菜價賣給了他們。

「今年大旱，我這棉花都是從北方和極南的地方運過來的，因為路途遙遠，所以這價格也比往年貴些。不過既然是小嫂子要，我就算妳成本價好了，兩百斤棉花十五兩，上等的白綢八錢銀子一丈，綃紗是一兩五錢銀子一丈，正紅細棉布就算是一兩二錢一疋，共是二十三兩一錢銀子，抹零後再減掉咱們之前談好的價，我給兩位四百七十七兩銀子，小嫂子看是要銀票還是現銀？」

季霆站在一旁不說話，而月寧也沒詢問他，很自然就回道：「您給我四百五十兩銀票，二十七兩現銀吧。」

金掌櫃不著痕跡的看了眼季霆，見他一副「全權由媳婦作主」的模樣，對於兩人的相處方式也不禁生出幾分好奇來。這年頭的男人大多霸道，且喜歡掌錢，如季霆這樣萬事不管，全由媳婦說了算的還真是不多見。

難道高大魁梧的季大鏢師，是個懼內的妻管嚴？金掌櫃想著就將點好的銀票和銀兩，往月寧遞去。

月寧接過銀票和那包沈甸甸的銀子，看也不看就轉手塞給季霆。

季霆卻不肯接。「妳自己拿著。」

月寧噘嘴撒嬌。「重！」

累著誰也不能累著自個兒媳婦，季霆一聽，立即就伸手將那包沈甸甸的銀子接了過去。他正想把裡頭的幾張銀票遞給月寧，卻聽她說：「銀票你也先收著吧，省得放我身上，到時被人盯上給偷了去。」

時下的衣裳，在衣襟裡面都會縫製內袋，好用來貼身放些貴重的東西。可這內袋位於胸口位置，男人碰上偷兒，被摸一把也就算了，女人這裡要是被摸了去……

季霆光想到那種情況就忍不住火冒三丈，頓時就覺得月寧身上還是什麼都別放好了。他把銀票小心收好，銀子放入背簍裡用布料蓋住，再看月寧腰上還繫著個小荷包，便問她。「荷包掛著重嗎？」

月寧立即心領神會，解下荷包遞給他。「你幫我收著。」

季霆滿意的接過小荷包，順手揣進懷裡，這才心滿意足的伸手握住月寧的手。

金掌櫃一直注意著他們兩人的互動，見月寧三言兩語就把季霆哄得服服貼貼的，心中不禁直呼：什麼叫百煉鋼化為繞指柔？大抵也就是如他們這樣的了。

等姚立強把新一批繡品要用的布料和繡線點收好了，三人與金掌櫃告辭出來，就見對街的榕樹底下，馬大龍就躺在牛車上，架著二郎腿，那腳還一晃一晃的，看著別提多悠閒了。

「大龍叔，起來了。」姚立強扛著兩大袋棉花跑過去。

馬大龍看了他一眼，才慢吞吞的爬起來，往旁邊挪了挪屁股，騰出地方讓他放布袋。一邊朝慢吞吞走過來的季霆和月寧笑道：「事情辦完了嗎？繡品都賣出去了？」

月寧笑道：「賣了。」

馬大龍就算看不清月寧臉上的笑容，也從她的聲音裡聽出她的好心情來了。他挑眉看向季霆，笑道：「看來，你媳婦的繡品賣得不錯啊。」

「何止不錯，是很不錯，非常的不錯。」姚立強湊到他耳邊，小聲跟他耳語了幾句，驚得馬大龍的眼睛都直了。

「真的假的？」他看看月寧，又看看季霆，嘴裡嘖嘖有聲的感嘆。「你小子該不會是前半輩子倒楣夠了，現在開始改走狗屎運了吧？」

「是啊，我這種運氣你羨慕不來的。」季霆扶著月寧上了牛車，拍拍車板催促道：「趕緊走吧，咱們沿著這條街往前，先去李記給你兒子、女兒買好吃的，再去任安堂抓藥。」

「這個可以有。」馬大龍動作飛快的解開韁繩，牽著大黃牛調個頭，就駕車往李記駛去。

李記點心鋪算是福田鎮上最好的點心鋪子了，可櫃檯上一溜擺著的糖心餅，什錦餅、柿餅、桔餅和桂花糕等點心，月寧光看這造形就沒了食慾。她在鋪子裡轉了一圈，最後指著陶瓷缸裡裝著的幾樣糖果，和冬瓜條、蜜棗、桃肉脯、杏肉脯等蜜餞，讓小夥計每樣給各秤了半斤包好。

季霆見她盯著那些點心看，低聲問她。「可要再買些點心？」

月寧忙道：「不了，這些糖果蜜餞就夠了，現在天氣太熱了，要是吃不完，容易放壞了。」

兩人結了帳從鋪子裡出來，馬大龍一見季霆手裡提著的一長串紙包，立即笑瞇了眼，嘴裡不住的客氣道：「哎喲，怎麼買了這麼多東西呢？你們真是太客氣了。」

月寧見他這副做派，直接笑了出聲。

季霆則是無奈的搖搖頭，把紙包往馬大龍懷裡一塞，就扶著月寧上了牛車。

一行人沿著街道繼續往前就到了任安堂。季霆扶著月寧下車，就見任安堂裡快步迎出來個慈眉善目的老掌櫃。「季鏢師！可是有兩、三個月沒見著您了，您的腿可是大好了？」

季霆忙朝掌櫃的抱拳笑道：「是有好些日子沒見了，多謝吳掌櫃惦念了，我這腿已經養得差不多了，今日來是想給內子抓幾帖藥的。」說著，他從懷裡掏出藥方遞給吳掌櫃。

吳掌櫃拿著藥方看了眼，抬頭看著季霆道：「這藥方是養血補氣，主治氣血虧損的，令夫人這是？」

「失血過多，重傷未癒。」季霆指指藥方，道：「掌櫃的看這方子上的藥材，貴店可都有？」

「都有，都有。」吳掌櫃一邊笑著引兩人進店，一邊道：「我們鋪子半個月前才剛補了貨，藥材都齊全著呢，不知您打算抓幾帖藥？」

「先抓十帖吧。」

吳掌櫃叫來夥計，讓他去按方抓藥。

月寧乘機上前，向吳掌櫃要了紙筆，一口氣連寫了十幾樣藥材以及需要的重量，等她擱下筆，吳掌櫃就贊道：「小娘子這手簪花小楷寫得漂亮，平時肯定沒少在這上頭下功夫吧？」

月寧謙虛的笑道：「幼時被逼著讀書練字，等到大了也習慣了，如今倒不會特意去練這個了。」

「能寫得一手好字可不容易，若能持之以恆，待得十幾二十年後，說不定小娘子還能成一方書法大家呢。」吳掌櫃隨口說笑著，請月寧和季霆稍等，便自己親自去給月寧抓藥去了。他辦事老道，每抓一種藥材，就在藥包外頭寫上相應的藥材名稱，唯恐月寧不認識藥材，回頭給弄錯了。

十帖補藥，外加月寧另外要的這十幾種香料，最後一結帳竟要七兩二錢銀子。想想季霆從季家老宅運回來的那千斤粗糧，那可是按十兩銀子算的。月寧心有戚戚焉的在心裡計算著，以後要做個什麼營生，才能讓自己富足起來，不然將來只怕她連藥都會吃不起。

季霆付清了銀子，還不忘跟吳掌櫃把藥方和月寧寫的那張藥材單子要了回來，細心的放進懷裡收好，這才提了藥包，拉著月寧與吳掌櫃告辭。

兩人出了任安堂，坐上牛車就直奔陳記雜貨鋪。

鎮上的雜貨鋪有好幾家，陳記雜貨鋪不是最大的，卻是賣東西最講誠信的一家。季霆在福田鎮上住了十幾年，對每一家鋪子都瞭若指掌，他說哪家的東西好，月寧自然便隨他去哪家買東西。

陳記雜貨鋪賣的東西是真的很雜，大的有耕犁、櫥櫃、桌椅等物，小的如針頭線腦、簪花木釵等。月寧進去之後就跟個好奇寶寶似的，看到什麼都要問，問了之後什麼都想買。

家裡如今正在蓋房子，油鹽醬醋都是用得著的，所以月寧直接跟掌櫃商量。「陳掌櫃，我若在你家買的東西多，你能否幫我送貨到家？」

陳掌櫃為難的看了眼季霆，實在不好意思說自己這是小本買賣，是不負責送貨的。可想想季霆自己兄弟分明也開著雜貨鋪，他卻肯帶著媳婦到他鋪子裡來買東西，不給面子好像也不合適，便只能苦笑道：「小人家裡是有輛牛車，您若是買的東西實在多，小人就讓家裡的小子幫您把東西送回去。」

「我要買的東西確實挺多的，一車也不知道能不能裝完，若是一車運不完，還要煩勞掌櫃的多跑兩趟呢。」月寧說的認真，指指櫃檯上的帳冊問他道：「我要的東西多，掌櫃的要不要先記下來？或者我來記，你來搬東西？」

陳掌櫃聽她這麼說，才信了她是真的要買很多東西，當下激動道：「季娘子會寫字就再好不過了，您一邊記一邊把要的東西報給小人，小人把您要的東西搬到門口，方便一會兒裝車。」

月寧點點頭，伸手拿起櫃檯上的毛筆，沾上墨就開始下筆，一邊揚聲道：「菜籽油二十斤裝的兩罈，醬油五斤裝的兩罈，醋五斤裝的兩罈，上好的黃酒五十斤，紅糖二十斤，碎冰糖五十斤，鹽二十斤……」

姚立強在外頭牛車上一聽月寧買東西的架勢，忙扯扯馬大龍衣袖，湊近他小聲道：「大龍叔，季四嬸該不會是打算把陳記給搬空了吧？你說她清不清楚自己這幾十斤幾十斤的買，到底買了多少東西？」他說著拍拍身邊的兩大袋棉花，齜牙咧嘴道：「兩百斤！」

馬大龍輕笑，朝鋪子裡站在月寧身邊的季霆努了努嘴，道：「她清不清楚有什麼關係，你季四叔清楚就行了。反正你季四嬸買的都是平時能用到的東西，買多了，大不了咱們幾家分一分，放著慢慢用唄，總會用完的。」

姚立強聞言，頓時覺得馬大龍說的好有道理。於是點點頭，也坐著不說話了。

「……蓮子十斤，香菇五斤，紅棗十斤，白瓷盤子十個，一尺寬瓷盆四個，最大號木碗十個，小號木碗十個，銅盆一個，小爐子一個，鐵製茶壺一個，四尺寬木盆兩個……」

季霆看著月寧下筆如飛，要買的東西記了一頁又一頁，也忍不住開始冒汗了。媳婦的繡品雖然值錢，可這買東西花錢的架勢，完全是左手賺錢，右手花光的節奏啊！

他暗暗琢磨著自己以後該幹個什麼營生，才能讓媳婦想買什麼就買什麼。滿腦子寵妻念頭的他壓根兒沒想過，他其實只要出聲阻止月寧買東西，就不用在這裡煩惱自己賺的銀子不夠媳婦花的問題了。

「好了！暫時就先要這麼多吧，要是還缺什麼，我以後再來。」月寧擱下筆，愉快的拍拍手，抬頭一看，原本擺得滿滿當當的鋪子都因東西搬空而寬敞了不少。陳掌櫃搬到一半，連自己媳婦都叫上了，夫妻倆外加兩個兒子搬東西搬得滿頭大汗，臉上卻都喜孜孜的，別提有多高興了。

鋪子門口已經堆了不少東西，月寧踮腳往外頭打量了片刻，見陳掌櫃一家子還在忙，便拿了張紙，把自己要的東西另抄了一份清單。

半晌過後，陳掌櫃滿頭大汗的過來請示。「季鏢師、季娘子，你們要的東西一車裝不下，你們的牛車上看能不能也裝一點？」

月寧不待季霆說話就直接道：「我們一會兒還要去買東西，掌櫃的另外再叫一輛車吧，車錢我付。」

雇車還不用自己花錢，陳掌櫃自然沒有什麼好說道的，樂呵呵的答應一聲，轉身就要繼續去忙。

月寧連忙叫住他，道：「陳掌櫃，你還是先過來把帳結了吧！我們一會兒還要去別處買東西，我要的東西幫我們直接送回荷花村外，南山腳下的姚家就行了。」

陳掌櫃拿起算盤噼哩啪啦的一陣撥算，等最後金額算出來，他的眼睛都笑眯了。「季娘子，妳買的東西一共是一百六十二兩七錢，您看看，要是有什麼不清楚的，小人再給您算一遍。」

月寧接過帳冊，看著陳掌櫃在物品之後填的價格迅速心算，片刻後，她放下帳本朝向季霆，道：「數目沒錯，季大哥，你給銀子吧。」

季霆從懷裡掏出銀票，先點了一百五十兩給陳掌櫃，道：「剩下的十二兩七錢銀子，等您將貨送到了，我們清點無誤之後再一次付清，這樣沒問題吧？」

「沒問題，沒問題！」做成了這麼筆大生意，陳掌櫃現在恨不得把季霆夫妻倆給供起來，滿面堆笑的連聲道：「小人這就叫人去雇車，保證一個時辰之後就把東西給你們送去。」

「那就先謝謝你了。」月寧客氣的跟陳掌櫃告辭，走出雜貨鋪後，便和季霆道：「季大哥，咱們繞去東市買了肉就回去吧～～」

東市在鎮子的另一頭，算是福田鎮的貧民區，卻也是人群最為密集的地方。四人一路打趣說笑著，隨著牛車慢慢駛向鎮東，街上的店鋪、樓房也如倒轉的電影般，由華美、寬敞、整潔慢慢演變成沈舊、低矮和髒亂。

在鎮西那邊幾乎看不到的難民蹤影，在鎮東這裡，卻是隨處可見。一路行來，街上雖還沒到人滿為患的地步，可一眼望去街邊巷尾或蹲或躺著，到處可見拖家帶口、席地而睡的男女老少。

生活在連遛狗不帶狗項圈都能成為大新聞的時代，一下子看到這麼多窮苦大眾，月寧是真的有點被嚇到了。她直到這一刻才切身體會到，大梁朝與她前世生活的那個和平年代有多大的差距。

在這裡受了天災，不會有可愛可敬的國軍兄弟開著飛機、快艇來救援，也不會有那麼多善心人士開著私家車來送吃送喝的。人們能不能活下去全靠天意，要是倒楣的再遇上個貪官污吏，只怕還會過得生不如死。

第二十六章

月寧從沒有一刻如現在這般感謝上蒼，讓季霆出現在她的生命裡，要是沒有他，她就算能大難不死，現在的下場只怕也好不到哪裡去。她抓緊季霆的手，有些艱難的問：「季大哥，這些難民，他們能活下去嗎？」

季霆不想騙她，也不想嚇她，只能道：「人只要想活著，總會有辦法的。」

「我跟你們拚了！」一道淒厲的怒叫聲倏地從遠處的街口傳來，嚇了月寧一跳。人來人往的大街隨著這一聲喊，在瞬間的一滯之後一下就亂了起來，無數人面帶興奮的往聲音傳來處跑去。

馬大龍連忙趕著牛車靠邊，以防被街上奔跑的人給撞到。

「秦嬤嬤！」女子驚恐的尖叫聲傳來，那熟到不能再熟的聲音和稱謂讓月寧頭皮一麻，頓時急得大叫起來。「停車，停車，停車！」

她手腳並用的扶著季霆的肩膀從牛車上站起來，踮腳往遠處的街口看去。

所幸馬大龍這會兒已經把牛車趕到街邊，他拉停牛車，回頭看向站在牛車上的月寧，皺眉問季霆。「怎麼回事？」

季霆搖頭，表示自己也不知道。

那一方街口很快就被跑去看熱鬧的人圍了個嚴實，男人不乾不淨的咒罵聲伴隨著女人的哭叫聲遠遠傳來，月寧眉頭頓時皺得死緊。

剛才那聲音她耳熟極了，可又想不起來在哪兒聽過。

「沈香，快跑！」

婦人的尖叫聲就像是打開她記憶的開關一樣，讓月寧的眼前隨之浮現出一張名叫「沈香」的小女孩的臉，也讓她想起了剛剛那聲音的主人是誰。

「奶娘?!沈香！」月寧驚叫一聲，提著裙子就想跳下牛車。

季霆差點沒被她給嚇死，眼明手快的長臂一伸，就把要跳車的月寧給撈了回來，「妳幹麼？不要命了！」

「放開我！」月寧急得差點跳腳，指著遠處的街口叫道：「那是我奶娘和丫鬟，她們出事了，我要去救她們。」

「就妳這小身板，還是別過去添亂了。」季霆沒好氣的收緊手臂不讓月寧亂動，轉頭對馬大龍道：「馬大哥，麻煩你了。」

救人如救火。馬大龍也不廢話，把手裡的韁繩往季霆的方向一甩，就頭也不回的招呼姚立強，道：「立強，我們走。」

馬大龍和姚立強身形如龍，跳下牛車，只一個閃身就鑽進人群不見了蹤影。

季霆單手拉住韁繩，低頭瞪向還在他懷裡撲騰的月寧，沈下臉道：「不許再鬧了，馬大哥和立強已經過去救人了，妳乖乖在這兒等著，一會兒就能見著人了。」

比力氣，就是十個月寧加一塊都不是季霆的對手。月寧撩起帽紗，眼裡已經含了淚。「要是他們沒把人救回來，怎麼辦？」

季霆伸手拉好她的帽紗，沒好氣的道：「他們要是救不回來，妳去了也沒用。」

這個可能性讓月寧的心都揪起來了，眼淚不受控制的滾滾而落。因為記憶裡的兩個人，她忍不住的擔心害怕，怕到想哭。這倒不是說她身體裡有另一個靈魂在作祟，而是受前身記憶的影響，有關秦嬤嬤和沈香的點點滴滴，在她想起她們時，就如刺繡一樣融入了她的身體，成為她記憶的一部分。

季霆看著月寧落在他手臂上的眼淚，心頓時就一陣鈍痛起來。他倔強的小媳婦，連傷痛和當初被他逼到無計可施時，都不曾落淚，現在卻因為兩個他見都沒見過的人哭成了淚人……

所幸馬大龍和姚立強並沒有讓他們久等，遠處的街口傳來一陣男人哭爹喊娘的求饒聲，和圍觀人群的拍手叫好聲。

月寧聽見那些聲音，突然就詭異的有種在天橋底下看雜耍的既視感，一時倒是忘了要落淚了。

見她終於不哭，季霆暗吁了口氣。

等待的時間並不漫長，就在季霆心疼得想要給月寧擦眼淚的時刻，遠處的人群騷動著分散開來，四個人相攙著朝這邊走來。

「奶娘！」月寧遠遠看著那個被馬大龍扶著，披頭散髮看不清面目的婦人，驚呼一聲又想跳車。

季霆這次有了防備，直接抓住她柳腰，就把人給拖了回來。「妳給我老實待著！」

「那真是我奶娘和沈香……」月寧急得去掰他的手。

季霆憑由她掰，只是淡淡的道：「我知道她們是妳的奶娘和丫鬟，馬大哥和立強正帶著她們過來，妳乖乖待著，一會兒就能和她們相認了，不急在這一時。」

月寧努力半天也掰不開季霆的手，氣餒之餘不禁狠狠打了季霆一下，委屈道：「你就會欺負我！」

季霆光聽著她那滿含委屈、像是馬上就要哭出來的聲音，就心疼得自己也想哭了。他收緊手臂，將月寧攬在懷裡不讓她亂動，一邊低聲哄她。「乖，妳身子骨弱，跑來跑去的，萬一把自己累暈了反而麻煩，安心等一等，他們很快就會過來了。」

她怎麼可能安心得了？月寧就跟條蟲子似的扭來扭去，好不容易等到馬大龍和姚立強扶著兩人走到近前，月寧撩起帽紗，朝兩人大叫。「奶娘！沈香！」

「小姐?!」月寧的聲音太有特色了，任誰聽過一次都會印象深刻，更何況是秦嬤嬤這個一手把她帶大的人。她推開馬大龍的手，跌跌撞撞的朝戴著帷帽的月寧跑過來，人還沒到跟前就已經激動的大哭起來。「小姐，我的小姐啊！」

原還以為自己今天活不成了，沒想到被人救了不說，還見到了尋找多時的月寧，秦嬤嬤悲喜交加之下，撲上來抱住月寧就嚎啕大哭起來。

「小姐！」沈香一見月寧也激動的推開姚立強就跑，結果還沒跑出兩步就左腳絆了右腳，身子一歪，眼見就要往地上摔去。

姚立強在她栽倒前，伸手一把將她穩住，看不下去的訓道：「妳們身上都有傷，就別再瞎折騰了，有話等上了車還怕沒時間說嗎？」

說的好有道理，她們竟然無言以對。於是眾人一起上了車，馬大龍繼續驅車往東市走，打算去買了肉再回鎮西的任安堂，讓大夫看看秦嬤嬤和沈香身上的傷。

眾人坐在車上，月寧看著拉住自己的手，哭得不能自已的秦嬤嬤和沈香，不知怎麼就哭不出來了。而且她剛才光顧著激動，完全忘了她可是換了芯的，她的言行舉止和生活習慣都跟前身肯定會有不一樣，也不知道秦嬤嬤和沈香會不會懷疑她。

這下她該怎麼辦呢？

失憶這個藉口只怕不太好使，不知道告訴她們，她撞壞腦子，她們會不會相信？

「奶娘，妳別哭了，咱們失散之後還能相見，可是好事呢，妳應該高興才對嘛。」月寧一邊勸她一邊藉機幫秦嬤嬤查看身體，見她的臉雖然腫了一邊，手肘和膝蓋處也有擦損的髒污痕跡，但在她的碰觸下並沒有躲避，想來應該是沒有傷到筋骨。

只不過月寧實在不會勸人，秦嬤嬤被她勸的，反而哭得更加傷心了。「小姐安然無恙，奴婢自然開心，可您本該榮華富貴，一生享用不盡的，現在卻……都是奴婢的錯，要不是奴婢一時疏忽，也不會跟您失散了，都怨奴婢，都怨奴婢沒看好您啊……」

月寧頭痛的看著邊哭還邊捶打自己的秦嬤嬤，只能緊緊抓著她的手不讓她傷害自己。「當時的情況那麼混亂，我們會走散是很正常的，奶娘妳就不要再自責了。妳看，咱們現在都還好好的，這不是比什麼都重要嗎？」

沈香聞言卻掩面大哭起來。「小姐，嬤嬤是傷心老太爺和老夫人對您太狠心了。我們在陽城跟您失散之後，嬤嬤就帶我趕去了京城，想讓府裡多派些人出來尋您。可老太爺一聽說您丟了，就發下話來，說陳家所有的小姐皆是嫡出的，從來就沒有過什麼庶出的小姐。」

秦嬤嬤聽著又悲從中來的大哭起來。「是奴婢的錯，奴婢就不該貿貿然跑回去求救，要不是奴婢設想不周，也不會讓老太爺把小姐做了棄子。」

「唉，我還以為是什麼事呢，這事我早就想到了。」月寧不在意的拍拍秦嬤嬤的背，安慰道：「奶娘，我這次差點就死掉了，現在頭上的傷都還沒好呢，真沒力氣和妳拉扯，您要是不想我一會兒因為您累暈了，就快別這樣了。」

秦嬤嬤聞言，忙撲過來抓住月寧的手，伸手想往她身上摸，嘴裡帶著哭腔叫道：「小姐，妳傷著哪兒了？還痛不痛？快給奴婢看看。」

季霆一見她這樣臉都黑了。月寧現在可是他的人，就算她是一手帶大月寧的僕婦，也不能想摸就摸啊。他沈著臉伸手擋開秦嬤嬤，沈聲道：「這是在外頭，動手動腳的能看嗎？有什麼事等回家再說。」

月寧聞言嘴角抽了抽，有些不可思議的轉頭看了眼季霆的黑臉，彷彿他們剛剛沒抱在一塊兒呢，那會兒不也是光天化日之下、當著滿大街好多人的面？

秦嬤嬤被季霆訓得一愣一愣的，目光落在季霆扶著月寧手臂的大手上，不禁狐疑的看向月寧。「小姐，這位是？」

反正有帷帽擋著，月寧就是臉紅也沒人能看見，所以她很乾脆的指向季霆，道：「這是我男人。」

季霆的心情瞬間就好得快要飛起來。月寧肯對自己的乳母和丫鬟承認他的身分，這是打心裡承認他了吧。他嘴角的笑容怎麼壓都壓不住，看著月寧的目光更是溫柔得幾乎能滴出水來。

「姑……姑爺?!」秦嬤嬤和沈香瞪著壯得跟頭熊似的季霆，再看看自家纖瘦嬌弱的小姐，一時間簡直如遭雷擊，半晌都不能從這個噩耗中回過神來。自家身嬌體貴、學富五車的小姐，竟然嫁了這麼個五大三粗的男人，這實在是太讓人難以接受了。

月寧要是知道擺出季霆的身分，能讓秦嬤嬤和沈香這麼安安靜靜的待著，她早在見面之初就拉著季霆向她們介紹了。

牛車上難得有了片刻的安寧，月寧破天荒的感覺到了疲累、心累。她順勢往季霆肩上一靠，季霆立即伸手攬住了她。「累了？」

「嗯。」

「那妳先靠著我歇會兒，咱們很快就能回家了。」季霆趕緊將她攬緊，放鬆身體讓她靠得舒服些。

秦嬤嬤和沈香看著依偎在一起的兩人，眼珠子差點沒掉下來。這才分開多久，她們向來循規蹈矩的小姐怎麼就成這樣了呢？這可是在大街上啊！路上來來往往的人如此多，小姐竟然就這麼當街跟個男人靠在一塊？

就算……就算這人是她們的姑爺，可這青天白日的，當街摟摟抱抱的也不成體統啊。秦嬤嬤和沈香被月寧的豪放震驚到說不出話來。

前頭趕車的馬大龍聽到後頭季霆和月寧又開始膩歪，也不管會不會殺風景，直接揚聲道：「回什麼家啊？剛才不還嚷嚷著要買肉嗎？肉鋪就快到了，你們想買什麼趕緊買吧。」

季霆頭也不回的道：「不買了，直接拐彎去任安堂吧。」

月寧連忙坐直身體叫道：「別啊，我答應慧兒她們回去要給她們帶好吃的，可鋪子裡的那些點心看著就讓人沒胃口，我要買肉回去自己做。」

月寧要給他家孩子做好吃的，這還有什麼好說的呢？

馬大龍立即眉開眼笑的把牛車趕到路邊停下，指著不遠處的一個肉鋪攤子回頭衝月寧道：「弟妹，就在這家買吧，牛屠戶家的豬肉都是當天現宰的，保證新鮮。」

「好，那就在這家買吧。」月寧挪著屁股要下車，季霆見狀只能先一步下車扶她。

「小姐，奴婢跟您過去吧。」秦嬤嬤嚷著也要下車。

月寧連忙回身按住她，道：「奶娘還是在車上歇著吧，我跟夫君過去買就行了。」見秦嬤嬤還要反駁，月寧不由軟了語氣勸道：「奶娘，今時不同往日了，我們跟過去已經不一樣了。我現在只是一個鏢師的妻子，您要是想跟著我，也該早點認清自己的新身分。您是一手帶大我的奶娘，是我的長輩，而沈香從小伴我一起長大，是我的妹妹，咱們是一家人。妳們以後不要老想著伺候我，我有我夫君照顧呢。」

被月寧點名的季霆挺挺胸膛，只覺得無比驕傲，能被媳婦全心依賴的男人才是好男人，他驕傲！他自豪！

秦嬤嬤可不相信這麼個五大三粗的男人，能照顧好她嬌貴的小姐，只是面對魁梧到不像話的季霆，她也不敢說出什麼不好聽的話來，只能艱難的點了點頭。

月寧才不管秦嬤嬤心裡是怎麼想的呢，見她點頭就高興起來，轉頭拉著季霆的袖子就往肉鋪攤子跑。

「慢點。」季霆滿臉寵溺，一反手就抓住她的手，直接採取武力壓制，拉著月寧強迫她放慢腳步。「肉鋪攤子就在那裡，又不會跑掉，妳這麼著急做什麼？小心走得快了一會兒又要頭暈了。」

「奶娘和沈香身上都帶著傷呢，我們趕緊把肉買了，然後去任安堂找大夫給她們看看。」月寧晃晃兩人交握在一起的手，無聲的催促季霆快點走。

季霆不為所動，硬是拉著她慢慢走過去。「反正在東市裡牛車也沒辦法直接掉頭，等買好了，馬大哥也把牛車轉了方向，不差這麼點時間。」

牛屠戶是個看起來很憨厚的中年漢子，膚色比季霆還黑，一笑起來滿臉的褶子都擠在一起，給人一種很老實的感覺。「季鏢師，好久沒見你過來買肉了，今天想買點什麼？」

「內人想買點肉。」季霆的目光在肉攤上掃了圈，指著案板上足有三、四十斤的半扇豬肉，問月寧。「買這麼多，妳看夠嗎？」

月寧的小嘴差點沒張成O型，驚訝的扭頭看著季霆，道：「現在天氣這麼熱，咱們買這麼多肉回去，怎麼吃得完？」

季霆摸摸鼻子，不敢說之前在雜貨鋪，月寧買東西都是直接幾十斤、幾十斤的買，他還以為她買東西就喜歡這副調調呢。

月寧見季霆一臉訕訕的樣子，也不理他了，目光在肉攤上巡了一圈，就指著上頭的肉道：「麻煩你幫我割十斤五花肉，那邊那一堆豬板油我也要了，還有那四隻豬蹄，麻煩幫我把毛刮乾淨。」

季霆一看那一大堆豬板油，頓時無語。這豬板油少說也有二十來斤，再加上四隻豬蹄，這斤兩不還是二十斤以上嘛。

「好咧！您請稍等片刻，小人這就幫您弄好。」現在人買肉，少有像月寧這樣一買幾十斤的，突然接到宗大生意，牛屠戶樂得見牙不見眼，一邊割肉一邊看看季霆，又看看月寧，眼裡滿是八卦的色彩，也不知道在想些什麼。

月寧想到被小說快寫爛了的豬大腸，把肉鋪攤子上上下下都找了一遍，才在肉攤後面的地上看到一個籮筐，裡頭混放著幾根豬大骨、豬腸和豬肚等物。

月寧指指籮筐，問牛屠戶。「這筐東西怎麼賣？」

牛屠戶聽月寧把豬骨、豬腸都論做一筐，還以為她不認得這些東西，便笑著和她解釋。「夫人許是不曾見過這些東西，這長的是豬大骨，那一條條的是豬大腸，那個白白的叫豬肚，下面還有豬肝、豬肺、豬心、豬腰子。這些都是豬肚子裡頭的東西，確實都是拿來賣的，不過這些東西要是不知道清洗的秘法，就是用水洗得再乾淨，煮熟之後也是腥臭難聞，叫人難以下嚥的，所以這價格也就比較便宜。」

「清洗的秘法？」月寧暗道：這該不會是在說怎麼清洗大腸、豬肚這類東西的方法吧？可既然會被稱為秘法，想來處理豬下水的方法已經被人掌握了，只不過是掌握在小部分人手裡罷了。

月寧有心試探，便問牛屠戶。「你知道這清洗的秘法嗎？」

牛屠戶呵呵笑起來，道：「小人要是知道這清洗的秘法，還能在這賣肉嗎？聽說府城的鮮味樓現在每天光賣滷大腸就能日進斗金，小人要是知道這清洗豬大腸的法子，就改行賣豬下水嘍！」

看來是有人拽著處理豬下水的法子悶聲發大財呢。月寧心裡有數了，也不說自己知道那筐裡的東西是豬下水，只問牛屠戶。「你這些東西怎麼賣？」

牛屠戶看了眼月寧，見她似乎真想買，便道：「這豬下水分開來單賣是一樣三文錢，買一整副是十五文錢，豬大骨是三文錢一根。」

「牛屠戶，什麼時候豬下水也漲價了？我記得以前可都是三文錢一副豬下水的。」馬大龍把韁繩扔給姚立強，自己跳下車走了過來。

牛屠戶一邊給豬蹄刮毛，一邊跟馬大龍苦笑道：「馬爺，您跟季鏢師過來買肉，我老牛就是有一百個膽，也不敢賣你們高價啊，實在是這幾個月鎮上進了不少難民，有些人買不起糧食又不想餓肚子，就過來我這兒買這豬下水吃。豬下水只用水洗，雖然不能去掉那股味兒，可洗乾淨，吃了也能填飽肚子，總比餓死強不是？所以這幾個月，我們這豬下水還都成了搶手貨，來買豬下水回去煮了吃的難民可不少呢。」

月寧其實覺得，整副豬下水只賣十五文錢也已經很便宜了。她好奇的問牛屠戶。「你這肉攤子上，一天就只有一副豬下水嗎？」

牛屠戶被她問得一愣，慢了兩秒才道：「小人這攤子一天基本上都會有三副豬下水，不過有兩副早上已經賣掉了，這是從下午殺的豬身上清理出來的，您今兒來得早，小的這副豬下水還沒開賣呢。」

月寧眼珠子一轉，又問：「我要是想多買些豬下水，你明天能幫我弄到新鮮的嗎？」

季霆忙拉了下她的手。「妳買那麼多豬下水幹麼？這東西不好清理不說，煮出來還臭烘烘、噁心得要命，妳別回頭煮了豬下水嫌鍋臭，把用過的鍋子都給扔了。」

月寧笑道：「才不會呢，我反正在家裡閒著也閒著，買副豬下水回去試試看唄，說不定一經我的手，這豬下水就變不臭了呢。」

牛屠戶便在一邊湊趣道：「這敢情好，小娘子若是能試出這清洗的秘法，將這豬下水做成美味，下回過來可別忘了給小人也捎上點，讓小人也跟著沾沾光。」

「一定，一定。」月寧指著地上的籮筐笑道：「既然我們大家都這麼熟了，我也就不跟你討價還價了，我在你這兒買了那麼多肉，你這筐豬下水就送我做個搭頭吧。」

「哎喲喂呀！小人這可是小本生意，可不興您這麼殺價的。」牛屠戶表情誇張的大叫起來，逗得在場幾人都笑起來。

第二十七章

「行了，行了，一副豬下水還沒一斤豬肉貴呢，我們這又是肉又是油的買了你這麼多東西，你就別得了便宜還賣乖了。」馬大龍笑罵了牛屠戶一句，催促道：「趕緊過秤吧，我們好拿了東西走人。」

「好咧！五花肉五十文一斤，十斤就是五百文，豬板油六十文一斤，這裡是十八斤三兩六錢，算你們十八斤，就是一千零八十文，豬蹄一個二十文，四個八十文，一共收您一千六百六十文。」

季霆付銀子，馬大龍把牛屠戶用草繩繫好的豬蹄、五花肉和豬板油，全都放到裝豬下水的籮筐裡，扛起籮筐就直接往牛車走去。

月寧兩手空空的跟著往回走，可看到車上坐的三人和放在牛車中間兩大袋棉花，她連忙叫住馬大龍，道：「馬大哥，豬下水味道重，這個可不能放在牛車上。」

馬大龍目光詭異的回頭看了眼月寧，挑眉道：「難道妳還想把這筐東西吊車後頭，一路拖著走？」

月寧不由失笑，招手讓姚立強下車，道：「立強，你先雇輛車帶著這筐東西回去吧。我們一會兒也不知道會在醫館耽擱多久，你回去先幫我把雜貨鋪送去的東西點收了，也省得秀寧她們不清楚狀況，弄得手忙腳亂的。」

「這個主意不錯，那立強你就雇輛車先回去吧。」馬大龍把籮筐放到地上，回頭招呼趕過來的季霆，道：「老四，你媳婦讓立強先雇車回去等雜貨鋪的人上門，你把銀子和清單一併給他吧。」

姚立強就一臉笑嘻嘻的湊到季霆面前，攤著手掌衝他道：「四叔，我今天也陪您繞了半天，沒功勞也有苦勞啊，您就多給我點銀子唄。」

季霆從懷裡掏出早上從繡坊得的那個裝現銀的荷包，遞給姚立強。「裡頭還有十九兩八錢銀子，足夠你雇車和付清雜貨鋪的尾款之後還有剩的了。」

「謝謝四叔。」姚立強把荷包往懷裡一塞，彎腰提起地上的籮筐就扛上了肩。「那我先回去了，季四嬸，多出來的銀子，我等你們回家再還妳。」

月寧朝他揮揮手，笑道：「銀子先放你身上吧，我還想讓你明天幫我把那兩袋棉花，拿去隔壁村彈成被子呢。」

「怎麼又是我？」姚立強抗議。

季霆就沈下臉道：「你一個小輩，幫你嬸嬸跑個腿怎麼了？還不好使喚你了？」

「好吧！好吧！我去還不成嗎？」輩分小的從沒有人權，姚立強一臉生無可戀的扛著籮筐走了。

眾人重新上了牛車。這回馬大龍沒有再任由大黃牛慢悠悠的走，而是鞭子一甩，催促牠快跑。坐了一早上慢牛車，這車速驟然飆升上去，月寧很快就感覺到了不同——真是太顛了。

牛車以比去鎮東東市快一倍的速度回到鎮西的任安堂。吳掌櫃見季霆等人去而復返，還以為出了什麼事呢，連忙迎出來。「季鏢師，馬爺，各位去而復返，可是有什麼東西忘了拿？」

不得不說，吳掌櫃這張嘴真是能言善道，明明心裡有著不好的猜測，張嘴說出來的話卻沒一句不中聽的。

月寧顧不得跟他客套，被季霆扶著下了牛車，就轉身去扶秦嬤嬤，一邊對吳掌櫃道：「掌櫃的，我義母和妹妹被人打傷了，不知貴店的大夫現在有沒有空，我想請他幫忙給她們看看？」

「有空是有空，不過店裡先前還有兩位客人在排隊等候，幾位可能還要稍等片刻。」吳掌櫃話說得漂亮，卻很有原則，該排隊還是要排隊。

季霆點點頭，幫忙扶著秦嬤嬤朝月寧道：「外面日頭大，咱們還是先進去等吧。」

「好！」月寧扶著沈香，跟在季霆和秦嬤嬤身後進了任安堂。

馬大龍很自覺地把牛車趕到離任安堂不遠的一棵樹蔭下躲，順便看著車子等季霆他們出來。任安堂的大夫姓韓名智明，是位有些小帥的年輕大夫。幸好韓大夫的檢查結果跟月寧的一樣，秦嬤嬤和沈香受的都只是些皮外傷，所以只從藥鋪拿了兩瓶藥酒，就結帳出來了。

回村的路上，秦嬤嬤的情緒就穩定下來，她拉著月寧的手，想說話卻又顧忌著季霆和趕車的馬大龍欲言又止。

月寧見狀便道：「馬大哥和夫君情同手足，大家都是自己人，奶娘有話直說就是，我既已嫁給了夫君，自然沒有瞞著他事情的道理。」

秦嬤嬤也是滿腹心事不吐不快，見月寧這麼說，便與她說起失散之後，她們回到陳家的遭遇來。

「奴婢打從當年奉老夫人的命令，帶著小姐離府去陽城外的田莊，這麼多年都沒機會回京看看。這次回到京城才知道，以前認識的很多老人都被賣的賣、攆的攆，除了老夫人、姨老夫人和老太爺身邊侍候的幾個老人外，其他人都是後來進府的。

「奴婢跟老夫人稟報了與小姐失散的經過，老夫人就讓奴婢下去休息了。可小姐當時還不知道在哪裡受苦，奴婢這心裡就跟在油鍋裡煎著一樣，哪裡敢休息？奴婢當晚又偷偷的去求見了姨老夫人，誰知姨老夫人也只讓奴婢安心回去等消息。

「奴婢等了兩天，實在等不下去了，才讓沈香拿著一對金鐲子去跟老夫人屋裡的鶯姐兒打聽消息。從鶯姐兒嘴裡奴婢才知道，原來陳府除了老太爺、老夫人和姨老夫人身邊的幾個老人，府裡其他人根本就不知道陳家還有位庶出的四小姐住在陽城的莊子上。

「府裡眾人喚的四小姐是二太太嫡出的陳芷瑩小姐，今年十一歲，她是小姐您同父異母的妹妹。鶯姐兒說原本宮裡透出消息有意在明年大選秀女，陳家除了小姐您並沒有適齡的小姐可以送進宮去。她說老太爺早一個月還和老夫人商量，要明年接了小姐回京，可誰知小姐會因天災提前回京，更沒想到會在回京途中與奴婢們失散。」

秦嬤嬤說到這裡神情有些懨懨的，語氣很是唏噓遺憾，沈香聽得心頭一突，緊張得偷眼去打量姑爺。果然，姑爺的臉都快黑成鍋底了。

沈香心裡著急，悄悄去扯秦嬤嬤的衣袖，卻被不明所以的秦嬤嬤不高興的一把揮開。「妳扯我做什麼？我還沒和小姐說完呢。」

月寧和季霆聞言齊齊看向沈香，沈香嚇得噤若寒蟬，低頭做鵪鶉狀，再也不敢吱聲了。

秦嬤嬤猶自沈浸在自己的回憶裡，沒人打擾之後就又開始絮絮叨叨的說起來。「鶯姐兒說老太爺一聽說小姐失蹤了，當場就變了臉色，厲聲喝斥老夫人，說府裡從來就沒有過什麼庶出的小姐，府裡的四小姐是二太太嫡出的陳芷瑩小姐。老太爺還讓老夫人告訴姨老夫人，陳家不需要有辱門風的女兒，讓大家都閉緊嘴巴，不許傳出一點有關小姐您的風聲。」

秦嬤嬤說著就落下淚來，握著月寧的手哽咽道：「我的小姐這麼聰明、這麼漂亮，打小就乖巧懂事得讓人心疼。奴婢不甘心啊，您那麼努力的苦練琴棋書畫、刺繡女紅，就是天冷得凍死人都不曾休息過一天。您那麼沒日沒夜的讀書識字、學刺繡女紅，不就是為了讓老太爺和老夫人能高看您一眼嘛？好不容易您出落得比陳家的小姐都要漂亮、優秀了，老太爺憑什麼見都沒見您，說不認您就不認您了呢？」

要是換作前身陳芷蔓在這兒，聽到這事大概還會憤怒不甘，可已經換了個芯的月寧，是真心覺得被陳家放棄不是什麼壞事。

牛車小跑著走在回村的路上，四周雖然都是荒野，月寧還是特意壓低了聲音道：「奶娘，皇宮那樣的地方聽著好聽，可每天都不知道要死多少人。妳覺得我漂亮聰明，爺爺又是太子太傅，進宮肯定會得皇帝寵幸。可如今宮裡有位分的宮妃，哪個不是才情豔豔、貌美如花，娘家又得勢的？皇宮裡從不缺聰明漂亮的女人，可死最快的，偏偏也就是那些聰明漂亮的女人。以前我們被拘在莊子上，滿腦子盼的、想的都是怎麼讓祖父、祖母和爹爹看重我，好早日接我回京。可這次大難不死，讓我想通了很多事。」

月寧看著秦嬤嬤，語氣誠摯道：「奶娘，你我的善良限制了我們的想像，這世上多的是無恥、無情之人。從我被送到莊子上，其實就已經被陳家放棄了。我們這麼多年戰戰兢兢，努力想討好祖父和祖母，其實不過都是在自欺欺人罷了。陳家上下只知道四小姐是二房嫡出的陳芷瑩，而非二房庶出的陳芷蔓，這總是奶娘妳親眼所見，親耳所聞的吧？

「祖父和祖母連家中姐妹的排行都不肯給我，只怕是從來沒拿我當孫女兒看待。當初把我送到莊子上去或許只是不想手染血腥罷了，後來看我有些天賦，便將我當個小貓、小狗一樣養著，反正陳家也不缺那一口吃的。」

「可……可老夫人……」秦嬤嬤想說老夫人還是看重小姐的，不然不會年年給她們送東西來，可想想那些不過是中規中矩的節禮，再加上於陳家的所見所聞，讓秦嬤嬤無法自欺欺人。

季霆沈默的伸手過來握住月寧的小手，給她無聲的安慰。

月寧感激的朝他笑笑。雖然知道隔著帷帽，他看不到自己的表情，月寧卻還是笑得燦爛。再轉頭面對秦嬤嬤時，月寧就越發坦然了。「奶娘，雖然小時候的很多事情我都不記得了，可受凍和餓肚子的感覺還是記得的。妳說我打小就乖巧懂事，可孩子就是孩子，沒有哪個孩子是生來就懂事的。小時候我們過得並不好，是打從什麼時候起，我們的生活才有了起色呢？我只記得祖母在我三歲那年，派了位女夫子過來教我讀書，是不是那年發生了什麼事？」

前身陳芷蔓本就是個帶著記憶胎穿的，打從出生就有記憶。月寧繼承了她的記憶，自然一清二楚，之所以故作懵懂，也不過是為了引出秦嬤嬤的話頭罷了。

回想當年，秦嬤嬤就長長的嘆了口氣，道：「那一年，老夫人派人到莊子上查帳。那時候小姐雖然才三歲，可跟著奴婢零零散散的學，也已經認得了很多字。那位下來查帳的管事是老夫人的心腹，看到小姐在地上寫了那許多字，回京之後就把此事回報給了老夫人。」

月寧順著秦嬤嬤的話點點頭，總結道：「所以說，他們是看我還有些天賦，才決定好好把我教養長大，以便等我大了好拿我賣個好價錢的。如此一想，我這次出意外，還是件好事呢。陳家不肯認我這個女兒，就等於還了我自由。如今連妳們也因我的意外而脫離了陳家，這一切似乎冥冥之中自有天意，妳看是不是這樣？」

秦嬤嬤被月寧說的一愣。「您說這一切都是天意？」

月寧無聲的咧咧嘴，準備先忽悠住秦嬤嬤再說。她一本正經的跟秦嬤嬤分析。

「您看啊，咱們失散那天，我差點兒被人一棍子打死，只不過後來見我沒死才把我賣給了人牙子，我傷重昏迷，人牙子以為我活不成了，還想把我扔亂葬崗呢。是夫君的大哥、大嫂將我買了回去，而夫君傾盡所有請大夫救我性命，這才保住了我的小命。這當中但凡有一丁點差錯，妳們今天就見不到我了。所以我覺得我與夫君的姻緣就是上天注定的，否則以我和他的出身，沒有這場意外，又怎麼可能成為夫妻呢？」

秦嬤嬤和沈香一聽月寧的命還是季霆給救回來的，頓時對他充滿了感激。「奴婢多謝姑爺對小姐的相救之恩。」

秦嬤嬤拉著沈香努力想在牛車上跪坐起來，要給季霆行禮。

季霆看不過去的按住秦嬤嬤，對一邊的沈香也搖了搖頭，道：「妳們就別折騰了，月寧是我的妻子，我護她周全是應該的，不需要誰來謝我。車子在行駛當中，妳們最好坐著別再亂動了，省得一會兒磕著碰著了，還要月寧為妳們擔心。」

月寧也拉著兩人連聲的勸。「夫君說的沒錯。奶娘，沈香，妳們倆還是好好坐著吧，這麼動來動去的實在危險，萬一摔下車去可不是好玩的。」

「好、好，我們坐著、坐著。」秦嬤嬤拉著沈香坐好，然後就一臉欣慰的直盯著月寧看。

月寧被看得心裡直發毛，只能絞盡腦汁，搜腸刮肚的沒話找話。「啊，對了！奶娘，妳們是怎麼從陳家出來的？妳們的賣身契我要是沒記錯，應該是在老夫人手裡吧？她肯放妳們出府嗎？」

秦嬤嬤搖搖頭。沈香就在旁嘴快說明。「奴婢和嬤嬤的賣身契原本是在老夫人手裡的，後來奴婢和嬤嬤私下打聽府裡有沒有人出去找小姐的事被姨老夫人知道了，姨老夫人就把奴婢和嬤嬤的賣身契從老夫人那裡要了過去，然後扔還給我們，讓我們自己來找小姐了。」

秦嬤嬤猶豫了下，訥訥的勸道：「姨老夫人再怎麼說都是小姐您的親奶奶，老太爺不讓她認您，可奴婢看著，她心裡還是惦記著您的。」

月寧可不會抱這種不切實際的幻想，語氣淡然的道：「她若當真惦記我，這麼多年逢年過節，咱們送給她的節禮就不會石沈大海、無消無息了。奶娘，我們以後不必再看陳家的臉色過活了，所以妳也不用總違心的幫她們說好話。我自小生活在莊子上，從沒見過京城陳家那些所謂的親人，他們不知道我的存在或是不肯認我，是讓我有點傷心。可那點傷心，比起我現在自由愜意的生活，真的不算什麼。」

月寧說著撩起帽紗，讓秦嬤嬤看清她燦爛的笑臉。「奶娘，離開了陳家，我不用再為了配得上陳家小姐這個身分而努力修習琴棋書畫，也不用再為了討好祖父、祖母和父親而努力練習刺繡。我嫁的夫君雖窮，可他願意萬事都由著我、寵著我。我現在吃的、穿的都沒有以前的好，可我能想做什麼就做什麼，能當自己的家做自己的主，這才是我想要的生活，妳明白嗎？」

秦嬤嬤覺得月寧說的這些話太大逆不道了，可她無法責備月寧，畢竟老太爺和老夫人的作為太過讓人寒心了。秦嬤嬤無奈的嘆了口氣，默默閉上了嘴巴，果真不再勸說她了。

沈香見秦嬤嬤這樣就知道她已經被小姐說服了，她看著月寧雀躍道：「小姐，我跟嬤嬤現在都是自由身了呢，我們以後可以繼續跟著您，侍候您嗎？沈香不要工錢，只要有口飽飯吃就行了。」

月寧好笑的伸手摸摸她的頭，笑道：「傻瓜，我現在已經不是陳家的小姐了，而妳跟奶娘也不再是陳家的下人了。妳要是肯跟著我，以後就是我的妹妹。至於奶娘……」

月寧轉向秦嬤嬤那張熟悉又陌生的臉，腦海中與秦嬤嬤有關的記憶飛快的一一閃過。記憶裡，秦嬤嬤總是寵著她、護著她，有點好吃好穿的也總先緊著她，月寧心裡酸楚，對這個善良的女人越發的感激和親近起來。

月寧朝她揚唇微笑，語氣認真的道：「我是吃您的奶長大的，您從小就視我為己出，我也是打從心裡拿您當長輩看待的，您養我小，我養您老，咱們本就是要永遠在一起的，您要是不跟我回家啊，我可不依您。」

秦嬤嬤聽得眼眶都紅了，一邊哭一邊笑著喃喃道：「奴婢能得您這一句話，現下就是死了也無憾了。」

月寧不高興的斥責道：「您看您說的這是什麼話？什麼死不死的？咱們以後的好日子還長著呢，我還想著等我以後有了孩子，就讓您幫我帶呢。」

秦嬤嬤驚喜的看向月寧的肚子。「您有孕了？」

月寧連忙捂住肚子，羞赧的叫道：「哎呀，奶娘！您別老是聽話只聽一半行不行啊？我說的是以後！以後！」

季霆連忙伸手跟護小雞似的護在月寧身後，深怕她一個激動就跳起來，一邊緊張的小聲告誡她。「這是在車上呢，妳可別亂動，小心一會兒摔下去。」

「你不是在我身後嗎？你會讓我摔下車去？」月寧撩起帽紗，故意回頭讓季霆看清她的大白眼。

他要是連自個兒的媳婦都護不住，還能算是個男人？季霆見月寧連翻個白眼也翻得很好看的小模樣，不由寵溺的對她笑笑，語氣果斷的保證道：「有我在，肯定不能讓妳摔了。」

「那不就得了！」有季霆坐在身後，月寧就沒擔心過自己的安全。

秦嬤嬤看著月寧和季霆的互動，見自家向來嫻靜有禮的小姐對新姑爺說話總是呼呼喝喝的，而新姑爺不但不生氣，還總是樂呵呵的，似乎在他們夫妻間還是自家小姐占了上風。

雖然秦嬤嬤還是不太滿意季霆過於魁梧的身材，和不夠俊美的長相，覺得他配不上自家天仙似的小姐，可他對月寧毫不掩飾的看重和寵溺，卻一下贏得了秦嬤嬤的心。

憑月寧這人比花嬌的長相，在難民潮中失蹤，下場幾乎可以預見了。可現在月寧卻好端端的坐在自己面前，還大難不死，只是嫁了人。

雖然新姑爺長得差強人意，兩人走到一起的過程也並不美好，可如今新姑爺肯一心一意的對自家小姐好，這就是不幸中的大幸了。

秦嬤嬤滿足了，眼睛裡也慢慢有了笑意，她看著月寧和季霆慢悠悠的道：「小姐和姑爺夫妻恩愛，孩子遲早會有的，奴婢確實該好好保重自己了，不然以後等小小姐或小少爺出生，奴婢帶不動可就糟了。」

有關孩子的話題早就過了好嗎？奶娘妳又提起來是想幹麼？

月寧炸毛了，紅著臉瞪秦嬤嬤，羞赧怒道：「孩子都還沒影子呢，您先照顧好自己才是正經。」

季霆卻不客氣的衝秦嬤嬤笑道：「月兒什麼都不懂，我們的孩子肯定是要奶娘幫著帶的。」

「好，奴婢幫你們帶。」秦嬤嬤笑咪咪的答應著，都忍不住開始憧憬起給月寧抱孩子的情景來了。

沈香也很高興，語氣雀躍道：「奴婢也會幫忙帶小小姐或者小少爺的。」

月寧惱羞成怒，對季霆大發嬌嗔。「季石頭，你還要不要臉？」

「為了老婆、孩子，要不要臉都無所謂。」季霆語氣痞痞的，光棍臉皮厚的模樣讓人恨不能踹他一腳。

秦嬤嬤和沈香聽的都忍不住笑了起來。

坐在前面趕車的馬大龍更是樂得起鬨，道：「這話說的好，男子漢大丈夫，有了老婆、孩子，還要臉幹麼？」

一行人說笑著很快就到了荷花村。

村口的大槐樹下，一眾村民還圍在那裡，正大聲討論著剛剛送到姚家的那兩車裝得滿滿當當的東西。耳邊聽到牛車的軲轆響，眾人抬頭一看是馬大龍趕車過來，立即精神一振，紛紛起身想跟馬大龍八卦八卦姚家剛買的兩大車東西。

誰知一站起來就看到車上還坐著個身材魁梧的不像話的季霆，坐在他身邊，戴著帷帽遮住頭臉的肯定就是他那新媳婦了，但車上那鼻青臉腫的一老一少又是誰？

第二十八章

秦嬤嬤和沈香雖然為了路上方便，都換下綾羅綢緞穿上了暗色的布衣。但兩人都是出身豪門見過世面的豪僕，就算要穿布衣，那布料也是選了最好的。

回來的路上，兩人早就將在街上被地痞欺負扯亂的衣裳和頭髮給整理妥帖了，此時除了有些鼻青臉腫之外，兩人一身明顯凌駕於普通人之上的氣質，立即就引爆了一眾村民的熊熊八卦之心。

「大龍，你這是打哪兒回來啊？哎？你慢點，我們說說話啊。」

「馬大哥，你車上帶的這兩位是你家的親戚嗎？哎，哎！馬大哥，你別跑啊……」

不跑？不跑等著被你們包圍嗎？

馬大龍趕著牛車往前跑得飛快，可閒得蛋疼的村民為了看熱鬧，也是很捨得下血本的。一眾人硬是黏在牛車後頭追了一路，堅定無比的直跟到了南山腳下。

「小姐！」村民們氣勢洶洶的樣子讓秦嬤嬤和沈香都緊張不已。她們為找月寧從京城一路尋到福田鎮，路上不但要尋人，還要小心兩個人自身的安全，一直都如驚弓之鳥一般。現在他們一共也才五個人，一群村民這樣追著跑，要是打起來，她們可不是這些村民的對手。

秦嬤嬤和沈香的整顆心都提了起來。月寧卻很淡定，拍拍秦嬤嬤的手，雲淡風輕的道：「沒事的，村裡人沒什麼惡意，就是喜歡看熱鬧而已。」

秦嬤嬤和沈香聽得眼睛都瞪圓了。

在鄉下，還流行一路黏在人家屁股後頭，追著看熱鬧的？

姚立強點收了陳記雜貨鋪的東西後，就關起大門，帶著兩個妹妹一起收拾卸在院子裡的東西。馬大龍的牛車一駛到門前姚立強就聽到了，連忙去開了門，幫忙把車上的兩袋棉花扛到院子裡。

「這姚家真是有錢啊！看看這一院子的東西，嘖嘖嘖。」

「也不知道馬大龍他們幫姚家又買了什麼東西回來，看看這兩大袋子裝得鼓鼓囊囊的，這得花多少銀子啊？」

「姚家要是沒錢，能拿銀子在南山坳那種地方拋廢嗎？換成你，你捨得？」

「我才捨不得呢，我又沒錢。」

姚家雖然是外來戶，可一家老小手上的功夫都不弱，村裡眼紅姚家富有的人不少，可也深知姚家的人惹不得，所以就算再怎麼想編排姚家，卻也只敢湊在一塊小聲嘀咕。

「石頭啊，這遮著臉的是你那漂亮的新媳婦吧？」說這話的是村裡的老無賴，人稱姜閒漢，他一雙眼睛賊溜溜的直瞅著月寧上下打量，覺得看不到月寧的臉不過癮，還膽肥的在那兒嚷嚷。「長那麼漂亮，幹麼要把臉遮起來啊？又不是醜得不能見人。」

季霆目光如刀的扭頭瞪過去，冷聲道：「太陽太大，我媳婦怕曬，戴個帽子遮太陽礙著你了？」

姜閒漢被季霆看得寒毛倒豎，一縮脖子就躲到人群後頭不敢說話了。

有婦人指著車上鼻青臉腫的沈香和秦嬤嬤道：「季霆兄弟，這兩位是誰家的親戚啊，看這通身的氣派，不知是在哪個大戶人家做活的啊？」

「看這鼻青臉腫的，該不會是逃難到咱們這兒的大戶吧？」

一個婦人突然語氣尖酸的叫道：「石頭啊，這一老一少不會也是你招來幹活的吧？」

婦人的聲音方落，立即就有人跟著起鬨道：「石頭啊，別怪嬸子說你，你說你要是缺洗刷做飯的婆子，招呼一聲，咱們村這麼多人還會缺人幹活嗎？哪裡就需要你特意去鎮上招人了？你說，你怎麼就一點都不知道向著咱們村裡人呢？」

月寧撩起帽紗，有些不高興的瞪向那暗指季霆吃裡扒外的婦人。「這位嬸子，妳不知道情況可以像之前那位嫂子一樣提問，妳問了我們肯定會告訴妳的，但請不要惡意揣測好嗎？」

月寧一邊伸手扶秦嬤嬤下車，一邊向四周眾人介紹道：「這是我奶娘和妹妹，是從京城一路過來尋我的，她們吃盡苦頭，好不容易才找到我，我與夫君自然要帶她們回來。」

月寧又轉頭看向那起鬨的婦人，道：「倒是這位嬸子，我前兒才聽張嬸說她們只有六個人做飯，一天到晚忙得腰都要直不起來了，我原還以為是這活太累了，以至於沒人肯幹。畢竟六個人要給六、七十人做一日三餐，又沒工錢可領，還只能吃做活的人吃剩的，這活可不輕省。沒想到嬸子是個熱心人，張嬸她們六人一直在苦苦支撐，嬸子要是肯去幫忙，直接去南山坳找姚叔說一聲就是了，張嬸她們肯定會歡迎妳的。」

她這麼一說，誰還會傻到往姚家那火坑裡跳啊？

在場的原本還垂涎著想去給姚家幹活的村民，一時間都在慶幸自己沒將想給姚家幹活的念頭付諸行動，不然，這豈不是白給人幹活了？

「有誰想給姚家幹活的，直接去南山坳找姚叔就行了。好了，都散了吧，這兒也沒什麼好看的。」

馬大龍早就摸透了這些人的劣根性，這些懶人見沒便宜可占，又有季霆在旁震攝，就是心裡有不滿也不敢當面朝他們發出來。

季霆輕拍了下月寧，示意她先帶秦嬤嬤和沈香進院子裡去。月寧會意的一手拉一個，帶著秦嬤嬤和沈香就先快步進了大門。

秀寧和秀樂站在一堆東西前面，朝從門外進來的月寧雀躍地用力揮手，然後又好奇的看著月寧身邊的秦嬤嬤和沈香。

秀樂心裡憋不住話，張嘴就問月寧。「季四嬸，這兩位是？」

月寧攬著秦嬤嬤和沈香，笑著介紹道：「這是我奶娘秦嬤嬤，這是和我自小一起長大的妹妹，叫沈香。」

她又跟秦嬤嬤和沈香道：「這位可愛的小姑娘叫秀樂，那位文靜的小姐叫秀寧，她們是堂姐妹。夫君跟姚家關係親厚，姚老爺子允夫君跟姚家的三位爺論資排輩，秀樂和秀寧喚夫君四叔，按輩分算是我的姪女。」

秦嬤嬤和沈香連忙上前跟秀寧和秀樂見禮。「奴婢見過兩位小姐。」

秀寧和秀樂明顯被嚇了一跳，秀樂急到連連擺手，叫道：「別客氣！別客氣！我們這兒不興這樣的。」

想了想這麼說好像也不對，又連忙蹲身給秦嬤嬤和沈香回禮，道：「秀樂見過嬤嬤，見過沈香姐姐。」

秀寧的反應就比秀樂鎮靜多了，她反應過來連忙伸手扶起兩人，嘴裡笑道：「嬤嬤和沈香姐姐不必如此，鄉下地方沒有那麼多禮數的。」

月寧一邊動手解下帷帽，一邊對秀寧嘻嬉笑道：「秀寧，妳這聲姐姐可叫錯了，沈香才過十四歲生辰不久，也只比秀樂大那麼幾個月而已。」

沈香詫異的看著面上猶帶稚色的秀寧。「秀寧小姐比奴婢大？」

月寧點頭。「秀寧已經及笄了。」

沈香眨巴眨巴眼睛，盯著秀寧看了半晌才呵呵傻笑道：「那是奴婢長得比較著急了。」

一句話眾人都被逗笑了。

馬大龍、季霆和姚立強三人站在大門外，一直看著村民全都散去了，這才轉身走進大門。馬大龍看著院子裡堆的一地東西，就覺得頭皮發麻，和月寧、秦嬤嬤等人打了聲招呼，就說自己要去南山坳幫忙，把車上的蜜餞、藥包拎進門就飛快的坐上牛車跑了。那速度之快，看得月寧和秦嬤嬤等人下巴都差點沒掉地上。

月寧指著馬大龍遠去的背影問季霆。「他這是怎麼了？跟被鬼攆了似的。」

季霆只能訕笑著為馬大龍解釋。「馬大哥做事喜歡衝在前頭，但是像收拾東西這種細緻活，他就最不耐煩了。」

「這種習慣可不能慣著他，不然以後田嫂子還不得累死？」家裡的活計就沒有一樣不細緻的，月寧最看不上這種偷懶還偷得理直氣壯的人了。她點著下巴突然嘿嘿笑了兩聲，一臉不懷好意的道：「回頭我就告訴田嫂子去。」

這明擺著就是要跟田桂花告黑狀的表情，讓眾人都不由得笑了起來。敢不參與集體勞動偷跑，就要做好被整的準備。

秀樂聽了頓時興奮得跟隻偷到油吃的老鼠似的，樂得一直「嘿嘿」奸笑，還跟秀寧道：「我也要跟田嬸嬸告狀。」

秀寧頓時沒好氣了，一指頭戳在她腦門上，嗔道：「就妳唯恐天下不亂！」

秀樂被戳了也不生氣，就光顧著為稍後能整到馬大龍偷樂了。

月寧幾個還在這邊站著說話，季霆和姚立強已經很自覺地擼起袖子去收拾地上的東西了。幾十斤的罈子，季霆一手能抱兩個，月寧和秀寧幾個還在說話出神的工夫，兩個男人都搬兩趟了。

秦嬤嬤和沈香看著過意不去，擼起袖子也想過去幫忙，卻被月寧一把拉住了。「奶娘，妳幹麼呢？」

秦嬤嬤訥訥道：「我幫忙收拾一下。」

月寧轉頭看向正忙著歸類東西的姚立強和彎腰搬東西的季霆，頓時也覺得不好意思起來，道：「我來好了，妳身上還有傷呢。」說著就開始擼袖子。

季霆一聽把頭搖得跟波浪鼓似的。「不用不用，東西有我跟立強來收拾就行了，妳們都歇著，歇著。」說著抱起百多斤的東西跑得飛快。

姚立強也站起來阻止，道：「嬸嬸，秦嬤嬤和沈香姑娘身上都有傷，妳也累了大半天了，還是讓秀寧和秀樂送妳們回西跨院休息吧。這一堆東西看著多，其實也沒多少，我跟四叔搬幾趟就能搬完了。」

月寧看看地上的東西，如香菇、紅棗之類裝在布袋裡的乾貨還好，那一罈罈的油鹽醬醋可不好搬。月寧覺得以她的力氣，一次搬一罈就夠嗆了，跟季霆一次能搬四、五罈根本沒法比。

不過這麼多人就只讓他們兩個男人幹活，她們一群女人回去休息，好像挺不厚道的。月寧走向地上的一堆乾貨，嘴裡說著。「那些重物你們男人搬，我們來幫忙拿這些輕省的。」可她才想彎腰，整個人就突然騰空被人打橫抱了起來。

「啊！」月寧被嚇了一跳，可熟悉的臂彎和懷抱讓她很快就鎮定了下來，她轉頭就看季霆神情嚴肅的瞪著她，那目光裡還暗含譴責，彷彿她就是個不聽話的孩子般，連說話的語氣都格外生硬。

「妳今天都出去一天了，不覺得累嗎？」

「還……還好啦。」被季霆這麼盯著，月寧不知怎麼就覺得莫名的心虛。她這兩個多月的作息都很規律，今天因為去鎮上的緣故都沒午睡，其實早就已經累了，眼下不過是強撐著罷了。

「立強，你先收拾著，秀寧和秀樂，妳們去幫秦嬤嬤和沈香整理一間屋子出來，我先送妳們嬸嬸回去休息。」季霆逕自吩咐完，就抱著月寧轉身快步往西跨院去了。

秀寧和秀樂齊齊答應一聲，就笑著過去拉有些無措的秦嬤嬤和沈香。

「哎？」月寧自季霆的肩頭回頭，就見秀樂衝她擠眉弄眼，而秦嬤嬤和沈香正張口結舌的瞪著她和季霆，一副驚嚇過度的模樣。

月寧被兩人瞪得老臉一紅，不禁羞惱的捶打季霆，壓低聲音向他吼。「你幹麼？我奶娘和沈香還在那兒呢，快放我下來。」

季霆眉頭都沒皺一下，腳下生風的大步往西跨院走，嘴裡一邊淡淡的道：「奶娘和沈香自有秀寧和秀樂安頓。妳累了，該休息了。」

「誰說我累了，我一點都不累。」月寧掙扎著要下地，可論力氣，就是十個她加一塊也不是季霆一個人的對手，任她掙扎半天也沒從季霆手裡掙脫出來。

「別折騰了，妳不累也歇歇。」季霆皺眉看著月寧因掙扎而脹紅的臉，根本不理她死鴨子嘴硬，腳下步子更快更急，兩人繞過屋角就徹底消失在眾人的視線裡。

「季四叔！」

「季四嬸！」

坐在屋門口玩耍的馬慧兒和馬建軍，一見季霆抱著月寧走進院子，眼睛皆一亮，跳起來就直直朝著兩人奔來。

「季四嬸，妳給軍兒帶什麼好吃的了？」小建軍邊問邊嚥口水，兩姐弟跑到跟前，兩眼就巴巴的望著季霆懷裡的月寧。

月寧見狀不由笑起來，晃晃小腿示意季霆放她下去。

季霆理沒理她，只低頭向慧兒和小建軍道：「你們嬸嬸買了不少糖果蜜餞，東西都在前院，你們自己去找秀寧和秀樂拿吧！」

兩個孩子歡呼一聲，一陣風似的衝了出去。

季霆見狀也忍不住勾起嘴角，搖搖頭，抱著月寧繼續抬步往屋裡走。

月寧見他一副「她不休息也得休息」的霸道模樣，不覺頭疼，推著他的肩膀嗔怪道：「奶娘和沈香初來乍到，你這樣抱了我就跑，扔下她們多不好？」

「這有什麼不好的？秀寧和秀樂妳還信不過嗎？有她們招待妳奶娘和沈香，妳只管放心歇著。」季霆把月寧抱進內室放到床上，順手幫她脫了鞋子，扯過薄被給她蓋上，這才坐在床沿柔聲哄她。「妳先睡一覺，等吃晚飯了我再叫妳。」

「哪有客人來了，主人自個兒躲屋裡睡覺的？」話一出口月寧就察覺到了不對，蹙眉道：「也不對，奶娘和沈香打小與我相依為命，她們都是我的親人。」

可這樣說也不對，如果是親人的話，那就不存在客人和主人之說了，難道季霆讓她扔下秦嬤嬤和沈香不管還有禮了？月寧腦筋打結的揉揉額頭，索性跳過什麼客人、主人的，看著季霆直接道：「奶娘和沈香拿到賣身契之後還堅持要來找我，足見她們對我的情誼，我不能放著她們不管。」

「沒人讓妳不管她們。」季霆抓起月寧的手放到唇邊親了一口，才認真的道：「她們以後就跟我們過，等沈香大了，妳給她找門好親事嫁了，我給她準備嫁妝。至於妳奶娘，都說生恩不及養恩大，妳既是她一手帶大的，我會拿她當丈母娘敬著，給她養老送終。」

一席話說得樸實無華，聽在月寧耳朵裡卻是再動聽也沒有了。今天自從遇到秦嬤嬤和沈香起，月寧滿腦子都被三人過去相處時的點點滴滴給佔據了。

沈香是莊子上一重男輕女的佃戶之女，沈香一生下來，那佃戶就要把她溺死。是前身覺得沈香可憐，又考慮到自己以後回京需要忠心之人，所以才鬧著秦嬤嬤向那佃戶要了沈香。

除去前身初始對沈香的那一絲算計，這麼多年來，三人在莊子上一直相依為命，雖不是親人卻勝似親人。如今季霆的這番話說出來，無疑是承諾會對秦嬤嬤和沈香愛屋及烏，讓月寧不用擔心秦嬤嬤和沈香會被人苛待。

月寧最終還是在季霆的輕哄聲中睡去，可因為心裡記掛著秦嬤嬤和沈香的事，她只睡不到一個時辰就醒了。屋子的西窗半開著，秦嬤嬤特意壓低的聲音透過半開的窗子傳進來。

「這一針要從下面繞過去，對，繡線拉起來時要用手指護一下，線要拉直，不然一會兒繡出來的繡面就不平整了……」

記憶裡，秦嬤嬤也曾坐在窗檯下這樣教沈香刺繡。月寧看著窗外透進來的金光，若不是屋裡的陳設迥異，她還真會有種回到莊子上了的錯覺。

「哎呀！這樣繡果然比我原來那樣繡漂亮多了。」秀樂歡喜雀躍的聲音響起，讓月寧忍不住勾了勾嘴角，撐著床板就從床上坐了起來。

「噓！」屋外，秀寧緊張的連忙讓秀樂噤聲。「妳小聲點，季四嬸還在睡呢。」

「沒事的，我已經醒了。」

月寧笑著起身下床，不過一覺睡下來，她身上的衣服已經皺到沒法看了。月寧便往衣櫃走去，想拿件衣裳把身上的這一套給換了。

沈香從外頭走進來，見月寧要開衣櫃，就很自然的道：「小姐，奴婢服侍妳更衣吧。」

月寧無奈的轉頭看她。「妳這丫頭，不是跟妳說了，妳已經不是陳家的奴婢了，以後管我叫姐。」

「奴婢喜歡給您當丫頭，而且奴婢從小就這麼叫您，都已經叫習慣了，還是不改了吧。」沈香靦腆的笑著，一邊手腳麻利的打開衣櫃給月寧選衣服。

「別，妳還是改吧。」月寧沒好氣的伸手去戳沈香的雙丫髻。「妳現在叫我小姐，我聽著就感覺妳在嘲笑我似的，以後不許再這麼叫了。」

「哎呀小姐，妳怎麼又戳人家頭髮。」沈香連忙放下給月寧選的衣裳，改雙手抱頭護住自己的頭髮，一邊向外頭氣急敗壞的大喊。「嬤嬤！妳快看小姐啦，她又弄我頭髮。」

「妳不聽我話，還不讓我罰妳了？」月寧又改伸手去戳沈香毫不設防的腰，嚇得她連連尖叫，忙又伸手改去捂自己的腰。

因為荀元說過月寧重傷未癒，需要靜養，所以月寧的屋子周圍素來是最安靜的。月寧住在茅屋裡那會兒，慧兒和小建軍就是在自家院子裡玩，也都是安安靜靜的。現在沈香在月寧的屋子裡這樣大喊大叫，嚇得秀寧、秀樂和在外頭玩的慧兒、小建軍都以為出了什麼事，連忙全都衝了進去。

結果就看到向來最優雅、溫柔的季四嬸在欺負沈香，而沈香還笨到不知道躲，就傻傻站在那裡一會兒捂頭一會兒捂腰的，那樣子可笑極了。

秦嬤嬤看到這熟悉的一幕嘴角帶笑，眼裡卻忍不住泛起了淚光，經歷過大難之後，她們還能好好的，還能團聚在一起，這樣就很好了。

「嬤嬤，嬤嬤救命！」一看到秦嬤嬤進來，沈香就像見到了救星一樣，連忙跑過去躲到她身後，然後從秦嬤嬤的身後探頭出來憤憤的跟她告狀。「嬤嬤，小姐又欺負奴婢了，您快說說她！」

月寧雙手扠腰，示威似的衝沈香揚揚下巴，然後笑著對秦嬤嬤道：「奶娘，妳看沈香一點都不聽話，我都告訴她要叫我姐姐了，她還小姐小姐的叫，而且自稱也不對，我就戳了她頭髮一下，她就鬼叫鬼叫的，一點都不穩重。」

好幼稚哦！

秀寧四個看月寧原本那麼矜貴優雅的一個人，跟沈香在一起就變得跟個小孩子似的，感覺就像被什麼東西附身了一樣，驚訝到嘴巴半天都合不攏。

月寧的這一面，秦嬤嬤是再熟悉不過了，以前小姐跟沈香一天要是不這麼鬧上三回，飯都要少吃半碗，她回身拍了沈香一下，嘴裡慢悠悠的訓道：「妳別整天喳喳呼呼的，像什麼樣子？做人丫頭最重要的就是聽話，小姐叫妳幹麼，妳就要幹麼，妳跟小姐背著來就是不對。」

沈香委屈的回嘴。「可您也說了要尊敬小姐，不能跟小姐沒大沒小，小姐現在叫奴婢喚她姐姐呢，您還叫奴婢聽小姐的話。」

秦嬤嬤就又轉身訓月寧。「這就是您的不對了，沈香的命是您救的，當年要是沒有您，她這會兒還不知道投胎幾回了呢。再說沈香的賣身契本來就是走個過場的，不管陳家有沒有還她賣身契，她的這條命都是您的，她服侍您是應該的。」

第二十九章

沈香聞言就立即抬起下巴，得意的衝月寧咧嘴，那樣子就跟一隻打了勝仗的花公雞似的，看得月寧向她直揮拳頭。

秦嬤嬤洗腦的功力太深厚了，直把沈香洗腦洗得奴性深重，才會搶著給她做奴才，不給做還不樂意了。

「我不管，我就是不想再聽到別人叫我小姐了。」月寧扠腰，也開始耍橫。「奶娘，您以後也不許再叫我小姐了，就叫我的小字月寧，沈香就叫我月寧姐，敢叫錯就罰沈香一天不許吃飯。」

沈香錯愕到張大嘴巴，看看月寧又看看秦嬤嬤，傻傻的道：「秦嬤嬤叫錯了也要罰我嗎？」

月寧故作生氣的道：「奶娘都這麼大年紀了，妳捨得讓她餓肚子，我還捨不得呢。」

所以秦嬤嬤叫錯了，她就得一天沒飯吃了?!

沈香頓時感覺天都要塌了。她被這個噩耗打擊得眼睛都紅了，半晌才扯著秦嬤嬤的衣袖可憐巴巴的求道：「嬤嬤，您可千萬要記得別叫錯啊，奴婢最怕餓肚子了。」

秦嬤嬤好笑的才想答應，月寧就指著她們叫道：「這個奴婢也不能再叫了，下次再讓我聽到妳們再奴婢奴婢的，就罰沈香兩天不許吃飯。」

沈香嚇得連忙捂住嘴，猶如受驚的小鵪鶉般一臉害怕猛搖頭，表示自己絕對不會再犯。

月寧看她這個樣子就想笑，輕咳了兩聲才忍住到嘴的笑意。站在一旁看戲看得目不轉睛的秀寧等四人，看到沈香這副樣子也都忍不住笑起來。他們總算是看明白了，原來沈香委屈巴巴的樣子這麼有意思，難怪季四嬸會喜歡捉弄沈香呢。

秦嬤嬤對於月寧偶爾的嬌蠻只是無奈的搖搖頭，上前從衣櫃裡把沈香之前選好的衣服拿出來。「姑娘，老奴服侍您更衣吧！」

薑果然還是老的辣，月寧要求不許說的詞一個都沒出現，可卻是換湯不換藥，換不換詞都一個樣。

「奶娘！您怎麼能這樣？」月寧感覺自己受到了重大傷害，不高興地跺了跺腳。

秦嬤嬤朝月寧微躬了躬身，站在那裡眼皮也沒抬的道：「姑娘說的話，老奴可一個字都沒有違背。」

是沒違背，可她要的是她們做她的親人，而不是讓她們繼續做她的下人。秦嬤嬤這拒不合作的態度，可讓月寧鬱悶透了。雖然她還可以繼續命令秦嬤嬤這個不許說、那個不能說的，可若是要她下死命令才能逼她們就範，那這件事本身就失去意義了。

月寧最不想的就是讓自己繼續高她們一等，她憤憤的從秦嬤嬤手裡搶過衣服，跺著腳進淨室換衣服去了。

秦嬤嬤抬頭笑咪咪的朝沈香使了個眼色，沈香就樂顛顛的跟了過去，服侍月寧換衣服去了。

等月寧換好衣服出來，屋裡已經沒人了，秦嬤嬤讓慧兒和小建軍在院子裡玩，自己帶著秀寧和秀樂，看她們刺繡，偶爾指點一下兩人怎麼行針。

月寧站在門口看了會兒，才道：「秀寧，妳大哥和季四叔出去了嗎？」

秀寧忙放下針線，道：「大哥和四叔覺得時間還早，就去南山坳那邊幹活了。」

也就是說，整個姚家現在就剩她們這七個老弱婦孺了?!

「妳哥回來時帶的那筐豬下水和肉，妳知道放在哪兒嗎？」

「大哥怕天氣熱，肉和豬下水會臭掉，所以就裝大木桶裡用井水泡起來了。木桶就擱在後院屋角的陰涼處通風呢。」

月寧拍手笑道：「那咱們去後院，把那些豬下水洗了吧。」

秀寧驚訝。「嬸嬸知道怎麼清理豬下水？」

月寧抿唇一笑，伸手指了指秦嬤嬤和沈香，道：「我只知道方法，秦嬤嬤和沈香卻是清理豬下水的好手呢。」以前在莊子上，前身陳芷蔓嘴饞了也會買豬下水回來做了吃，所以秦嬤嬤和沈香對怎麼清洗豬下水都是門清的。

慧兒、小建軍和秀寧、秀樂四個全都雙眼亮晶晶的看著秦嬤嬤、沈香。豬下水要有秘法清洗，才能好吃是人所共知的。秦嬤嬤和沈香會弄豬下水，那豈不是說他們以後能經常吃到好吃的了？

眾人立馬收拾了下東西就直奔後院。

月寧看著被浸在井水裡的五花肉和豬下水，問秀寧。「豬板油哪兒去了？」

秀寧道：「季四叔讓大哥拿去南山坳，讓我娘她們熬油了。」

月寧點點頭，很滿意姚立強用井水給肉保鮮，吩咐秀寧、秀樂和沈香。「妳們去把新買的幾個木盆都拿過來，麵粉和鹽也都拿一些過來。」

三人歡快的領命而去，慧兒和小建軍閒不住，也顛顛的跟著三人跑了。幾人回來時，不但帶來了木盆、麵粉和鹽，還有鐵鍋、小爐子和月寧的那一串香料包。

沈香從小幹慣了重活，幾個木盆疊在一塊，再把一堆東西放在木盆裡，三人一起合力抬過來了。月寧驚訝於幾人的機智和力氣，卻也驚喜於她們帶回來的東西。「太好了，有鍋有爐子，豬下水洗乾淨就可以直接下鍋煮了。」

「那奴婢先把這些盆泡上水。」這些活沈香在莊子上都是幹慣的，麻利的把木盆裡的東西收拾出來放到一邊，就一手一個，拎著大木盆往井邊去了。

秀寧見狀忙上前給她幫忙，等大木盆在井邊一字排開，沈香就主動跑去打井水，要把這些木盆都灌滿。

秦嬤嬤也是眼裡有活的人，擼起袖子，撿了沈香放到一邊的鐵鍋和爐子，就讓慧兒帶路去了廚房。

月寧則揪了秀樂去拿她和秀寧洗臉的木盆，秀樂起先還不樂意，不過聽月寧說用過之後，能用新買的香胰子洗乾淨，就很爽快的答應了。

知道一會兒就能有好吃的，慧兒和小建軍興奮壞了，跟在秦嬤嬤身後團團轉，一會兒要給她搬柴火，一會兒要幫她燒火，什麼事都想參一腳，勤快的跟兩隻小蜜蜂似的，讓秦嬤嬤稀罕得不得了。

莊戶人家的孩子五、六歲就能幫家裡幹些力所能及的活了，因此慧兒和小建軍要幫忙燒火，秦嬤嬤也沒拒絕，刷乾淨鐵鍋灌上水後，就讓慧兒和小建軍幫著在廚房看火，她把衣袖又撩高些，準備跟沈香一起去清洗那些豬下水。

可她才出廚房，臉色就變了，大喊：「小姐！」

正想彎腰伸手進木桶裡打撈豬下水的月寧和秀樂，被這一聲大喊給嚇到差點沒把手裡的木盆給扔出去。

「嚇死我了，嬤嬤，您叫人就不能輕聲點嗎？我的心都要被妳嚇得從喉嚨裡蹦出來了。」秀樂拍著胸口，回頭朝快步跑過來的秦嬤嬤抱怨。

月寧也按著「撲撲」亂跳的胸口，無奈的回頭看向「氣勢洶洶」走來的秦嬤嬤。

「奶娘，您嚇死我了！」

秦嬤嬤氣哼哼的一把奪過月寧手裡的木盆，面無表情的道：「奴婢要不這樣，小姐的手就要伸水裡去了。」她趁著季霆抱月寧回去補睡午覺的時候，就已經從秀寧和秀樂嘴裡把月寧被賣到荷花村的經過，以及這些日子來的生活都給問清楚了。

秦新姑爺雖然長得寒磣了些，不過聽兩個小姑娘說，新姑爺對自家小姐視若珍寶，秦嬤嬤就覺得寒磣的新姑爺也不那麼寒磣了。

特別是在聽說季霆為了給月寧補身體，在這連飯都吃不上的年頭，竟然還大手筆的從村子裡給月寧搜羅老母雞補身子，而且還一吃就是一個多月。秦嬤嬤回想當初，自問她也做不到如新姑爺這樣寶貝月寧。

秦嬤嬤板著臉訓月寧。「小姐的手是用來寫字畫畫、刺繡彈琴的，焉能沾這髒污之物？」一連個鄉下糙漢都能將自家小姐寵得十指不沾陽春水，她秦嬤嬤哪能被個突然蹦出來的新姑爺給比下去？

月寧不知道秦嬤嬤的心裡活動這麼豐富，只覺得有個思想刻板的忠僕讓人很抓狂，所以只能頭痛的道：「奶娘，我現在可不是什麼小姐了，我嫁的男人也不是什麼大戶人家的少爺，這些活計我以後都是要學會操持的。」

秦嬤嬤不以為然的把月寧往廚房的屋簷下推，道：「家裡的活計自有奴婢和沈香呢，小姐的手就是不握筆，那也是要做刺繡女紅的，這手要是磨粗了以後可怎麼得了？」

月寧看看自己的手，想想那兩幅賣了五百兩的繡品，覺得秦嬤嬤說的也不無道理，也就不堅持要幫忙了。「那這豬下水就煩勞您和沈香清洗了，秀寧和秀樂還不會弄那個。」

秀樂連忙舉手道：「我給嬤嬤和沈香姐打下手吧，等我學會了，下次就能幫上忙了。」

秦嬤嬤挺喜歡秀樂這個小姑娘的，就對她說：「秀樂小姐不是在學刺繡嗎？這手要是因為洗這些東西弄粗了，刺繡的時候可是會刮壞緞面的。」又跟月寧說：「這些本就是奴婢應該做的，可不敢當這『煩勞』二字。」

秦嬤嬤嘴裡說著話，手上的動作也不慢，伸手就把兩片豬肺從水裡撈了出來。秀寧兩姐妹用的洗臉盆都不大，兩片豬肺裝一個盆就沒滿了。她伸手跟秀樂要盆，秀樂卻死抓著不肯放手，可憐巴巴的看著秦嬤嬤，道：「嬤嬤，妳就讓我給妳幫忙吧。」

得了，這還有個上趕著要給人幹活的。

秦嬤嬤哭笑不得的道：「這些東西洗起來又臭又噁心，小姐這會兒說要幫忙，一會兒可別撂挑子。」

「不會，不會，我不怕臭的。」至於噁心，那就要視情況而定了，至少到目前為止，秀樂覺得這世上還沒什麼東西會噁心到讓她想跑。

秦嬤嬤拿了木盆，將木桶裡的大腸、小腸都撈起來裝了，秀樂才想伸手過去端，沈香卻先一步將木盆給端了過去。

「哎？」秀樂愣了下才反應過來，追著沈香叫道：「那是我的，沈香姐，妳怎麼可以搶我的盆？」

沈香腳下生風的走在前頭，頭也不回的道：「眼看太陽就要下山了，再不抓緊把這些洗了，一會兒天黑了可就沒法洗了。」

月寧看著覺得有趣，就跟秀樂道：「樂兒，妳去找幾把剪刀來吧，豬大腸得剪開洗，沒剪刀就無法弄這個了。」

秀樂聞言乖乖跑去找剪刀。

秦嬤嬤把豬肺倒到大木盆裡，回頭見月寧還站在木桶邊「躍躍欲試」，深怕她還惦記那些豬下水，忙小跑過來道：「小姐，這裡的事情您插不上手，與其站這裡看熱鬧，您還不如去繡上幾針呢。您的繡品可是連蘇大家都自嘆不如的，既然姑爺家裡不富裕，您還不如多繡幾幅繡品貼補家用呢。」

月寧沒說自己今天才賣了兩幅繡品，只笑著點點頭。「難怪人家都說家有一老如有一寶，奶娘您要是不說，我還想不到這個呢。這兩個月我整天不是吃就是睡的，這腦子反應都慢了。」

這馬屁拍得秦嬤嬤很是受用，眼睛都笑瞇了，還給月寧出主意，讓她拿了針線笸籮過來這邊一邊刺繡一邊看著她們幹活，這樣也不會煩悶。

月寧就說：「還是您想的周道，那妳們先忙著，我回屋去拿針線。」說完抬頭，就見秀寧和沈香兩眼泛光的盯著她看。

月寧愣了下，不知道她們在看什麼，低頭看了看自己身上，見沒什麼不妥，不由得茫然的眨了眨眼睛。秀寧和沈香相互交換了個心照不宣的眼神，就雙雙低頭悶笑了起來。

秦嬤嬤對兩個小姑娘的小動作毫無所覺，見勸住了月寧，就端著盆繼續去桶裡撈剩下的豬下水了。

月寧看了眼彎腰朝木桶裡撈豬下水的秦嬤嬤，也不問那兩個小丫頭笑什麼，只故作生氣的用手指隔空點了點偷笑的兩人，就轉身回屋去拿針線了。

等月寧回屋裁好了綃紗，拿了針線笸籮回來，沈香和秦嬤嬤已經在菜園邊拿著剪刀剪大腸了。

豬糞的味兒很大，院子裡臭氣沖天的。月寧左右看了看，沒看到秀寧和秀樂就不由奇怪道：「秀寧和秀樂呢？」

秦嬤嬤和沈香聽了也不回答，只抿了嘴笑。

廚房那邊這時就傳來秀寧和秀樂弱弱的聲音。

「季四嬸！」

「我們在這裡。」

月寧聞言走過去，就見兩個小丫頭正扒著門框臉色發白，她不由更奇怪了。「妳們倆這是怎麼了？」

秀寧和秀樂對視一眼，微紅了臉支支吾吾的不肯說。小建軍忙從灶臺邊的小板凳上站起來，顛顛的跑過來跟月寧彙報。「季四嬸，秀寧姐姐和秀樂姐姐剛剛吐了，秦嬤嬤說是豬糞太臭了，把秀寧姐姐和秀樂姐姐熏著了。」

月寧聽了就笑起來，而秀寧和秀樂臉色脹更紅了。

特別是秀樂，她剛剛還跟秦嬤嬤信誓旦旦的保證說自己不怕臭，結果沈香一剪開豬大腸，她就被那黃綠褐黑的豬糞噁心到吐了。

秀寧紅著臉訥訥道：「實在是太臭了。」

秀樂也弱弱的為自己辯解。「豬大腸太噁心了。」

月寧點頭笑道：「是挺噁心的。不過豬大腸洗乾淨了，用薑蒜去味之後，再用香料滷一滷，那味道可是人間美味呢。」

月寧話音剛落，秀寧和秀樂就白著臉衝了出去，然後屋角就傳來兩聲重疊的嘔吐聲。「嘔——」

月寧忍不住哈哈大笑。小建軍跑出去看了看，又顛顛的跑回來跟月寧彙報。「季四嬸，秀寧姐姐和秀樂姐姐又吐了。」

「謝謝軍兒，季四嬸知道了。」月寧笑著摸摸小建軍的頭，順手把針線笸籮擱在櫥櫃裡，交代慧兒看好弟弟，就去後院看沈香和秦嬤嬤的清洗進度。

沈香之前清理豬大腸時，弄在菜園田壟裡的豬糞已經用土掩埋好了，空氣中的臭味淡了很多，不過也仍有餘臭。月寧嗅著覺得還好，便到井邊去看了看。

沈香和秦嬤嬤清洗的進度算是很快了，一旁的木盆裡，豬蹄、豬心和豬肺都已經清洗好了，豬大腸和豬小腸都已用清水清洗過一遍，沈香正抹了麵粉一邊搓揉腸子，一邊用剪刀在剔剪腸子裡頭的油脂。

秦嬤嬤在用麵粉和鹽搓揉豬肚，另一邊的盆裡還有豬腰、豬心等物沒洗。月寧走到菜園邊踮腳往菜地裡看了看，就見靠牆的一叢綠，綠莖高及人腿，葉子尖尖好似竹葉。

「這裡竟然有生薑?!」月寧欣喜的回頭叫沈香。「快過來幫我挖塊生薑上來，一會兒用來除味。」

沈香答應一聲，起身甩了甩手上的水，就去廚房的簷下拿了鋤頭去挖生薑。

這菜園平時也不知道是誰照顧的，這生薑看著長得還挺不錯的。沈香小心從邊上挖下去，發現生薑的個頭已經比成人的手掌還大了，一塊生薑上頭連著六根綠莖，光這一塊挖上來，就夠今天處理豬下水用了。

沈香在田埂邊把薑塊上的泥敲掉，掰掉綠莖，用水將生薑上的泥搓洗乾淨了，才放到盛放豬蹄的木盆裡。

慧兒從廚房裡探出頭來朝秦嬤嬤喊：「嬤嬤，水開啦！」

「哎！」秦嬤嬤笑咪咪的抬頭應道：「奴婢知道啦，謝謝慧兒小姐。」

「我把這些先下鍋過水吧。」月寧剛想過去端洗好的豬蹄等物，就被沈香眼明手快的先一步給搶了過去。小丫頭看她的眼神就跟防賊似的，還振振有詞的道：「這些粗活奴婢來就行了，小姐還是去繡花吧！等奴婢把豬下水都過了血水，再請小姐過來調味。」說著，抱著木盆繞過月寧就快步跑進了廚房。

月寧目瞪口呆的看著沈香跑走，氣到回頭問秦嬤嬤。「奶娘，妳看沈香是不是越來越不穩重了？」

秦嬤嬤對沈香這回的不穩重可是滿意極了，笑咪咪的衝她道：「奴婢們雖然做東西沒小姐做的好吃，可這些洗洗涮涮的事情還是做得來，小姐您就安心去刺繡吧，等奴婢們把這些都料理好了，再請小姐過來調味下滷。」

所謂的調味下滷，其實就是前身陳芷蔓當初想要保密滷豬下水的香料配方，避開人自己往鍋裡擱香料和倒醬油、糖等調料。前身懂醫術，卻不擅廚藝，也不知當初滷出來的豬下水是個什麼味。

而月寧前世作為一枚吃貨，平時沒少搗鼓吃的，經她的手滷出來的豬下水，也不知道會不會讓秦嬤嬤和沈香懷疑她這個小姐已經換芯了。

不過既然秦嬤嬤和沈香都攔著不讓她沾手這些事，月寧也不好勉強，她繞去廚房給還在幹嘔的秀寧和秀樂端了兩碗水漱口，等這兩人好一點了，就收拾收拾領著她們去了前院。

月寧也不領著兩人進屋，就在簷下太陽曬不著的臺階上挑了塊地方坐下，拿出裁好的綃紗用繡繃夾好，然後就從笸籮裡拿出繡花針，穿好線低頭徑直繡了起來。

秀寧和秀樂看她在空白的綃紗上下針，都不由一臉驚奇的湊過來。

秀樂叫道：「季四嬸，妳不先畫花樣子嗎？」

「我也不繡多複雜的花樣，不用畫花樣子也能繡。」在如意繡坊跟金掌櫃報完價後，月寧就驚覺到自己當初想差了。雙面繡繡品流到市面上的本就不多，繡桌屏、大屏風雖能賣出高價，可繡出一幅繡品要花的時間也多。

但繡帕和宮扇就不一樣了。手帕和宮扇的圖案無須屏風那樣繁複，只要清新亮眼就是好看，繡起來還快。而且繡帕和宮扇還是時下女子的必備之物，普通人家的女孩或許只用得起粗布或棉布的帕子，用不起昂貴的宮扇，但富貴人家的女子，精美華貴的帕子和宮扇卻是她們的門面。

這綃紗的扇面，她也不用多繡，就繡那麼三五條。這清源府緊挨著京城，其間權貴富戶無數，她就不信這麼幾個扇子也賣不上高價。

綠色的繡線隨著小小的繡花針，一上一下的在繡繃上一點點描畫，一根嫩綠的蘭草就慢慢的在透明的綃紗上生長起來。

「季四嬸繡得真好。」秀寧盯著繡繃眼冒星光，秀樂的眼裡更是寫滿了佩服。「都沒有繡歪哦。」

秀樂說著就忍不住心虛，她自己就算是畫了花樣子，有時也會繡到外頭去，月寧不用畫花樣子也能繡出這麼好看的蘭草，秀樂真是佩服得五體投地了。

夕陽的餘暉慢慢從大地上斂去，當天空只餘漫天紅霞時，月寧的繡繃上已經生出了一叢鮮嫩欲滴的蘭草。一陣細碎的腳步聲在此時傳來，月寧刺繡的手一頓。

「季四嬸，嬤嬤叫妳過去。」小建軍萌萌的童音傳來。

月寧看看繡繃上還餘半根就要繡完的蘭草，把繡花針小心的別在未繡完的綠莖上，一邊答應道：「好的，軍兒，嬸嬸就來。」

月寧把繡繃收進針線笸籮裡後站了起來，問秀寧和秀樂。「妳們是要待在這兒，還是跟我一起過去廚房？」之所以有此一問，是怕兩人再睹物思吐。

秀寧略微遲疑了下就點頭道：「我跟嬸嬸過去。」秀樂卻實在是怕了豬大腸的那股味兒，一臉不情願的直扯著秀寧的衣袖。

小建軍聽到月寧的回應也沒有轉身回廚房，還顛顛的跑到三人跟前，眨著明亮的大眼巴巴的望著月寧又說了一句。「季四嬸，嬤嬤叫妳過去了。」

「好，嬸嬸這就過去了。」月寧笑笑，向他伸出手，小建軍立即歡快得咧開嘴，伸手牽住她的手。

第三十章

後院廚房裡，秦嬤嬤和沈香已經領著慧兒退出了廚房，就站在屋簷下等著月寧。月寧其實並不介意把香料的配方告訴秦嬤嬤和沈香，不過見兩人低頭站在門口，月寧想了想就沒多說什麼，把小建軍交給秦嬤嬤就越過她們進了廚房。

廚房裡瀰漫著淡淡的煙氣和水氣，灶上的兩口鍋都開著鍋蓋，豬下水都已經下鍋了，不過新換的水還是溫的，沒滾。

從藥鋪買來的藥包都放在灶臺一角，月寧上前拆開藥包，每樣都抓了一點扔進兩個鍋裡，然後往鍋裡倒入適量的醬油、鹽、酒和糖，再把藥包還原繫好，這才揚聲叫了秦嬤嬤和沈香進來。

「香料和調料都已經放好了，只要把水燒開，再小火煮上半個時辰就行了。」月寧說著很乾脆的退離灶臺幾步。

不過這幾步顯然還不夠，秦嬤嬤笑咪咪的上前請月寧移步。「這裡交給奴婢和沈香看著就行了，趁著天色還早，小姐還是領著慧兒小姐和軍兒少爺到前頭玩去吧。」

月寧無奈的看看秦嬤嬤，決定還是不跟她爭了，衝慧兒和小建軍招了招手，就領著聽話的兩小孩回前院去了。

夏日的天黑得晚，當太陽落下山頭時，王大娘等人已經在給收工的村裡人分發餅子了。而招來作活的那二十人，則紛紛收拾了東西三三兩兩的開始往山坳外走。

季霆等人敲定的給眾人晚上安排的吃食，是每人兩個成人巴掌大的黑麵餅子。由姜金貴介紹來做活的村人，家裡都不富裕，所以姚家晚上這頓肯發眾人兩個餅子，還允許他們帶回家去吃，這讓村裡人無不稱讚姚家慈善。

而招來作活的那二十個漢子，每天要回茅屋洗漱之後，才能分發晚餐。這是月寧給出的主意，這些人晚上還會多發一碗帶點蛋花的湯水，給他們配餅子吃。這樣安排一是為了讓張嬸等人能早點收工回家，二是為了避免那些做活的人私下喝生水，鬧了肚子，影響了第二天的勞作。

馬大龍和季霆把張嬸等人張羅好的食物搬上牛車，帶著田桂花就往回趕，牛車才出山坳口，幾人就聞到了空氣中一股奇香無比的肉味。

「這是誰家在做肉吃啊？香味都飄到這兒來了。」田桂花不經大腦的一句話說完才發覺不對，她一把拽住馬大龍的胳膊，驚恐的低聲道：「咱……咱們這該不會是撞邪了吧？」

整個南山腳下就住了姚家、馬家、季家和荀家四戶，除了最靠外的荀家，他們三家連鍋都搬去南山坳了，這山坳口離荀家至少還有兩里地呢，這肉香味是打哪兒來的？

「哪來的那麼多邪給妳撞啊？」馬大龍失笑的拍拍妻子的手，指著出現在視野裡幾座房子道：「是風把香味送過來的，大概是荀叔在家裡弄什麼好吃的吧。」

「不是荀叔。」季霆有些無奈的道：「應該是月寧和秀寧幾個弄出來的。」

這麼一說，馬大龍立即就明悟了，畢竟今天去東市買肉時他也去了。他聳著鼻子聞嗅空氣中的香味，然後跟季霆說：「這肯定是你家那口子搞出來的陣仗，秀寧和秀樂那倆丫頭可沒這本事。」說著又深深吸了口香味，開玩笑道：「也不知道你家那口子做了什麼好吃的，味道這麼香，幸好這風是往山坳這邊吹的，這要是往山上吹，還不得把狼給招來？」

「嗷嗚——」一道響亮的狼嚎聲突然在南山頂上響起，好像是為了呼應馬大龍的話一般，時間掐得分毫不差。

牛車上的三人都驚呆了，難道還真把狼給招來了？不待三人想罷，山上傳來狼群此起彼伏的呼應聲，拉車的大黃牛不安的「哞」了一聲，開始搖頭晃腦不安的踱步。

「我靠！」馬大龍從不知道自己有這麼烏鴉嘴，這會兒已經不曉得該說什麼好了，慌忙跳下牛車去安撫大黃牛。

幾乎同一時間，季霆回身從車上抽出根扁擔握在手裡，一邊跳下牛車往前飛奔，一邊朝馬大龍喊：「我先回去看看，師兄你回去叫人。」

田桂花看著跑遠的季霆，又看看拉住牛韁繩的馬大龍，忍不住罵道：「你個烏鴉嘴，怎麼就不知道說點好聽的呢？」

「我哪知道真會把狼給招來啊？再說，這也不是我的錯啊！」馬大龍覺得自己冤枉極了，一邊讓大黃牛掉頭，一邊交代田桂花。「我先送妳回山坳裡頭，妳一會兒跟張嬸她們待在一塊別亂跑，知道嗎？」

「我又不是三歲小孩，會不知道這種時候不能亂跑嗎？哎呀，你別囉嗦了，趕緊回去叫人是正經，也不知道山上下來了多少頭狼，石頭這一去可別出事才好。」

狼之所以會讓人聞而生畏，是因為牠們是群居動物，會對人群而攻之。以季霆的身手，碰上三、四頭狼都能全身而退，可要是十頭、二十頭呢？

此起彼伏的狼嚎聲來勢洶洶，山下的人家嚇得全都亂了套。而聚在村口老槐樹下聊天的眾人，聽到第一聲響亮的狼嚎還有些反應不過來，可等群狼回應的嚎聲響起，眾人就全都哭爹喊娘的飛奔回家，緊閉門戶，然後抱在一塊瑟瑟發抖了。

原本在院子裡愜意的喝著茶的荀元，聽到第一聲狼嚎還只是皺了皺眉，可緊接著響起的狼嚎聲讓他火燒屁股似的跳了起來。「小波子，快，操傢伙，去姚家。」

荀元一邊喊一邊回屋抓了醫箱就往外跑，荀健波兩手滿是麵粉的從灶房裡衝出來，只來得及看到荀元跑出門的背影。

耳邊狼嘯聲一聲接一聲，只見自家爺爺這個時候卻揹著個藥箱往外跑，還跑得比兔子都快?!荀健波冷汗淋漓，當下也顧不得關門了，抄起牆邊的鋤頭就追了出去。

別看荀元年紀不小，可跑起來那是真快，荀健波追上來的時候，他已經在砸姚家的大門了。

荀元心裡是真擔心，姚鵬和季霆等人都在南山坳，此時家裡就月寧和秀寧幾個嬌滴滴的女娃娃，這要是跑進去一頭狼，那還得了?

而姚家大院裡，正聚在廚房裡品嚐滷味的月寧等人自然也都聽到了狼嚎。第一聲狼嚎響起時，月寧的第一個反應就是問秀寧。「後院靠山的圍牆能擋住狼嗎？」

秀寧才茫然搖頭，狼嚎聲就此起彼伏的響了起來，那聲音又響又急，好似群狼就在眾人附近似的，大家嚇得臉色都變了。

慧兒緊緊的抱著弟弟，驚恐的看著幾人。

秦嬤嬤條件反射般的衝過去，砰的一聲關上了廚房的木門。

月寧這會兒的腦子有點當機，她努力回想之前挖薑時看到的石牆，好像有兩公尺來高的樣子，可她記得前世看動物星球時，解說員說過狼的彈跳力是很可怕的，實際能跳幾公尺高她不記得了，可肯定不只兩公尺。

可還沒等月寧一念想罷，秦嬤嬤就聲音發顫的驚叫起來。「小姐，這門閂是壞的，閂不住啊！」

秀樂頓時失聲驚叫，把慧兒和小建軍也嚇得抱在一起大哭起來。

月寧前世今生都沒見過這樣的陣仗，這會兒心下也害怕得很。她心臟急跳，瞪著那扇虛掩上的門板，只覺得那薄薄的一層門板，怎麼看都不像是能擋住狼群的樣子。

「先，先想辦法把門頂上。」話一出口，月寧才驚覺這會兒不是發呆害怕的時候。她四下看了看，快步衝到水缸邊，對秀寧幾人道：「大家一起動手，把水缸推過去頂住門。」

姚家的水缸只是普通規格，高度只比成人大腿高，裡頭的水也只有半缸，四人推起來輕輕鬆鬆的，可這樣的輕鬆卻不是幾人此時想要的。

秦嬤嬤急道：「小姐，要是真有狼進來，這水缸只怕頂不住啊。」

「我知道，我知道。」月寧這會兒心慌得很，交代沈香先扶著水缸，一邊讓秀樂去哄慧兒和小建軍。她一雙眼睛飛快的打量著廚房四周，試圖找出能用的東西來。

驚恐的慧兒和小建軍，茫然無措的秀寧和秀樂，害怕得發抖的沈香，以及強作鎮定、雙手卻在微微發顫的秦嬤嬤，一屋子的老弱婦孺逼得月寧不得不振作起來。否則若真有狼進來，只怕大家就是個死字。

月寧咬緊牙根，只能強忍著恐懼想辦法自救。

姚家的廚房前有門後有窗，窗口不大卻很高，以月寧的身高要踮起腳尖才能順利開關後窗。她又抬頭去看廚房的房樑。姚家的屋子都是用石頭砌的，房子建得比較高，所以房樑離門框的距離也比較遠。

月寧沾濕手指試了下風向，見後窗果真有風吹進來，便當機立斷道：「秀寧，妳過來和我一起搬油罈子。奶娘，妳把豬下水全撈起來，把鍋空出來燒熱水。」又叮囑她。「一會兒拿木盆將豬下水蓋一蓋，省得狼群聞香而來。」

「油罈子我搬得動。」五十斤重的油罈子，秀寧搬得一點都不吃力。

月寧一看不用她幫忙，連忙拿了個空桶去水缸裡舀水。

秀樂把慧兒和小建軍推到灶膛邊，擼起袖子過來給秀寧幫忙，一邊心直口快的問月寧。「季四嬸，咱們點著了水缸裡的油，不會把門給燒了嗎？」

姑娘，妳不說話，沒人會當妳是啞巴啊！

月寧額角的青筋都要爆起來了，忍了又忍才咬著牙根道：「燒了也沒事，這會兒就快天黑了，只要我們能撐到你們爹和叔叔們回來，就什麼都不用怕了。」

眾人一想可不是這個道理嗎？在南山坳幹活的可都是壯勞力，只要這五十多個大老爺們回來，她們還用怕狼嗎？
沈香一下就精神了，伸手去搶月寧手裡的水瓢。「我來吧，小姐。」月寧也不跟她爭，只深吸了口氣對眾人道：「大家動作快點，水缸掏空了就把油倒進去，狼怕火，咱們把水缸點上火，狼就不敢進來了。」
幸虧季霆和姚立強下午收拾東西時，把兩罈菜籽油和酒都堆到了廚房裡，不然這會兒她就是想用火來防狼都沒東西可用。月寧看到柴倉裡還剩一層柴火棍，想了想便把罩在衣服外擋塵的粗布外衫脫了，用嘴咬著撕開，拿了柴火棍開始做火把。
慧兒見大家都有事做，忙拉了弟弟一起給月寧幫忙，撿柴倉裡的柴火棍遞給她。
這頭廚房裡眾人忙著自救，姚家大門外的荀元和荀健波卻快要急死了，兩人把姚家大門敲得「砰砰」響，可敲了一會兒見沒人來開門，荀元就停了手。想著月寧等人可能躲起來了，荀元忙指著牆邊招呼孫子。「小波，快，蹲下給爺爺借個力。」這會兒情況緊急，荀健波也不去計較自家爺爺讓他當梯子了，忙蹲下好讓老爺子踩著他上牆。
山上的狼嚎一聲接一聲的就跟催命符似的，聽著嚇人極了。
荀元這頭手腳並用，吭哧吭哧的才爬上姚家的牆頭，季霆就提著扁擔趕到了，他顧不得問荀元爺孫倆怎麼會跑來姚家爬牆，伸手提起荀健波的後衣領就竄上了牆頭。
「山上的狼群下來了，數量還不少，你們待在牆上別下去，我去後院看看。」季霆急急交代完就不再理荀元爺孫倆，腳底像裝了彈簧似的一步幾公尺，火急火燎的往姚家後院飛奔。

同一時間裡，一隻隻餓極了的大灰狼就跟下餃子似的，飛躍過姚家的後牆落在院子裡。靠牆的一菜園蔫了吧唧的瓜果蔬菜，頓時就被毀了個乾淨。

躲在廚房裡嚴陣以待的月寧幾人，一聽到野狼進院子的動靜，聽著那一道道「砰砰」的落地聲和野獸特有的喘氣聲，大家的心都提到了喉嚨口。

月寧緊張的握緊了手裡燃燒的柴火棍，兩眼死死盯著用水缸頂著的廚房門。

那兩鍋豬下水和滷豬下水的湯水都已經被大家封進原本裝菜油的罈子，廚房裡的香味因此淡了很多，可餘香仍在。

門突然顫了下，發出「砰」的一聲巨響，好似是有人在外推門一樣，眾人嚇得不禁失聲驚叫。

散在後院裡四處亂嗅亂抓的群狼，頓時像是找到了目標一般，全都圍到了廚房門口。

高大健壯的頭狼湊近廚房門嗅了嗅，下一刻就人立而起，趴到門上飛快的舞動爪子「唰啦唰啦」的撓起門來。兩頭野狼見狀也有樣學樣，人立起來趴到門上，三匹狼的重量頓時就壓得廚房門往裡晃了晃。

屋裡的眾人齊聲尖叫，月寧嚇得手一抖，手裡的柴火棍就打著轉掉進了水缸裡。火光「轟」的一下從水缸裡竄起來，門外的大灰狼似受到了驚嚇，「嗷」的一聲就跑開了。

季霆衝進後院，就看到至少有二十多隻野狼堵在廚房門前，其中一隻健壯的狼還趴在廚房的木門上，而後牆那裡還有野狼跟下餃子似的不斷跳進來。

就在他尋思著月寧等人會不會就躲在廚房裡時，就見又有兩隻野狼人立起來扒到了門上，然後廚房裡就傳出眾女驚恐的尖叫聲。

這下哪裡還有什麼不明白的？他提著扁擔往前衝，正想再喊一聲「月寧，我來了」讓月寧別怕，卻見那趴在廚房門上的三隻狼似受了什麼驚嚇般，突然就從門板一下彈開來。

而院子裡的野狼也因為他的闖入，齊齊扭頭朝他瞪了過來。被群狼環視的滋味可不好受，季霆冒著冷汗站住了腳，雖不敢妄動，卻揚聲朝著廚房喊道：「月寧，妳在不在廚房裡？」

而廚房裡的眾人聽到季霆的聲音，都忍不住歡呼起來。慧兒和小建軍又蹦又跳的大聲叫著「季四叔」，秀寧和秀樂激動的大聲叫著「我們在這兒」，秦嬤嬤和沈香則後怕的一個勁的念佛。

月寧也有種逃出生天、劫後餘生的放鬆感，可目光一觸及門前燃著火的水缸，她連忙揚聲道：「我們都在這裡，但你千萬別推門啊，我們用水缸頂住了門，水缸裡倒了油，我把火點著了。」

廚房的門是從外往裡推的，萬一把水缸推倒了，她們在屋裡就一個都跑不了。一想到這裡，月寧的臉都白了。為了能擋住狼，她光想著狼怕明火，只要把油倒進水缸再點上火，就能讓狼不敢進來，卻沒想過要是群狼頂開了廚房門，到時候缸倒油溢，火隨油走，她們會是什麼下場。

月寧能想明白的事情，季霆自然也能想明白，不過這會兒他也沒心思再去想月寧在水缸裡灌油點火，到底是想防狼還是想玩火自焚了，隨著頭狼的一聲呼嘯，滿院子的狼都動了起來。

被狼群包圍撲咬的感覺簡直糟透了，縱使季霆自詡武功高強，可被數十隻狼群起攻之，他就算力大無窮，手裡又有扁擔做武器，卻也躲得異常狼狽和辛苦。

扁擔被季霆舞得幾乎密不透風，可就算他每每出擊都下了死手，直把群狼打得慘嚎連連，身上還是不可避免的被狼爪撓中了好幾下。

月寧等人躲在離門最遠的廚房一角，聽著外頭扁擔破開空氣的風聲，沈悶的擊打聲和狼群的慘嚎聲，全都緊張的屏住了呼吸，靜等著人狼之戰分出結果。

隨著天色慢慢的暗下來，院子裡的地上已經躺了不少狼屍，可因為不斷有狼跳進牆來，這場人狼之戰竟好似遙遙無期一般。

幾十個打一個，敵軍還有無數的後援補充，季霆就算再強大也有力竭的時候。實在撐不住了，他返身踩著牆壁借力，竄上離自己最近的廚房屋頂，準備歇口氣，可不等他這口氣喘勻，數道黑影竟也借著牆壁上了屋頂。

狼他娘的竟然也能上屋頂?!

季霆心裡咒罵一聲，往下看著一院子眼冒綠光的野狼，那視覺衝擊別提多怕人了。

廚房的屋頂雖然鋪的是黑瓦，可黑瓦再是比茅草頂牢固，跳上屋頂的狼要是多了，只怕也會把屋頂壓塌，到時候只要有一頭狼破開屋頂掉進屋裡，那他就哭都沒地方哭去了。

季霆心裡暗咒馬大龍辦事不靠譜，這都多久了竟然還沒趕過來。他跳下屋頂，又猛然發力衝過狼群，然後借力竄上外牆的牆頭。站在牆上往下一看，他只覺頭皮一陣發麻，驚得好險沒被摔下牆去。只見這牆裡牆外竟然全是狼，一眼望去少說也得有上百頭。

季霆連忙回身去看廚房屋頂，見那裡已經沒了狼蹤，才算鬆了口氣。

狼是一種很聰明的動物，見季霆站在牆上，竟也知道要踩著牆體借力上牆。只是牆頭能落腳的就那麼窄窄的五、六寸地方，飛躍起來的狼雖多，但真正能落在牆上的卻極少。大部分狼皆視季霆為目標，往他身上飛撲，不過季霆卻覺得，立在牆上要比在地上被狼群圍攻強多了。至少在牆頭上，他只要小心閃躲就能避開狼群的攻擊，不用時時面臨被群狼噬咬的險境，也能有更多時間調息。

可他還沒來得及高興就察覺到了不對勁，大部分狼雖然都被他給吸引過來，可還是有一部分野狼往廚房那邊摸了過去，看那架勢似乎還想破門而入。

季霆沒辦法，只能躍下牆頭去驅趕圍在廚房門前的野狼。就在他左支右絀，感覺力不從心時，馬大龍終於帶著人趕來了。

「我靠！該不會是整個南山深處的狼都跑咱們這兒來了吧？」馬大龍看到滿院子黑鴉鴉的野狼，也被嚇了一跳，差點沒被迎面撲來的狼給撲倒。

「快別廢話了，趕緊把這些畜牲收拾了。」馬大龍等人的闖入吸引了野狼的注意，季霆得到喘息的機會，忙跳上牆頭歇口氣。

姚家後院雖大，此時站了幾十隻狼，馬大龍等人再一湧進來就有種擠到伸不開腿的感覺。可野狼見了生人就跟見了長腳的肉一樣，見人就撲，馬大龍和姚錦華等身上有武功的幾人還好，那些來幫忙的漢子一時間反倒因為人擠人，而施展不開。

幸虧有馬大龍幾個衝進狼群，手裡的鋤頭一揮一個準，倒是給身後的眾人減輕了不小的壓力。可也不知道是誰一鋤頭揮出去，那狼竟衝著廚房門直飛過去的。

季霆嚇得連忙竄下牆頭，一扁擔將那狼給抽飛，然後抹著汗守在廚房門前，揚聲向眾人喊道：「大家注意點準頭，這廚房門沒有門，門後只用灌了油的水缸堵著，水缸還點上火了，大夥兒都仔細些，注意別把狼往這邊攆啊。」

馬大龍一邊殺狼一邊還有心情跟季霆閒話家常。「這用水缸堵門，還往水缸裡灌油點火的主意是誰出的？萬一水缸倒了，她們躲在廚房裡是準備把自己烤熟了餵狼嗎？」

第三十一章

季霆雖沒有聽月寧提及這主意是誰出的，不過他大概也能猜到幾分。自家媳婦就是做錯了，那也不能讓別人說道，當下轉移話題。

「這些狼也不知道發了什麼瘋，全都跑這兒來了，院子裡的這些還只是一小部分，院牆外還有不少呢。」

眾人聞言都嚇了一跳。

姚錦富咋舌。「光這院子裡的野狼就已經不下四、五十頭了，就這還只是一小部分？」

「是真的，我剛才從那邊牆頭看過了，後山坡上還聚了不少狼。」

姚錦華道：「早知道山上聚集了這麼多狼，咱們該早點上山清理的。」

不過現在說什麼都晚了。大旱之年，山上草木乾枯，生物鏈被打亂了，野狼在山上找不到食物，下山覓食本就是必然的。

他們之前也不是沒發現野狼的異動，只不過因為發生了太多的事情，月寧又點出季洪海可能是罪臣之後，季霆這些天要哄媳婦，還要半夜爬起來去季家老宅蹲點找族譜。

白天眾人又要忙著去南山坳整地建房子，以至於忙得把山上狼群的異動給忘了個乾淨。

不過幸虧這次他們能提早發現，不然這麼多野狼半夜跑下山來，要是悄悄摸進村子裡去，整個荷花村毫無防備，明天只怕就要成人間煉獄了。

正所謂眾人拾柴火焰高，有馬大龍、姚錦華和季霆等幾個練家子在前面打頭陣，後頭的人只要舉著鋤頭擺出攻擊姿勢，就足以讓狼群退避三舍了。

「嗷——」隨著一道高亢的狼嘯聲在院子裡炸開，無數大灰狼再度跟下餃子似的，飛躍過近兩公尺高的院牆落到院子裡。

眾人將圍堵在廚房門前的野狼或打死或逼退，可隨著不斷有狼從後院牆跳進來，院子裡的狼不但沒減少，反而還越來越多了。

此時的天色已經黑透了，滿院子的狼睜著綠油油的眼睛，看得人不寒而慄。馬大龍和姚錦富幾個還不覺得有什麼，可那些跟來幫忙的漢子們不免心生懼意，抵禦狼群攻擊時，動作上略有遲疑就險象環生了。

「這樣下去不是辦法。」姚立強看著院子裡越來越多的野狼，不由著急道：「二叔、三叔，快先幫四叔殺掉狼王，不然再這樣下去，不等咱們把這些狼殺光就要先脫力了。」——

眾人聞言紛紛往季霆的方向望去，這才發現他正手握扁擔，與面前不遠處一頭與其他野狼相比更加高大壯碩的大灰狼對峙。

狼王，是狼群透過一次次的生死之戰篩選出來的最強者，其不論智力和體魄都是狼群中最強的，在狼群中擁有絕對的指揮權。這群野狼光院子裡站著和已經打死的，加起來就已經不止一百之數了，若這些還只是一小部分，那這個狼群的數量至少已經達到了兩百以上。

能集合這麼多野狼的狼王，其智力和戰鬥力絕非一般的野狼可比，這也難怪以季霆的身手，也沒能一下弄死這頭狡猾的畜牲了。擒賊先擒王的道理不只適用於人類，也適用於動物。

沒有狼王帶領的狼群只剩下狩獵的本能，在感覺生命受到威脅時會選擇逃命而不是與人死磕，這就是他們目前要做的。否則他們這邊打殺半天，狼王嚎一嗓子就又能召喚進來一大群狼，這種越殺越多的情況，一次、兩次之後極易擊潰人心，他們要是支持不住，到時候就只能集體餵狼了。

姚錦華當機立斷道：「我跟石頭對付狼王，你們把那些狼卒子清理掉。」頓了頓，又道：「注意照應著點鄉親們。」別人過來幫忙打狼，受點小傷還好說，要是讓人家把命丟在這兒，事後就麻煩了。

姚錦富和馬大龍三人齊聲應諾，一邊殺狼一邊分散開來，小心看護著自己附近的人。

姜金貴由幾個村裡的青壯護著，舉著火把在後院的月洞門邊探頭探腦，見附近沒有野狼出現才走出來，挺著肚子衝前面拚殺的眾人喊道：「我是姜金貴，前面情況怎麼樣了？」

眾人聞言頓時你一言我一語，亂糟糟的叫嚷起來，一時間回答什麼的都有。有說還行的，有說已經殺了不少，還有得意洋洋說自己殺了幾頭狼的。有個得意過頭的村民，習慣性的拄著鋤頭打算回頭跟村長嘮嗑幾句，結果一下就被對面的野狼迎面撲倒了，要不是馬大龍搶救及時，他差點就要被野狼給一口咬破喉嚨了。

「對著這麼多狼，還放下鋤頭回頭跟人聊天，你不要命了是吧？」馬大龍沒好氣的把那村民吼了頓，將他從地上拽起來，就轉身朝沒事找事的姜金貴吼。「村長，你能不能別來添亂啊？剛才差點就出人命了。」

人命這個鍋實在太大了，姜金貴堅決不揹。他色厲內荏的道：「我就是來問問你們要不要人幫把手，哪裡就會出人命呢？」

這種要命的時候，扯皮只會分散大家的注意力。姚錦富一鋤頭救下一個因為分心差點也被狼撲倒的漢子，沒好氣的朝眾人大聲喊道：「全都給我打起精神來，你們面前的都是山上下來餓狠了的野狼，再分心，被一口咬死了可別怪沒人來得及救你們。」

馬大龍更是火冒三丈的對人群之後的姜金貴開吼。「村長，你趕緊回去村口守著，別讓野狼跑進村子裡去就行了，再在這裡扯皮，死了人全算你的！」

「啥算我的啊?!我這就帶人回去了。」姜金貴嚇得轉身就跑，那速度快到就像背後有鬼在攆他一樣。

躲在廚房一角的月寧等人一直聽著屋外「乒乒乓乓」的打鬥聲，在經過最初的緊張害怕之後，她們這會兒也就不害怕了。因有水缸裡的火焰照明，諾大的廚房裡並不黑，要是空氣中沒有那縈繞不去的濃郁血腥味，大家換了地方，穿根肉串或許還能愉快的圍著水缸一起烤個肉啥的。

聽了馬大龍等人和村長的對話，知道外頭情況已經大致穩定了，大家的心情就更放鬆了。

「啾——咕——」

眾人齊齊扭頭望向發聲處。

沈香捂著肚子羞得抬不起頭來。「奴……奴婢不是故意的。」

知道屋外來了不少人打狼，大家也都不害怕了。此時看到沈香羞赧，都不由露出善意的微笑來。

秀寧笑著替她解圍道：「這有什麼故意不故意的？現在早就過了平時用晚膳的時辰了，要不是我們下午跟著慧兒和軍兒吃了不少蜜餞，這會兒只怕也要餓得前胸貼後背了。」

「餓了就吃東西唄！咱們又不是沒吃的。」月寧從地上站起來，拍了拍手上的灰又撣了撣衣服，就往灶臺上擺著的兩個罈子走去。

秦嬤嬤連忙起身跟了過去，秀寧等人見狀，就想到了狼嘯聲響起之前她們品嚐的那些美味的豬下水，當下也急忙從地上爬起來。

油罈子一打開，濃郁的肉香帶著股菜籽油特有的味道撲面而來。月寧拿了副筷子從中挾了根長長的豬腸出來，拿剪子剪成一小截一小截的分給眾人。

秀樂邊吃邊嘻嘻笑道：「幸好秦嬤嬤和沈香收拾東西時把剪刀也帶進來了，不然這腸子這麼長，咱們該怎麼下嘴啊？」

眾人想像了下大家一起啃一條豬大腸的情景，不禁齊齊打了個寒顫。

秀寧沒好氣的推了小堂妹一把，嗔道：「妳這丫頭，這腦子整天都在想些什麼呀？」

秀樂無辜的眨眨眼睛，反問她。「我就是想說沒有剪刀，咱們就要一起拿著豬大腸啃了呀。」還是沒意識到自己的話有什麼不妥之處。

秀寧氣得伸手想去戳她，被秦嬤嬤笑著一把攔住。

「秀樂小姐還小呢，以後大了自然就懂事了，秀寧小姐妳莫要動氣，還是趕緊吃東西吧，這腸子冷了就不好吃了。」

「已經有些冷了。」豬大腸趁熱吃時最是噴香軟糯，冷了之後腸子會變脆變韌，口感就沒那麼好了，可現在兩口鍋裡都裝著燒開的熱水，就是想熱也沒地方熱。

月寧嘆了口氣，低頭時掃到頂著門的水缸裡搖曳著火光，頓時靈機一動，從油罈子裡夾出豬心和豬腰，笑咪咪的向眾人道：「咱們來烤肉吧。」

廚房裡有用來炸東西的兩雙長筷子。月寧用剪刀將豬心、豬腰剪成小塊，然後把長筷子用開水燙過之後，穿上豬心和豬腰，教秀寧幾個站到水缸靠牆的側邊，遠遠的伸手將筷子上的豬心和豬腰放火上烤。

滷過的豬下水本就噴香無比，一經加熱那香味就更濃郁了。

犬類的嗅覺約是人的一千兩百倍。廚房裡忙著加熱食物的月寧等人自己都還沒聞到香味，廚房外的一眾野狼已經不斷聳著鼻子騷動了起來。

被季霆和姚錦華聯手打得毫無還手之力，幾次險象環生，正夾著尾巴想要逃命的狼王，眼睛倏然一亮，險而又險的躲開姚錦華掃來的鋤頭後，聳了聳鼻子就抬頭看向閃著微微亮光的廚房後窗。

而此時廚房裡被勒令站在遠處、不許靠近水缸的慧兒和小建軍正聞著肉香味不住的嚥口水，見秀樂和沈香烤一會兒就拿到鼻前聞一聞，深怕兩人就這麼把東西吃了，還急得直拽秦嬤嬤的衣袖。「嬤嬤，嬤嬤，我要吃那個，我要吃那個。」

「嬤嬤，我也要，我也要。」

「都有，都有。」秦嬤嬤不敢使喚秀樂和秀寧，對沈香卻沒有顧忌。「沈香，妳手裡的豬心烤好沒有，烤好了就趕緊拿過來，慧兒小姐和軍兒少爺餓了呢。」

「來了，來了。」沈香也不管自己肚子餓，忙不迭把烤好的東西獻上。

月寧看了只能無奈的搖搖頭，去灶臺上拿筷子挾了塊香軟的豬腰，就把整根長筷子塞給沈香。「吃吧。」

沈香下意識的想要搖頭拒絕，月寧就道：「趕緊吃完了，咱們烤豬蹄吃。」

沈香立即就想起烤豬蹄的美味來。

滷過的豬蹄再往火上烤一烤，要是能刷上蜂蜜，等那表皮烤得焦脆之後，一口咬下去別提有多香了。相比起美味的烤豬蹄，烤豬心這些也就沒那麼美味了。

本就餓極了的沈香當下也不推辭，拿著月寧塞給她的長筷子，也不怕燙，扯下上頭穿著的豬心就往嘴裡塞，兩頰吃得一鼓一鼓的，活像隻正在吃食的小倉鼠，看得月寧直想笑。

屋裡正愉快的體驗著烤肉的樂趣，享受美食的月寧等人絲毫不知自己幾個又闖禍了。屋外，原本被打得節節敗退都準備要逃跑的群狼，突然就跟打了雞血似的一頭頭的往回衝，嚇得季霆等人好一陣手忙腳亂。

「怎麼回事，這些狼吃錯藥了嗎？」

「會不會是這裡血腥味太濃了，激起狼的野性來了？」

此話一出，眾人皆覺得有道理。環顧四周，大家觸目所及之處已經躺了一地的狼屍，死了這麼多狼，這血腥味能不濃嗎？

眾人都捏緊了手裡的鋤頭扁擔，三人一組互成守望，嘴裡呼呼喝喝的往狼身上招呼，院子裡人喊狼咬，喧譁聲震天，遠處村口才被姜金貴組織起來的村裡少壯，全都嚇得心驚膽顫，兩腿發軟。

被季霆和姚錦華聯手打瘸了一條腿的狼王，被季霆一扁擔抽飛之後，落地打了個滾站起來，就目露凶光的驟然仰頭一聲長嘯。「嗷——」

姚立強立時大喊。「大家快往後退，又要下狼餃子了。」

眾人一邊急速後退排成人牆，一邊紛紛哀嚎。「這還沒完沒了?!」

就在這時，濃郁的肉香味絲絲縷縷的透過大開的後窗、門板縫隙飄散出來，飄進了眾人的鼻子，惹得連晚飯都沒來得及吃，就跑來打狼的眾人不禁腹鳴如鼓。

「什麼東西這麼香啊？」

「這香味哪來的？」

姚錦華不悅的怒聲喝道：「別分神東張西望，忘了之前那幾個是怎麼受傷的嗎？都不要命了？」

眾人心下一凜，連忙擺正表情死盯著面前的野狼，可那鼻子卻忍不住悄悄聳動，努力嗅著空氣中的肉香味。

早在山坳口就聞過這香味的馬大龍不禁撫額，季霆則是無奈苦笑。

姚錦華見季霆表情不對，不由問他。「怎麼了？」

馬大龍在後面沒好氣道：「還能怎麼了，你沒聞到肉味嗎？找到罪魁禍首了唄。」

打狼打得滿身是血的姚錦富，聞言一抹濺得滿臉都是的血珠子，怒道：「罪魁禍首在哪兒呢？」

馬大龍瞥他一眼，就似笑非笑的扯著喉嚨向廚房喊：「秀樂，妳們在廚房裡弄什麼好吃的呢，妳大龍叔打狼打得又累又餓，妳給叔留一口唄。」

正吃得兩腮鼓鼓的秀樂聞言，立即顛顛的跑到後窗旁，口齒不清的喊道：「叔，我給您留幾塊豬心吧，我烤的豬心可好吃了。」

好吃的豬心。香味。滿山滿院子的野狼。

姚錦富瞪了瞪眼，默默的閉上嘴巴。自家寶貝女兒惹的禍，還有什麼好說的呢？就是跪著也得幫她把這爛攤子給收拾好。

站在一旁吃得滿嘴油的小軍兒，一聽到自家老爹喊餓，也跟著口齒不清的叫嚷起來。

「爹爹，我給你留了兩截豬大腸，季四嬸烤的豬大腸可香了。」

慧兒則道：「爹爹，季四嬸一會兒要烤豬蹄了，沈香姐姐說季四嬸烤的豬蹄是世界上最好吃的東西呢，你們趕緊把狼打跑了過來，晚了就吃不到了。」

原來罪魁禍首還不只一個！他們一群人在外頭打生打死的，結果廚房裡的幾個女人和孩子竟然在烤肉吃?!烤肉就烤肉吧，怎麼還把狼給招來了？招就招來吧，還把狼給刺激到跟打了雞血似的，這不是要人命嗎？

院子裡的眾人一邊揮舞著鋤頭、扁擔抵禦狼群的反撲，一邊時不時的去看馬大龍、姚錦富和季霆，那表情真是什麼樣的都有。

弄個吃的把狼給招來已經夠糟心的了，季霆可不覺得自家媳婦有什麼錯。要不是有月寧她們做吃食的香味把狼群全都拖在這姚家後院裡，一旦讓群狼闖進村子裡去，到時候還不知道要死多少人呢。

不過這麼多人過來幫忙打狼，季霆也要承大家的情，於是揚聲朝廚房喊道：「月寧，大家晚飯都還沒吃呢，妳先給弄些肉湯什麼的，一會兒等我們把狼趕跑了好就餅子吃。」

想著罈子裡還有滷好的豬肺，廚房一角還堆著幾個蔫了吧唧的大白菜，月寧連忙朝著後窗答應了一聲，轉頭朝秦嬤嬤等人道：「我們做兩鍋白菜豬肺湯吧，正好東西都是現成的。」

白菜只要扒掉外面幾張乾枯的菜葉，用剪刀剪成碎碎的下到鍋裡，再加上剪成小塊的豬肺，幾勺之前滷豬下水的滷汁，以及適量的鹽、糖，將湯水燒開了滾上那麼一滾，兩鍋豬肺湯就成了。

慧兒和小建軍堅定無比的霸佔了燒火的任務，沈香和秦嬤嬤則擼起袖子剪白菜、豬肺，月寧只能站在一旁動嘴指揮，秀寧和秀樂也只能站在一旁看著了。

待湯水滾沸，食物的香味隨著水蒸氣迅速向四周飄散開來，屋外的野狼就跟瘋了似直往廚房的方向衝，一隻隻被空氣中香味吸引，全都顧頭不顧尾的，有時鋤頭臨身了還傻傻的望著廚房的後窗方向，連躲都不知道要躲了。

被打瘸了一條腿的狼王，眼見身邊的狼卒越來越少，轉身想逃時已經來不及了，牠躲過了季霆抽來的扁擔，卻躲不過姚錦華揮來的鋤頭，落地時被一鋤頭重重的抽在腰上，頓時摔飛出去兩、三公尺遠，落地後就再也站不起來了。

狼王躺在地上「嗷嗚嗚」的哀嚎，四周原本齜著牙，擺出攻擊姿勢要與人拚命的野狼，在瞬間的停頓之後全都露出了退縮之意，一邊「嗷嗚」呼應著，一邊如潮水般的躍牆而去。

季霆和馬大龍幾個跟著追上牆頭，看著黑暗中綠油油的光點嚎叫著往山上跑去，不禁都大大的鬆了口氣。

「終於結束了。」姚立強也不管地上又是泥又是血的，抱著鋤頭，坐到地上直喘粗氣。

季霆可不覺得事情結束了，他躍下牆頭，手扒著廚房的後窗，撐起身體探頭往廚房裡就看到了月寧說的那個灌了油的水缸果真頂著廚房的門。

不過水缸裡雖燃著火，但看那火焰也不是很高，想滅火應該也簡單，便出聲向裡面道：「月寧，妳有沒有辦法把水缸裡的火滅了，再把水缸移開？」

月寧聞聲忙扭頭往後窗看去，見季霆的臉隱在後窗外的黑暗裡，不由得微微一笑。她正想問他有沒有受傷，卻還沒來得及開口，就被不甘寂寞的秀樂給搶了先。小丫頭蹦跳著指著灶膛邊放著的木盆道：「四叔，季四嬸說往水缸裡倒灶膛灰就能把火給弄滅了，不過這些灶膛灰一倒進去，那小半缸菜籽油以後就只能用來點燈了。」

「油毀了沒關係，妳們沒事就行了。」季霆嘴裡跟季樂說著話，眼睛卻盯在月寧身上一動沒動，柔聲囑咐她。「滅火的時候仔細些，小心別燙到自己了。」

秦嬤嬤忙出聲保證道：「姑爺請放心，這種粗活有老奴和沈香呢，斷不會讓各位小姐往火邊湊的。」

月寧就苦笑的向季霆攤了攤手，一臉無奈的道：「有奶娘和沈香在，下午我除了繡了幾針，就只動了動嘴。」又向他揮手道：「你下去吧，我們這邊滅了火就想辦法把水缸移開。」

「那妳自己小心點。」季霆不放心的又深深看了她一眼，這才鬆開手落到地上。

秦嬤嬤去端地上裝了灶膛灰的木盆，月寧連忙叫住她，從柴倉裡拿出之前撕了外衫做的簡易火把，道：「先把這些火把浸了油點起來，不然一會兒滅了火，屋裡就黑漆漆的什麼也看不見了。」

「這個奴婢會。小姐將火把給奴婢吧。」沈香上前將她們之前做的簡易火把全都撿了抱在懷裡，就往水缸走去。秀樂忙跟上去，小聲跟沈香要求幫忙。

水缸裡之前月寧丟下去的柴火棍已經燒了半截，火焰雖然不高，可缸口卻很燙。沈香沒敢讓秀樂拿火把往水缸裡戳，只好把抱著的一堆火把全都轉移到秀樂懷裡，然後自己擼起袖子，抓著兩根火把，飛快的往水缸裡一戳就縮回了手。

月寧只見纏了粗布的火把一頭，帶著火的油滴飛快的往水缸裡滴落，驚得忙過去抓住沈香的手查看。「燙到了嗎？我看看。」

沈香笑嘻嘻的搖頭，道：「小姐放心，我手快，沒被燙到。」

月寧將她的小臂上上下下的摸了一遍，見真沒傷到這才放了心，等那火把上不再滾滾的往下滴油了，這才讓沈香把火把從水缸上移開，讓秦嬷嬷直接往裡倒灶膛灰。

第三十二章

「其他的火把，等火滅了再浸油吧，不然萬一燙著手，就得不償失了。」秀樂也被沈香方才火中取栗般的動作給嚇著了，覺得還是月寧說的辦法保險，便抱著火把到一邊去了。

一盆灶膛灰細細的灑下去，蓋在油面和浮在油面上的柴火棍上，那火一下就滅了。可火雖然滅了，水缸邊沿卻還很燙。

秦嬤嬤擱下木盆，轉身去把灶臺上的兩塊抹布拿過來，讓沈香把手裡的火把轉交給月寧，她和沈香一人一塊抹布，墊著手連拉帶拽的合力把水缸往一旁挪了過去。

廚房的門本就沒有門，水缸一移開，季霆就閃身進來了，隨著他進來的還有濃濃刺鼻的血腥味。

站得靠近門口的月寧等人幾乎動作一致的捂鼻退後，然後齊齊皺眉打量著季霆。秀樂更是捏著鼻子嗡聲嗡氣的叫道：「四叔，你身上沾了什麼呀，好臭哦。」

秀寧無奈的輕拍了下秀樂的後腦杓，拉著她的胳膊就把她扯一邊教育去了。這丫頭一開口就得罪人，偏偏還沒心沒肺的根本不知道自己錯在哪裡，實在太讓人傷腦筋了。

月寧把手上的火把往季霆身前湊了湊，這才看清他一張臉上全是血，露在衣服外的雙手上也都是血，衣服全貼在身上，衣角也在滴滴答答的往下滴血，整個人就跟才從血池裡爬出來似的。

想到那漫長的人狼之戰，月寧不禁擔心的皺眉道：「你有沒有受傷？闖進來的狼很多嗎？其他人呢？受傷的人多嗎？」

「我沒事。不過有幾個來幫忙的鄉親受了輕傷，荀叔和健波已經在前頭給受傷的人上藥了，妳不用擔心。」季霆伸手接過月寧手裡的火把，低頭柔聲問她。「被嚇壞了吧？」

月寧偏頭想了想，笑道：「其實還好，就是狼推門的時候被嚇了一跳。」

季霆嘆氣道：「是我不好，我一早就知道山上有野狼往山外來了，可最近事情一忙就給忘了。」又跟月寧保證。「等晚些時候，我就跟馬大哥他們一起上山把這群狼給打了，以後保證不會再讓野狼跑下山來了。」

站在門口的馬大龍沒好氣的一巴掌拍在季霆的肩膀上，道：「你們兩口子能不能別膩歪了？大家都又累又餓的，趕緊給我們上吃的啊。」

月寧不好意思的笑道：「白菜豬肺湯已經做好了。」

馬大龍兩眼一亮，一臉垂涎的搓手道：「有湯喝也行啊，先給我來一碗。」

月寧更不好意思了，訕笑道：「新買的碗都還放在前院的庫房裡沒拿過來呢，馬大哥，你想喝湯得先去前院拿碗，然後洗乾淨了才能拿來盛湯。」

馬大龍的臉皮頓時一陣抽搐。「弟妹，妳是故意的吧。」

「沒有，廚房裡真的沒碗。」月寧一臉無辜，可那微抿著翹起的嘴角和那笑彎的眉眼，一看就沒什麼誠意。倒是小建軍心疼自家老爹，舉著根戳了一截豬大腸的筷子跑過來，嚷嚷道：「爹爹，給。我給你留的豬大腸，可香可好吃了。」

細看還可以看到那截大腸上缺了一口，這顯然是小建軍自己啃過的。

慧兒也舉著根戳著幾塊豬腰、豬心的筷子，邀功似的往馬大龍臉上湊，一邊急急叫道：「爹爹，給。這是我留給你的。」

馬大龍忙叫停兩人，一邊將兩人手上的筷子接過去，一邊道：「都站好了，千萬別往爹爹身上靠，爹爹身上都是血，你們要是弄髒了衣裳，你們娘回頭肯定揍你們，你們信不信？」

月寧趁馬大龍跟一對兒女說話的空檔，湊到季霆跟前小聲問他。「你餓不餓？我之前滷的豬蹄、豬肚和豬腸都還有些，不過廚房裡沒刀也沒有碗盤，你要吃東西，還得先去前院把碗和刀拿來。」

季霆怕自己身上的血滴到月寧身上，也沒敢靠她太近，見她似乎真的沒有受到驚嚇，便點點頭，交代她不要出廚房之後就轉身往前院拿碗去了。

馬大龍是真的餓極了，站在廚房門口就把兒女貢獻的口糧三兩下給吞下肚，完了還砸著嘴朝月寧道：「弟妹，那豬大腸再給我來幾根唄。」

月寧好笑的道：「一副豬下水也就這麼多豬大腸，你還要幾根我可拿不出來。」她招手把秀樂叫過來，讓她把還抱在懷裡的火把給馬大龍，然後指著門邊的水缸道：「缸裡還有小半缸的油，這些火把沾了油就能用了，只是可能支撐不了多長時間。」

「有總比沒有強。」馬大龍爽快的哈哈一笑，也不跟月寧要吃的了，將火把浸了油之後，點燃了一根就轉身走了出去。

也不知道馬大龍做了什麼，不一會兒，整個姚家後院就插滿了火把，火光把整個院子照得亮如白晝，滿院子的狼屍和一地的血跡頓時就無所遁形了。

姚錦華和馬大龍幾個領著人忙著收拾善後，姚立強再仔細的給躺了一地的野狼補刀，偶爾逮到沒死透的野狼時，往往一刀下去就是血液噴湧，澆得他身上全是血，弄得跟個殺人魔王似的。

眾人抬狼屍的抬狼屍，打水沖洗地面的打水沖洗地面。狼屍全被集中到靠在牆邊的板車上，院子裡一時間又是水又是血的，一眼望去竟沒有一處是乾淨的。

看著院牆邊兩輛板車上堆得高高的狼屍，秦嬤嬤慶幸的捂著胸口直唸佛，這麼多的狼跑進來，要是季霆他們沒有及時趕回來，她們別說是用油缸頂門了，就是拿火藥頂門也只有餵狼的結局。

月寧只往院子裡看了一眼，就後怕得不敢再看了，倒是沈香和小建軍幾個，全都擠在門邊興致勃勃的看眾人抬狼屍洗院子，看到那些狼屍上滴滴答答的往下淌血也不知道害怕。

季霆去了趟前院，回來時不但手裡提著兩打新碗，身後還跟了一大堆人。田桂花一見到慧兒和小建軍，就抱著兩個孩子大哭了起來。

季霆見廚房裡一時人多到站不下，在廚房門口晃了下就走開了。

張嬸和姜氏幾個妯娌把秀寧、秀樂和月寧等人挨個兒都看了一遍，又摸了一遍，見幾人真的完好無損這才放下心來。

外頭還有一堆人等著吃飯，眾人草草的閒聊幾句之後，就忙著給來幫忙打狼的人張羅起飯菜來。加了白麵的餅子是張嬸她們從南山坳帶回來的，而白菜豬肺湯是她們方才剛做的，只不過兩鍋湯顯然還不夠六、七十號人喝的。

「老大媳婦，妳去外頭提四個盛湯的大桶進來，老二、老三家的，妳們去打兩桶水進來。」張嬸挽起衣袖就開始指揮，兩鍋白菜豬肺湯連湯帶料被均分到四個大木桶裡，空出來的大鍋洗刷乾淨後又倒滿水，開始大火燒煮。

月寧有些不確定的湊到張嬸身邊，小聲問她。「張嬸，妳該不會是想往那四個桶裡摻水吧？」

「什麼叫摻水啊？」張嬸瞪了她一眼，振振有詞的小聲回她。「加了鹽不就是湯了嗎？妳沒看那桶底下都放了料嗎？都照妳那樣放足料，那叫菜，不叫湯，知道不？做人不能太實誠，妳這得多燒兩鍋水拌一拌！」

受教了！月寧一臉「認真」的點頭。

秦嬤嬤就在一旁一臉「深有同感」的道：「老夫人說的真是再正確也沒有了，我家小姐這人就是太實誠才會經常吃虧的。這些家長裡短過日子的事，裡面的學問大了，您老平時可得多教教她。」

秦嬤嬤和張嬸雖然年紀差了十幾歲，可一打開話匣子就有種相見恨晚的感覺，兩人從月寧小時候聊到孩子，然後不知怎麼就聊到菜譜上去了。等到水燒開，把四個木桶都灌滿了，兩人都還沒有停下來的意思。

摻了這麼多水，光加鹽肯定是不行的。月寧讓沈香把裝滷汁的那個油罈子搬過來，讓她把裡頭的滷汁均分到四個桶裡。沈香把油罈子還用湯水過了一遍，直洗得裡頭連一點殘汁都不剩才罷手，然後才往湯裡補上適量的鹽。

「這丫頭是個會做事的。」沈香的作法，引來眾人一致好評。

然後秦嬤嬤和沈香就分到了打湯和分餅的任務，秀寧和秀樂分到了幫忙提湯桶的任務，月寧卻被眾人嫌棄肩不能挑，手不能提，成為與慧兒和小建軍一樣，要躲遠遠的，不可以上前礙事的一類人。

被這麼多人寵著護著，月寧也不是不知好歹，雖然覺得挺無奈的，卻也乖乖的帶了慧兒和小建軍在廚房裡待著。季霆剛回西跨院洗了個澡，換了身衣服回來，見張嬸她們在分吃的，便拿了三個餅子和兩碗白菜豬肺湯過來。他分了慧兒和小建軍一個餅子和一碗白菜豬肺湯，把另一碗推給月寧，自己則拿著餅子乾啃。

月寧端起碗，嚐了一口被水稀釋過的白菜豬肺湯，就把碗推還給他，小聲跟他說：「這湯被張嬸摻了四鍋水進去，要不是我讓沈香把滷汁也倒進去了，你現在大概也只能嚐到個鹹味。」

季霆聞言端起碗也嚐了一口，只覺得入口的湯汁鮮美甘甜，又帶著股濃濃的肉香，味道比起前些天那稀得摸不著蛋花的湯要美味上百倍不止。他不禁好奇起月寧她們之前做的那兩鍋湯來，也壓低了聲音小聲問她。「沒摻水之前，這湯是個什麼味？」

月寧就笑著跟他說：「等以後有機會，我做給你吃。」

季霆看著她含笑的眉眼，一顆心頓時就變得軟軟暖暖的。

月寧想到之前讓季霆去前院拿的菜刀，問他：「你是不是忘了拿菜刀了？」

「沒忘！」季霆端著大大碗公「呼嚕嚕」的喝了一大口湯，才把碗擱在灶臺上，反手從背後摸出把菜刀放在灶臺上。

月寧看著那把跟季霆的肌膚相親相愛過的菜刀，在沒給它高溫消毒之前，實在沒勇氣用它給季霆切吃的，想了想就指使季霆出去拿乾淨的空碗過來。

她乘機把菜刀拿到一邊放好，然後開了油罈子，擦乾淨手，拿著之前用過的剪刀，給季霆的碗裡剪了段豬大腸和一些豬肚絲。

「季四嬸，我還要吃豬大腸。」小建軍聞到香味，就流著口水湊了過來。

「你今天已經吃了不少豬大腸，可不能再吃了。」月寧扭頭笑看了他一眼，轉回身去，拿筷子在油罈子裡扒了扒，挾出一塊豬肝，道：「嬸嬸給你兩塊豬肝吧，你跟姐姐一人一塊，豬大腸太油膩了，吃多了要是鬧起肚子來就不好了。」

豬肝是唯一只在滷汁裡燙熟，並沒有經過長時間滷製的食材，不過帶著滷汁的豬肝聞著非常香，小建軍兩眼亮閃閃的點頭不迭。

月寧怕兩個孩子吃多了積食，只給他們剪了小小的兩塊嚐鮮，還道：「你們要是喜歡吃，等你們季四叔再去鎮上買了豬下水回來，嬸嬸再做給你們吃，好不好？」

兩姐弟高興的直點頭，一人捧著半個餅子，乖巧的坐在小馬札上，一口餅子一口湯的吃著晚飯，一點都不用人操心。

季霆拿著空碗進來就聞到了空氣中濃郁的香味，他抬頭見月寧站在灶臺前，瑩白的小手正拿著塊油乎乎的東西在「唪嚓唪嚓」的剪著，眉頭一下就皺了起來。他大步過去就想去接月寧手中的東西，嘴裡不無責怪的道：「這些事情我來就好了，妳看看，好好的把手都弄髒了。」

月寧側身避開他伸來的手，回頭白了他一眼，道：「君子遠庖廚，你老是跟我個婦道人家搶灶臺上的事做幹麼？」

「我就是一個粗人，可不是什麼君子。」季霆發覺自己非常不喜歡看到自家媳婦的小手沾染這些油膩膩的東西，他擱下空碗，還要伸手去搶她手裡沾著滷汁的豬肚。

「哎呀！你再這樣我可要生氣了。」這一個、兩個的都拿她當瓷娃娃般這個不許那個不讓的，再這樣下去，月寧覺得自己都要廢了。但想到季霆某些時候的執拗，她微紅了臉，似幽似怨的瞪了他一眼。「人家想親手給你弄點吃的，你還不領情。」

季霆聞言愣了下，隨即就咧嘴「呵呵」傻笑起來，終於不搶事做了。

「領情，領情。那妳弄，妳弄啥我吃啥。」

田桂花夫妻倆一前一後進來時正好聽到個尾音。聞到空氣裡香味，馬大龍立即大步越過妻子，三步併做兩步的躥過來。「弟妹，有什麼好吃的，別忘了給大哥也來一份啊。」

自家媳婦特地給自己弄的吃食，季霆可捨不得分給別人。他挺身擋在馬大龍面前，一臉不高興的將他往外推。「怎麼哪裡都有你？你想吃好吃的不會讓嫂子幫你弄嗎？」

這話的潛臺詞就是：我媳婦給我弄的吃食，你來湊什麼熱鬧？

這可真是有了媳婦忘了兄弟。馬大龍好笑的挺著肚子、掐了蘭花指，捏著嗓子指著季霆鼻子擺出潑婦狀叫道：「哎喲喂～～你這小子過河拆橋的速度也太快了吧？也不想想哥哥我方才累死累活的打狼是為了誰？」

田桂花在旁看得哈哈大笑。

月寧被季霆擋著看不到馬大龍故意惡搞的樣子，可看田桂花都快笑趴到地上去了，她好奇地從季霆身後探出頭去，這一看頓時也忍不住笑起來。

季霆拿這樣的馬大龍完全沒辦法，只能轉身扶住月寧，無奈的勸道：「妳悠著點，別笑狠了，不然一會兒該頭痛了。」

月寧笑得拿剪刀的手都在抖，她用手裡的剪刀指指倒扣在灶臺上的油罈蓋子，裡面是她剛剛剪好的豬肚絲。「那個……」

馬大龍立即意會，擠開季霆，抱起那油罈蓋子倒扣進一旁的空碗裡，然後抱著碗就往外跑，邊跑還邊大聲叫道：「還是弟妹做事厚道，石頭這小子重色忘義……」

這是典型的得了便宜還賣乖。

季霆咬牙切齒的低吼。「再囉嗦就把那碗還我。」

馬大龍立時抱著碗一溜煙跑了。

田桂花笑得眼淚都出來了，還跟月寧解釋。「我家那口子就這德行，他跟石頭打小打打鬧鬧慣了，要是說了什麼不中聽的，月寧妳可千萬別見怪。」

「怎麼會見怪呢？馬大哥跟季大哥情同手足，他肯這樣與我們說笑，才說明沒跟我們見外嘛。」月寧從油罈子裡把才放回去的豬肝又挾出來，剪了幾小塊到季霆碗裡，就招手叫田桂花過去，剪了一小塊給她嚐鮮。

「這豬肝可真香！還軟嫩軟嫩的。」田桂花還是頭一次吃到這麼香的豬肝，頓時驚喜不已。「月寧啊，妳這是用獨家秘方做的吧？這味道可真好。」

月寧把季霆的碗往邊上推了推，示意他自己端過去吃，然後一邊繼續往油罈蓋子裡剪豬肝，一邊跟田桂花說道：「嫂子覺得好吃就好了，我正尋思著以後不讓季大哥出去走鏢了，就想說以後做了這滷豬下水拿去鎮上賣，嫂子要不要也插一腳？」

田桂花白天才聽馬大龍跟她嘀咕，說月寧做事情喜歡獨斷專行，買東西都不跟季霆商量就買這個買那個的。她不知道月寧要做這營生有沒有跟季霆商量過，就扭頭去看季霆。

季霆人就在這裡，月寧跟田桂花商量這事的時候也沒避著他，所以他也沒覺得月寧沒跟他事先商量就和田桂花提出讓她加入有什麼不對的。他手裡端著碗，嘴裡嚼著噴香的滷豬肚，只覺得越嚼越有滋味。

自從有了月寧，季霆就沒想過以後要以走鏢為生了。畢竟走鏢一年到頭都要在外頭跑，把月寧一個人留在家裡他可不放心。「這麼美味噴香的東西，連山上的狼都能給招來，肯定是不愁賣的。再說從牛屠戶那裡收豬下水，價格也便宜……」言下之意是同意做這門營生了。

兩人這般大方，田桂花就有些不好意思。「你們小倆口的營生，搭上我們不太好吧？」雖然家裡有十多畝地，馬大龍平時還會上山打些野物貼補家用，可有機會賺錢誰還會嫌錢多嗎？

月寧笑道：「這有什麼不好的，我還打算把姚家的三位嫂子、兩位哥哥、立強和秀寧、秀樂都叫上呢。」

「啊？」這下輪到田桂花傻眼了。

月寧笑著衝她點點頭，剪完了豬肝，又拿筷子去油罈子裡挾剩下的四個豬蹄。一邊道：「福田鎮雖然不大，可東有河岸碼頭，陸路又四通八達，咱們到時候兵分三路，鎮上兩批人，碼頭一批人，也不愁會互相搶了生意。」

滷成紅褐色的豬蹄膀泛著油光，看著軟爛軟爛的，聞著香得不得了，看得田桂花和季霆都忍不住嚥了口口水。

月寧用剪刀剪了兩大塊蹄膀下來分給田桂花和季霆。「嚐嚐看，這蹄膀在下鍋之前，沈香都開了暗口，在滷汁裡熬煮了半個多時辰，應該已經入味了。」

有了「嚐味道」這麼個光明正大的藉口，田桂花當下也不矯情了，季霆還只是珍惜的小口咬著吃，她直接就把那一大塊蹄膀肉都塞進了嘴裡。

「唔，好吃！」豬蹄膀的表皮雖軟卻還帶了點韌韌的嚼勁，皮下的肉卻是軟爛得入口即化，滋味鹹香可口，好吃到田桂花差點把自己的舌頭也給吞下去。

「好吃就好！」月寧笑得歡快，招手把在一旁乖乖看著不吵不鬧的慧兒和小建軍叫過來，連皮帶肉給她們剪了兩塊小的，道：「你們今天吃了不少油膩的東西，嬸嬸只給你們一小塊嚐個鮮，等以後咱們家做了這個營生，再讓你們倆敞開了肚皮吃。」

慧兒高興的直點頭，乖巧的道了謝才將月寧給的豬蹄肉塞進嘴裡，小建軍卻是迫不急待的把肉塞進嘴裡，然後才口齒不清的學著姐姐跟月寧道謝。

「妳別太慣著他們了。」田桂花覺得不好意思，掏出帕子給兒子擦了擦油乎乎的小嘴。

月寧笑道：「誰叫嫂子把慧兒和小建軍教得這麼招人喜歡呢？我這人不太喜歡鬧騰

教的孩子，慧兒和小建軍乖巧又聽話，一點也不叫人操心，我看著可稀罕了。」

季霆在旁默默的扒拉著碗裡的豬大腸，心裡卻在想著：等以後有了孩子，一定得教他們在月寧面前乖一點，可別自家孩子不招媳婦疼。

田桂花帶著一對吃飽喝足的兒女告辭回家後，廚房裡就只剩下月寧和季霆兩個人了。也不知道是不是張嬸她們有意回避，反正一直都沒見有人再進到廚房裡來。

月寧就跟季霆說起自己對那兩百斤棉花的安排來。「我原打算自家做八床被子、兩床褥子，再另外按人頭做十四床六斤的被子送給師傅、馬大哥和荀叔他們的，剩下的棉花就給咱們自己做棉衣，可多了奶娘和沈香，被褥和棉衣都要添置，兩百斤棉花我估計可能還不夠用。」

第三十三章

對於莊戶人家來說，除了房屋田地，被褥衣襪這些也是一個家庭不可或缺的財產。一般人家能有兩、三床被子就不錯了，月寧卻開口就要做八床被子，季霆著實被嚇了一跳。

自家媳婦會賺錢也會花錢，聯想到月寧的出身，季霆就覺得她做那麼多被子還算少的了，畢竟她要做的十四床六斤的被子都是準備送人的，而且送的還全是他這頭的親戚朋友。

媳婦這麼大手筆的給他做臉，季霆自然沒有不支持的道理。「不夠再去鎮上買就是了，妳昨天賣繡品的銀子還剩差不多三百零五兩，想買多少棉花都夠了。」

月寧想了想，道：「那就先都緊著做被褥吧，棉衣等忙過了這陣子再去鎮上買些棉花回來做好了。咱們的喜被是八床二褥，奶娘和沈香就每人各做兩床被子一床褥子好了，再加上送人的十四床。對了，你爹娘那邊要不要也給做一床？」

聽到爹娘二字，季霆剛因聽到月寧說「喜被」而明媚無比的心情，頓時像是遭到了雷雨的打擊般變得灰暗，他皺著眉道：「妳怎麼會想給他們做被子？」

「咱們成親，你不打算請你爹娘過來坐席嗎？」月寧眨巴著眼睛，道：「照規矩，我認親那天是要送兩老鞋襪的，不過你們家鬧成這樣，我也不想上門去討不痛快，所以就想偷個懶，乾脆送床被子了事。」

季霆的眉頭頓時就打成了結。「認親的時候，妳照理是不是還得給兄弟妯娌送鞋襪？」

月寧點頭。「照理是該這樣的。」

季霆就黑著臉道：「那咱們就不認親了，正好這些都可以省了。」

月寧轉頭看了眼季霆青黑的臉，想了想，問他。「你是不想讓我給你大哥、大嫂送東西吧？」

季霆從鼻子裡噴出一個氣音回應。

月寧就笑道：「那咱們就別送東西了，改送人吧？給你大哥送兩個千嬌百媚的美嬌娘，讓你大哥家天天熱熱鬧鬧的，也省得他們來打咱們的主意。」

季霆失笑，扭頭看了眼外頭，感覺院子裡人聲鼎沸的實在不保險，才沒伸手去摟月寧，只軟了口氣道：「妳這小腦袋瓜裡，一天到晚都在想些什麼東西啊。」

「我是說真的。」月寧把剩下的四個豬蹄全都拆分開來，剔除了骨頭，清清爽爽的盛放在那裡，然後放下剪刀，給季霆看自己油乎乎的爪子。

季霆搖搖頭，幫她把衣袖往上挽了挽，才笑著柔聲道：「院子裡的狼血還沒有沖乾淨，妳待在廚房裡別出去，我去前院拿了香胰子就打水來給妳洗手。」

月寧笑著點點頭，又叮囑他。「你出去的時候，順帶把師娘她們叫進來，這豬蹄和剩下的這點豬肝都是給她們、師傅和兩位姚大哥留的，如今天氣熱，放到明天只怕就要壞了，要讓他們趁早吃了才好。」

季霆答應了一聲就出去了。

不一會兒，姚立強就捧著個碗跑進來。「嬸嬸，爺爺讓我過來拿吃的。」

月寧指著油罈蓋子裡的蹄膀肉和豬肝道：「就只剩這麼多了，你奶奶、母親和兩位嬸嬸都還沒嚐過，所以只能分你一半。」

「一半就一半吧，大龍叔方才端過去的豬肚，爺爺他們一人就分了一根絲兒，說是才嚐到個味兒就沒了，正在那裡抱怨說咱們買少了呢。」

姚立強找了雙乾淨的筷子，一邊跟月寧說話，一邊往自己的碗裡扒拉東西。不等他這邊挾完，秀樂就風風火火的衝進來，對著姚立強大喊。「大哥，奶奶說了剩下的肉都是我們的，你快把碗給我放下。」

「我什麼都沒聽見！」姚立強扔了筷子，抱著碗貓著腰，腳下一錯就閃過秀樂的攔截，一溜煙跑了。

「可惡！」秀樂氣得跺著腳就要去追。

月寧連忙叫住她，好笑的勸道：「總共也就這麼點東西，大家今天先嚐嚐味道，真要想吃，明天讓妳季四叔或大龍叔套了車，去鎮上多買些豬下水回來再做不就好了嗎？」

沒一會兒，張嬸等人就都回來了。眾人幾乎人手一碗湯一個餅子，只有沈香進來時手裡端著盆水，懷裡還揣著塊香胰子。「姚老爺子要姑爺和馬大爺連夜把死掉的狼運到鎮上去賣掉，姑爺就把胰子交給奴婢了。姑爺讓奴婢給您帶話，說他今晚估計趕不回來，讓小姐您晚上早點歇息，不用等他了。」

月寧讓沈香去吃飯，沈香卻說自己已經吃過了，還高興的小聲和月寧說：「老太太和幾位奶奶見奴婢年紀小，剛剛在外頭給人發好了餅子，姚大奶奶就讓奴婢先吃了。」

「那就好。」月寧不讓沈香幫忙，自己拿了胰子洗手。

從雜貨鋪買的香胰子其實是用豬胰臟磨粉後加入花瓣製作而成的，雖然沒有加入皂角，但用來洗手倒還挺乾淨。

沈香為了拿取方便，不知從哪裡給月寧弄來個竹筒裝香胰子。月寧洗乾淨手，趁著大家吃飯的工夫，就把想在鎮上賣滷豬下水的事跟眾人提了提。

月寧做的滷豬下水大家都嚐過了，連狼群都招來的東西，味道自是沒得說，拿去鎮上賣肯定也不怕賣不出去。這事要能成，那是天上掉餡餅的大好事。

不過眾人歡喜之後就想到了人手問題，小張氏道：「家裡就這麼些人，就是要做營生，也要等把你們的房子建好了之後才能空出手來，只不過那時候都快十一月了，到時候都要準備過年了，這營生還能做嗎？」

「人手不夠咱們可以去鎮上招，有了銀子還怕沒人給咱們幹活嗎？」月寧笑道：「咱們現在做營生賺的是銀子，眼下招人卻只須供三頓飯，不管怎麼算都是招人替咱們蓋房子，咱們自己騰出手去賺銀子划算啊！」

「確實是這個道理。」張嬸不住連連點頭，不過還是道：「不過這事咱們還得跟老爺子說說，大家坐下來商量出個章程來，看到底要怎麼做比較好。」

廚房外頭，一眾來幫忙打狼的漢子們吃飽喝足之後，為著那碗美味的白菜豬肺湯，都自動留下幫忙幹活，直把院子裡的狼血都洗刷乾淨了才離開。

姚老爺子最是仁義，見大家都這麼實誠，便發話說等賣了死狼之後，再給今天來幫忙的人送上謝禮。這個消息讓大家激動不已，高高興興的謝過了姚老爺子，這才歡歡喜喜散了。

送走了來幫忙的人，姚錦華舉著火把將整個院子又檢查了一遍，然後在院子中間的空地上堆了個高高的柴火堆，把那些沒燒滅的火把全都扔到柴火堆上，把篝火燒到旺旺的，這才坐到屋簷下的馬札上閉目養神。

狼是一種狡猾且報復心很強的動物，今天他們殺了那麼多狼，說不定狼群半夜就會去而復返，跑下山來吃人。荷花村那邊姜金貴今晚肯定是會安排人守夜巡邏的，馬家有馬大龍自己看著，荀家有荀元養的那堆毒蟲在。

就是他們姚家這後院，今天都被狼血給染紅了，狼群要是半夜摸下山，肯定會先來他們這兒。所以為了這一院子老弱婦孺的安全，姚錦華和季霆幾個方才在前院就商量好了，今晚大家要分時段輪流守夜。

廚房裡，小張氏等人還在拉著月寧問東問西，秀寧燒了熱水灌到罈子裡，提著就給姚錦華送了過去，臨出門時看到廚房門口擱著的藥罐，秀寧突然「哎呀」了一聲，回頭朝月寧道：「季四嬸，妳今天的藥還沒煎呢。」

「老奴還以為今天這條老命要交代在這兒了呢，嚇得都忘記熬藥了。」秦嬤嬤忙道：「秀寧小姐跟老奴說說藥包在哪兒，老奴這就給我們小姐煎藥。」

「藥包就在櫥櫃裡，下午還是我放進去的呢。」秀寧說著過去打開櫥櫃，從捆成串的藥包裡頭挑了一包遞給秦嬤嬤。

沈香擠過來想要幫忙，卻被秦嬤嬤給攔了下來，她拉著沈香到外頭取水，乘機小聲提點她道：「這藥交給嬤嬤來煎就行了，妳一會兒跟在小姐身邊小心服侍。妳年紀也不小了，以後跟在小姐身邊多聽多看，能學成什麼樣就看妳自己的了。」

沈香心裡感動壞了，用力點頭，把秦嬤嬤的話死死記在心裡。

秦嬤嬤留下給月寧熬藥，其餘眾人都移步去了前院正堂，準備商量做滷豬下水到鎮上賣的事情。

秀樂被張嬸派出去請人，回來時不但帶回了姚鵬和荀元，連馬大龍、季霆、姚錦富等人也都一併給叫了回來。

月寧驚訝的看著在她身邊坐下的季霆，小聲問他。「不是說你拉死狼去鎮上了嗎？怎麼又回來了？」

季霆湊到她耳邊，小聲回道：「村長怕夜裡狼群再來，就讓村裡的幾個青壯幫我們趕車去鎮上了，姚叔讓立強從咱們招的那些人裡頭找了十個人跟著一起去了，不會有問題的。」

月寧想到那一院子的狼血，不由好奇道：「你們今天到底殺了多少狼啊？」

季霆自得笑道：「連狼王在內，一共一百二十一頭。」

「怎麼會有這麼多？」月寧驚訝得嘴巴都張成了O型。

要知道，狼是一種家庭式群居動物，一般都是以十到三十頭左右的數量生活的，受到食物、天敵和狼本身的壽命影響，狼群的數量不可能過於龐大。

因為一個地方的野狼如果氾濫成災的話，絕大多數的狼都將面臨餓死的命運。為了尋找食物，狼群會自然分離出一部分，遷移到更遠的地方去覓食，像今天這樣一下子這麼多狼跑下山，根本就不正常。

季霆就跟她解釋。「從今年開春到現在滴雨未下，山裡的草葉都枯萎了，溪水也乾涸了，那些食草動物沒有餓死、渴死的，也都跑別的地方去了，狼在山裡找不到吃的才會下山來的。」

「那像野豬、老虎、豹子、黑熊這類的猛獸，豈不是也有可能會跑到山下來？」

季霆見她臉色都不對了，忙安慰道：「野豬在山上找不找得到吃的都會摸下山來，往年也經常有野豬下山來禍害莊稼。不過老虎和黑熊這類的猛獸一般不太可能下來，以前也沒聽說咱們這一帶有老虎或是黑熊這類的猛獸下山的。」

姚鵬見大家都坐定了，季霆和月寧還在一旁頭碰頭的竊竊私語，不由語帶調侃的向兩人喊道：「你們小倆口在嘀咕什麼呢？有什麼事也說給我們大家聽聽。」

雖然兩人說的話題絕對健康，可面對大家齊刷刷望來的曖昧眼神，月寧臉上還是一陣火辣辣的燒燙。

季霆面對眾人調侃的眼神，卻很是淡定的笑道：「月寧擔心再這樣下去，山上的猛獸都會跑下山來。我告訴她，像野豬、狼本就會下山找吃的，老虎、黑熊這些猛獸一般是不會從深山裡跑出來的。」

荀元搖頭道：「這個倒不一定，像今天跑下山的狼群數量就很不同尋常，如果山裡真找不到一點吃的了，老虎和黑熊也很有可能從深山裡跑出來吃人的。」

月寧就緊張的道：「那要不南山坳那邊明天先停一天吧，大家上山弄些陷阱、障礙什麼的，或是給咱們自己弄些能預警的東西，省得到時候真有老虎跑下山來，打咱們個措手不及。」

姚鵬和荀元對視一眼，想了想，姚鵬就點頭道：「這也是個辦法，狼這種東西記仇，為防牠們悄悄的摸下山來攻擊人，明天先上山把牠們清理了也好。」

「那明天就讓來上工的人都在山下守著，等季霆和錦華、錦富他們幾個把山上的狼都清理乾淨了，再讓人上去把死狼給抬下來。」

姚鵬聽了點點頭。

荀元就又問月寧。「聽說妳打算做那個滷豬下水的營生，想拉大家跟著你們一起幹？妳先說說妳是怎麼想的，咱們大家商量商量這事該怎麼做比較好。」

月寧轉頭看季霆，見他眼帶鼓勵的朝著她笑，她心下頓時就定了，抬頭笑道：「南山坳那邊，我聽說咱們已經請了一位姓陳的大師傅來建房子了。」

季霆點頭道：「師兄跟陳師傅約好是這月初八帶人過來起房子，也就是後天了。」

「這還真是巧了，連時間也算得剛剛好。」月寧笑道：「我是這樣想的，既然起房子這邊有陳師傅，那咱們這邊只留兩、三個人看著，幫忙買個東西跑跑腿應該也就夠了。像是做飯這種事，現在招人不用花錢，師娘和嫂子們大可不自己動手。咱們請人幹活，師娘負責在一旁看著，別叫那些人偷懶耍滑或是順手偷摸了我們的東西就好了。這樣，各位嫂子們不就可以騰出手，來去鎮上擺攤做買賣了嗎？」

「如今咱們這兒雖然沒有下雨，可聽說別的地方已經下過雨了，災情過去了，咱們這兒很快就會恢復安定，趁著現在人工便宜，咱們招人過來幹活，自己騰出手去做營生賺錢，不也挺好？」

「妳這丫頭腦子轉得還挺快。」姚鵬笑呵呵的轉向荀元，道：「我看這事可行，老荀，你怎麼說？」

荀元摸著下巴上的小鬍子，笑咪咪的道：「這麼利人利己的事，我能說不好嗎？」

怎麼說都是活了大半輩子，見過大世面的人了，滷豬下水這裡頭的利潤有多少，別人不知道，荀元和姚鵬心裡卻是門清的。

姚鵬看看一臉「我不管事，一切媳婦說了算」的季霆，果斷不理這沒出息的，轉頭問月寧。「照妳的意思，是讓大家都入夥嗎？那這本錢怎麼算？是按戶出還是按人頭出？」

「本錢就按戶出，咱們一月一結帳，出力的人則按人頭算工錢，一天一算。」月寧說完見眾人全都面面相覷，像是沒聽懂的樣子，便又解釋道：「比如說咱們四家人，每家出十兩銀子的本錢，這本錢是要用來買材料和置辦擺攤用的家什，以及付給出工的人工錢的。各家出了本錢之後，出不出力都隨便大家了。

「而每天負責出力，幫忙清洗、滷製豬下水和出門擺攤的人，就等於是在給咱們四家幹活，幹活的人工錢另算，幹半天活就算半天工錢，幹一天就算一天的工錢。這個工錢每天晚上收攤回來就結算給大家，這樣大家能明白嗎？」

何氏覺得很不好意思，左右看看眾人，笑道：「既然是咱們四家合夥的營生，哪還能要工錢呢。」

月寧卻一本正經的道：「我既然要拉大家入夥，自然要先小人後君子。常言不都說親兄弟明算帳嗎？合夥做生意不患寡而患不均。各家人口不一樣，到時候出工出力的情況肯定也會不一樣。反正有每月的分紅打底，咱們大家多勞多得，少勞少得，不勞不得，這樣才公平嘛。」

「這話說得好，不患寡而患不均。」荀元拍手笑道：「四家之中就我家是兩口人，要是到了月底大家分到的銀錢一樣多，老夫還真不敢入這個股。月寧丫頭這樣安排極好，老夫這把老骨頭，妳讓我每天跟你們去鎮上擺攤我也折騰不動，這樣安排極好！極好！」

姚家人口最多，這麼安排對他們也是最為公平的，因此大家心裡都覺得很妥帖。

事情就這樣定下來了，月寧又與大家商量了下統一著裝、統一購買碗盤碟筷，訂製桌凳、餐車的問題。關於打造一輛形同馬車，其實算是個小小鋪面的「餐車」，不管是姚鵬還是荀元等人接受度都很高，月寧才想跟大家解釋為什麼要打造這樣一輛餐車，大家就沒有二話的全票通過了，搞得她事先想的說詞一點沒用上。

季霆更是直接，道：「我二哥是木匠，餐車就交給他來做吧。」又對月寧解釋。「之前大哥、大嫂想對妳不利，是二嫂帶著有剛過來報的信。」

季霆沒明說季文夫妻想怎麼對她不利，但姚鵬等人卻知道，季霆說的是那天半夜有人摸到季家茅屋，想趁夜擄走月寧的事。難得季霆還有個兄弟念著他，何況這餐車交給別人做也是做，舉賢不避親，眾人自然不會有異議。

月寧其實很想問季霆，季文夫妻倆在她不知道的時候又弄了什麼么娥子，可看大家都不問，她也就沒好意思多問。於是就對季霆道：「那我一會兒回去就把餐車的圖紙畫出來，你明天請二哥過來一趟，我當面跟他解說清楚這個餐車要怎麼弄。」

季霆點頭。

姚鵬又提到拉車的問題。「既然這個餐車跟馬車差不多，想讓它跑起來肯定要用到牲口吧？我家和大龍家裡都有一頭大黃牛，那就還差一頭牲口。」

「差的這頭牲口就我們自己出錢買吧，這個就不用算在合夥的本錢裡頭了。」月寧兩眼亮晶晶的轉頭跟季霆商量。「咱們買兩頭大黃牛怎麼樣？一頭拉車，一頭放家裡養著。」

這口氣就跟乞丐突然有了錢，說要買兩個包子，吃一個扔一個一樣。

一屋子人頓時都笑了。

面對這樣活潑頑皮的月寧，季霆只覺好笑。媳婦當著滿屋子的人說的話，他能說不好嗎？當然不能啊！求生慾很強的季霆，立即滿口答應。「好！咱們就買兩頭大黃牛。」

馬大龍立馬笑著起鬨道：「石頭，你這樣不行啊，太沒骨氣了，不能你媳婦說什麼你都說好啊！」

季霆白了馬大龍一眼，哼道：「怎麼哪兒都有你啊？我們買兩頭牛怎麼啦？我回頭出攤就把月寧給帶上，就用兩頭牛拉車。」

人家這麼理直氣壯的承認自己離不開媳婦，就喜歡這麼寵媳婦，那你還能說啥？

馬大龍哈哈大笑著起身給季霆作揖。「兄弟我甘拜下風。」

季霆哭笑不得的抬腳踹他。「去死！」

一屋子人被他們逗得哄堂大笑。

「行啦行啦，本錢各家就先出二十兩，明天季武給月寧說的那個餐車定了價，大家就把本錢交給石頭媳婦保管，要是不夠咱們到時候再補，今天就先散了吧。」姚鵬揮揮手就先扶著妻子走了。

眾人嘻嘻哈哈的散去。

沈香上前想扶月寧，卻被季霆搶了先。「走吧，我扶妳回房歇息。」

沈香忙道：「姑爺，小姐還沒喝藥呢。」

季霆就蹙眉看著月寧，好像她是個不聽話的孩子似的，看得月寧莫名感到心虛，真是見鬼了。「今天被嚇了這麼一通，誰還記得熬藥這種小事啊？剛剛還是秀寧想起來，提醒我今天還沒喝藥，奶娘才急急忙忙給我張羅著熬藥的呢。」

沈香深怕月寧這樣會惹惱了季霆，緊張的忙去扯她袖子。月寧一臉茫然的回頭，季霆也跟著向沈香看過去，直把沈香嚇到兩腿都開始打擺子了。

「沈香，妳抖什麼呀。」一見她畏畏縮縮的想偷看季霆又不敢看的樣子，月寧這才恍然她在怕季霆，當下沒好氣的轉頭衝季霆抱怨。「你說你沒事長這麼大個兒幹麼？看把沈香給嚇的。」

「這也怨我？」季霆看著媳婦嬌俏的模樣，心裡麻酥酥的很想做些什麼，可有沈香這個大燈籠在，他也不好對月寧摟摟抱抱的，當下便決定先不跟這丫頭一般見識，等回房了再好好收拾她。

第三十四章

三人回到後院時，姚錦華正坐在小馬札上靠著牆睡得正香。而秦嬤嬤則蹲在井邊，端著藥碗浸在木桶的井水裡降溫。

月寧看得心裡驟然一酸，提著裙子就快步走了過去。「奶娘！」

秦嬤嬤低低應了聲，抬頭慈愛的看著月寧輕聲道：「藥才起鍋，還有點燙，要再等等才能喝。晚上外頭起風了，小姐妳跟姑爺先到廚房裡坐會兒吧。」

月寧感動的吸吸鼻子，然後蹲到秦嬤嬤身邊親熱的靠著她道：「沒事，大夫說這藥就要趁熱喝的，您把藥碗給我吧。」

秦嬤嬤聞言看了眼季霆，見他沒有異議，這才把藥碗拿出來，用手帕擦乾了水漬遞給月寧。

月寧端著藥碗一邊吹、一邊小口的喝著，雖然灌得滿嘴苦澀，這次她卻就這麼強忍著將一整碗藥慢慢的喝乾了。

回到西跨院，季霆一語不發的上前把月寧摟進懷裡，目光深幽的低頭在她髮頂上輕輕落下一吻，才低聲問她。「妳今天嚇壞了吧？」

感覺到季霆的自責，月寧心裡卻是開心的。事情過去了這個男人還記得想要安慰她，這不正說明這個男人在意她嗎？她偏頭看著季霆微微長出鬍渣的青下巴，想了想，才道：「聽到狼嚎的時候，我只是被嚇了一跳，後來狼推門的時候是真的有點嚇到了，不過我還沒來得及害怕，你就來了。」

月寧笑著伸手去摸他微刺的下巴。「聽到你的聲音，我就安心了，我知道你不會讓我有事的。」

季霆握住她的小手放到自己唇上親吻，眼中的心疼和自責都化為無比的堅定。「這次是我不好，以後我去哪兒都帶著妳，再也不會讓妳受驚嚇了。」

月寧心中感動，卻故意笑著戳戳他的臉，道：「總不能你出門與人談事做營生也帶著我吧？回頭該讓人笑話你兒女情長，英雄氣短了。」

季霆輕嗤了聲，雙臂一收就將月寧嚴嚴實實的抱進懷裡，道：「別人愛笑就笑去，我樂意跟自己媳婦待一塊，別人管得著嗎？」

月寧被勒得胸悶氣短，不舒服的伸手推他。

「你打算勒死我嗎？」

季霆微微一笑，鬆開雙臂改握著月寧的柳腰將她抱高了，低頭與她額頭相抵。「月兒，南山坳的地都整得差不多了，等房子起好了，咱們就成親。」

這樣的話季霆已經不是第一次說了，可不知怎麼的，他這麼抵著她的額頭又一本正經的和她說話，月寧的臉突然就燒紅了起來。她垂著眼不敢看他，只伸手去推他的臉，嘴裡嗔道：「知道了知道了，你趕緊出去，我要洗澡了。」

「妳真的知道了？」季霆盯著月寧頰上的紅雲，眼眸驀然一深，將月寧放到地上，一雙大手就換了方向，改托住她的後背和頸項，輕輕一使力就將月寧壓進自己懷裡。

女子凹凸有致的玲瓏曲線貼合在身上，讓季霆身體裡的火焰騰地一下就燃燒起來，他抵著月寧的額頭眼裡一片火光，使勁閉了閉眼睛也沒能壓住心中的那股衝動，或者說，他根本就不想壓抑那股衝動。

「有件事，我方才在後院就想做了，可因為人多才忍住……」說到這裡，季霆倏地一笑，喉結上下滑動著，極力壓抑著自己想要一口吞掉眼前女子的衝動，慢慢低下頭去輕輕貼上月寧的唇角。「月兒……」

灼熱的呼吸噴吐在臉上，也不知是誰的心跳先亂了，怦怦的心跳聲從兩個人緊貼著的胸口傳來，直震得月寧頭腦暈眩。她屏住呼吸一動也不敢動，紅著臉任由季霆輕輕摩挲著她的唇，卻一點都不害怕他真會把自己給吃了。

兩人緊貼在一起的身體，不但讓她感覺到他身體的變化，也感覺到了他因為極力克制而在微微顫抖，這讓她明白這個男人並不想傷害她，他只是一時的情難自禁。

「別怕，我只是想抱抱妳……」季霆的聲音低啞得不像話，卻滿含著無限柔情。

「乖乖的，讓哥哥親一口。」

月寧羞赧到只想一腳踹死這傢伙，這種事難道還要她當面點頭不成？

「乖！」季霆一下又一下的輕輕摩挲著月寧的唇，像在碰觸一朵嬌嫩的花兒般小心翼翼的，感覺分外溫柔珍惜，他的身體卻顫抖得更厲害了。這樣明明渴望得不得了，卻又珍惜著她的感覺，讓月寧羞得扭頭想躲。

可因為被季霆按著脖頸和後背，她才微微偏了下頭，他就輕笑著跟上來。「乖，別怕，讓我親親。」

月寧的唇被蹭得發癢，偏偏還怎麼躲都躲不開，推又推不動他。季霆要吻不吻的緊貼著她蹭，感覺更像是在戲弄她一樣，讓月寧不禁又羞又惱。「季石……唔……」

趁著月寧張口罵人的檔兒，季霆計謀得逞的輕笑一聲，重重壓上她的唇。這一下就像是按開柵欄的機關一樣，將季霆心裡那名為慾望的獸給釋放了出來。侵入檀口中的粗舌激烈翻攪、糾纏著月寧的，不斷舔吮、吞噬著她唇裡的芬芳和甜蜜。

季霆身體裡像是燃起了一把火，直燒得他血液沸騰，連呼吸都變得灼熱起來。

月寧被吻到喘不過氣來，心裡忍不住各種腹誹。這男人上一次親吻她時明明還顯得很笨拙，這才多久？怎麼就變得像頭惡狼似的？無師自通也不是這麼個通法吧？

男人炙熱急促的喘息和越來越激烈狂野的吻，讓月寧感覺到了危險，再說她真的快要喘不過氣來了。

她伸手去推他，可她這點力氣根本推不動季霆，只能任由他收緊雙臂，把她緊箍在懷裡為所欲為。

就在月寧感覺自己要被憋死之際，季霆突然放開了她的唇，急促的吻一個又一個的從她的嘴角一路蔓延到耳後。

月寧被吻到渾身發軟，只能癱在季霆懷裡近乎貪婪的呼吸著得之不易的空氣。她耳邊聽著季霆跟得了重病般的急促喘息，感受著他的身體因為極力克制自己而不斷的顫抖，她就忍不住幸災樂禍。

哼！叫你親我，該！這就是一個身心健康又信守承諾的男人的悲哀，明知道不能吃，還忍不住想先啃兩口，活該你慾火焚身！

不過腹誹歸腹誹，月寧可不敢真對季霆開啟嘲諷模式，這男人全身上下現在都叫囂著要吃了她，她瘋了才會去刺激他。

月寧的乖巧柔順讓季霆得以慢慢平復下來。壓下心裡的那股狂熱和渴望之後，季霆才如釋重負又有些惋惜的笑了笑，扭頭在月寧頸上重重親了下，啞聲道：「今天怎麼這麼乖，舌頭被貓兒叼走了？」

月寧朝天翻了個白眼，沒好氣的哼道：「是啊，剛被一頭長得跟熊似的老貓叼走了，好疼呢。」

季霆就伏在她頸邊「哧哧」輕笑，捧著月寧的臉在她頰上、唇邊親了好幾下，還邊親邊笑道：「這老貓真是可惡。來，快張嘴讓為夫看看，看妳的小舌頭是不是真被那可惡的貓叼走了？」

月寧抿著唇瞪他。

季霆卻抱著她樂得直笑，還把她按在胸前抱著像是搖孩子似的搖來搖去。「傻丫頭，真是個什麼都不懂的傻丫頭！」

月寧被搖煩了就抬手捶他。

「你玩夠了沒有？再不放開我，那桶水就要涼了。」

季霆到底捨不得讓月寧洗冷水，在她鼻子上輕吻了下，才笑道：「待會兒再收拾妳。」

他帶著一臉的笑轉身出去了，月寧在他身後翻白眼。

就著桶裡的溫水隨便擦洗了下身子，月寧換了身寬鬆的衣服出來，季霆就很自覺地進去收拾善後，然後抱著月寧換下的衣服出去洗了。月寧懶洋洋的趴在床上來回滾了滾，腦子裡本來還在想著一會兒要把餐車的圖紙畫出來，可不知怎麼就睡著了。

季霆洗好了衣服回屋，月寧已經蜷曲著身子，睡得不知今夕是何夕了。

「看來還是累著了。」季霆看著床上團成一團睡得正香的小女人，心疼的嘆了口氣，小心地將人抱起來調整好位置，又拉過薄被給她蓋好，這才躺下連人帶被的將人摟進懷裡，慢慢閉上了眼睛。

翌日一早，天還沒亮，姚家的大門就被人敲響了。

姚錦富這一夜都沒敢睡死，一聽到大門被拍響就連忙起身，披著衣服跑出去應門。

大門外站的正是昨晚押車去鎮上賣死狼的姚立強。

姚鵬夫妻倆年紀大了，覺少，大門一響兩人就醒了。姚錦富跑出去開門的時候，老倆口也連忙爬了起來，等姚立強把牛車趕進門，老倆口也開門出來了。

姚鵬站在正屋的臺階上，向著門口小聲喊。「是立強回來了嗎？事情辦得怎麼樣了？」

「爺，奶，你倆怎麼起來了，是孫兒吵著你們了嗎？」姚立強顧不得跟姚錦富說話，忙向老倆口小跑過去。

張嬸拉著大孫子一邊上下打量，一邊笑咪咪的道：「沒事，我們年紀大了，平時這個時辰也該醒了，那些狼都賣出去了？」

「賣了，賣了，我跟牛屠戶談定了連皮帶肉一頭狼五兩銀子，連狼王在內共賣了六百零五兩銀子呢。」姚立強又轉向姚鵬道：「爺，牛屠戶一時拿不出那麼多銀子，我跟他說好了，今天白天再讓人去他那兒取銀子。那五兩的零頭我讓他給我整了五十斤豬肉，又去各家肉攤上收了六副豬零碎，一共用了四千零六十文，找回來的九百四十文錢在牛車上，您看昨晚跟我們一起去鎮上的那些人，是給分點肉還是直接發銅錢？」

「村裡那幾個跟你們一起去鎮上的人，每人給他們送五斤豬肉去吧。至於咱們自己招的那十人，就給他們一人發五十銅錢。那些豬零碎就讓你三叔都搬到後院去，等你季四嬸醒了，讓她給咱們做了中午加菜。」

姚鵬用力拍了拍姚立強的肩膀，對於已經能獨當一面的孫子是越看越滿意。

姚立強想到昨天嚐到的美味，頓時也笑瞇了眼。「爺，奶，我先把牛趕牛棚裡去。」說完就樂不可支的轉頭跑了。

「這孩子！」張嬸好氣又好笑的搖搖頭，轉頭問姚鵬。「你是去前頭看著，還是跟去後頭幫我燒火啊？」

姚鵬是「君子遠庖廚」的忠實擁護者，聞言立即道：「我去前頭看著，省得咱們這邊發肉，村裡又有人跑來嘰嘰歪歪。」

夫妻這麼多年了，張嬸哪裡會不清楚自家老頭子的脾氣呢。

「就知道你靠不住。走吧走吧，看了就心煩。」

姚鵬嘿嘿一笑，忙不迭的轉身走了。

此時天色還黑著，後院空地中間的那堆篝火卻燒得很旺，火光照得整個後院一片通明，張嬸走進來時甚至聞到了陣陣燒地瓜的香味。

季霆聽到腳步聲，從廚房裡探出頭來，見是張嬸便笑著招呼了一聲。「師娘！您怎麼這麼早就起來了？」

「這人年紀大了，有點響動就睡不著了。」張嬸走進廚房，見季霆蹲在地上往灶膛裡添柴，過去掀起鍋蓋看了眼。鍋裡的米還是米，水也還是水，水面上甚至連絲煙氣都還沒有，她心裡便有了數。

「這裡交給我，你去陪你媳婦吧。」

「這可不成，我可是才和錦華哥交了班的。」季霆笑了笑，起身往外走。「您要嫌我在這兒礙事，我就去外頭待著好了。」

張嬸也不理他，拿了水瓢想去水缸裡舀水，卻看到半水缸漂著草木灰的菜籽油，這才想起這水缸昨天被月寧她們給禍害了。有道是妻債夫償，張嬸揚聲朝外頭喊：「石頭，快給我打兩桶水進來，水缸昨兒個給你媳婦當油缸使了。」

季霆還能說什麼呢？自家媳婦惹的禍，自然要他料理善後，當下連忙去打了兩桶水提給張嬸。

福田鎮的一家小客棧門口，中年掌櫃才把鋪子的門板卸下，一個十二、三歲的少年就臉色難看的衝過來，把他扯進了客棧裡頭。

「掌櫃的，昨晚荷花村有人拉了一百多隻死狼到鎮上，我跟東市的人打聽到，那些狼都是住在南山腳下的四家人給打殺的，聽說那四戶人家不論男女，手上都是有功夫，您說……」

掌櫃的臉色難看的以拳捶掌，咬牙道：「媽的，咱們被那個開雜貨鋪的給坑了，這世上會讓家裡的女人也學功夫的非江湖世家莫屬。也不知隱居在南山腳下的是哪位江湖大佬，竟然還被咱們給撞上了。」

「那七爺他們的仇……」

掌櫃頹然道：「據我所知，南山腳下住著的那四戶人家，連大人帶小孩全算上也不過十七人，其中三個孩子和兩個女人肯定是沒有功夫的，還有三個是上了年紀的老頭老太太，剩下這十二人全算上，要一次弄死一百五十幾隻狼也不是易事。這夥人的底子太硬了，我們就是全上去拚命，只怕也不是對手，老七他們的事，咱們只能自認倒楣了。」

季霆要是知道因為這次野狼下山，無形中幫他解決了潛藏在暗處的危機，只怕作夢都要笑醒了。

月寧一覺醒來照舊已是日上三竿，天光透過淡藍色的細麻布床帳照進來，亮到讓人忍不住瞇眼。月寧抬手擋了擋眼睛，坐在床邊守著她的沈香就驚喜的上前撩起床帳。

「小姐，您醒了？」

「現在是什麼時辰了？」

「巳時過一刻了，您是要再睡一會兒，還是起來？」沈香把床帳撩起用竹刻的帳勾掛住。

「起來吧。」月寧打了個呵欠，揉揉眼睛，撐手坐起來。

沈香一早就聽季霆說了月寧起床會頭暈的事，見她起身，連忙伸手過去扶她。

月寧擺擺手，示意不用她扶，自己掀了被子下地，在床邊站了站，感覺沒有頭暈便逕直抬腳進了淨房洗漱。

沈香忙抱了月寧今天要穿的衣服跟進去，放好衣服就出來去後院廚房端早飯了。

等月寧換好了衣裳出來，沈香已經去後院拿了早飯回來。不過讓她驚訝的是坐在窗前椅子上、手在她的針線笸籮裡挑挑揀揀的季霆。「你今天沒上山嗎？」

「妳怎麼知道我今天要上山？」季霆起身迎向她，輕推著她到梳妝檯前坐下。

「昨天荀叔不是說今天讓你們上山打狼的嗎？怎麼沒去？」月寧看著銅鏡裡倒映出的魁梧身影，滿臉的好奇。

「昨天大家都累壞了，晚點上山也沒事。妳睡得可好？今日起來頭還暈嗎？」季霆拿起梳子給月寧梳頭，動作輕柔舒緩又自然，一看平時就沒少做這事。

沈香一看小姐和姑爺之間完全沒有她插手的餘地，便乖乖擺飯去了。

「這幾天起床都沒感覺暈了。」月寧看著鏡中低頭忙碌的男人，忍不住問：「你今天不忙嗎？」

季霆抬頭看了眼鏡中的月寧，笑道：「妳是不是忘了咱們昨天說好了，今天一早我會讓二哥過來跟妳商量做餐車的事？」

月寧這才想起自己忘記了什麼，不由懊惱道：「完了，我昨天一沾枕頭就睡著了，餐車的圖紙我還沒畫呢。」

「妳身子弱，想睡就睡才是對的，圖紙沒畫就等會兒吃完飯再畫，這個不急。」季霆一邊說話，一邊手指飛快的在月寧的長髮間穿梭，不一會兒就將月寧的一頭長髮編成一條略鬆的長辮垂在腦後。

窗前的書桌上已經擺上了一碗清粥和清炒小白菜、雞蛋炒黃瓜兩碟小菜。

「今天的早飯是奶娘做的吧？」月寧光看這小菜的賣相就知道是秦嬤嬤煮的，季霆只會想到給她做雞絲粥、雞湯粥，萬不得已才會給她炒一盤「草」，而張嬸她們樂得在旁看他們的熱鬧，根本不會插手管這事。

「先將就著吃點，妳昨天買回來的肉還吊在井裡呢，中午我讓張嬸給妳做紅燒肉吃。」聽這話的語氣，他果然是很不滿意這桌清粥小菜的樣子。

「你還是放過我吧，我吃這樣的飯菜就可以了。」月寧笑著捶了他一下，坐下吃早飯。

季霆原是對秦嬤嬤只給月寧做了這麼兩小碟小菜非常不滿的，可看月寧一口粥一口菜的吃得眉開眼笑，最後竟把粥和兩碟小菜都吃光了，跟往日勉強的模樣差多了。他這才驚覺月寧是真的喜歡，不由得暗自檢討自己，看來之前一直給小媳婦做雞湯、雞絲粥，還真是委屈她了。

月寧見吃完了飯，季霆還賴在一旁不走，便也不管他，叫沈香進來把碗碟收去廚房，就拿了炭筆準備坐下畫圖。

季霆在一旁看她畫出了一個形似馬車的輪廓，才出聲問月寧。「二哥來了有一會兒了，妳看要不要現在見他？」

月寧吃驚的回頭瞪他。「你幾時叫你二哥來的？你明知道你二哥來了，還把人扔下不管，跑我這兒來坐著？」

「不是我叫來的，是姚三哥一大早去給昨天一起去鎮上的人發肉時，看見了就順嘴叫來的。」這句話說得季霆滿嘴苦澀，老宅那邊發生的糟心事他並不想讓月寧知道。眼前美麗嫻靜的女子，他原就覺得自己配不上她，如今自家老娘和兄嫂聽到一點風聲，就沒臉沒皮的跑上門來打秋風，開口還沒有一句好話，活像他季霆這輩子就活該給他們做牛做馬，當牲口使喚一樣，這讓季霆深覺沒臉。

月寧敏銳的發現了季霆的情緒不對，放下炭筆，轉身認真的面對他。「你這是怎麼了？活像誰給委屈受了似的。」

可不是受委屈了嗎？

季霆嘆了口氣，略顯煩躁的扒了下頭髮，覺得還是該把這事給月寧透個底，便道：「昨天咱們這兒打死了不少狼，這事已經在村子裡傳遍了。今天一早，姚三哥和師傅去村裡給昨天幫忙一起去鎮上的人發肉，動靜有點大，引了不少人跑去看熱鬧。他們路過老宅時，見到二哥也在門口看熱鬧，便順嘴說了我今天有事找他。當時我娘也在場，問了我昨兒是不是也去打狼了，師傅有心提防，只回說我也是出了力的。誰知不過一個多時辰，我娘就帶著季文和許氏上門來討肉了，還口口聲聲說我就算賣身給了姚家，他們該有的東西也必須要有，姚家不能為富不仁，拿我不當人看。」

季霆說到這裡已是滿面冰寒。「我若當真賣予他人為奴，連性命都是主家的，還有什麼東西是他們該有的？」

月寧看著季霆說這話時，彷彿連腰背都佝僂了許多，同情地伸手握住他的大手，道：「你爹娘、兄嫂又不是第一天這樣鬧了，你要是天天為他們鬧出來的事傷心難過，以後的日子還過不過了？」

第三十五章

季霆看著自己手背上的雪白小手，反手將之整個握在手心裡。

月寧微微遲疑了下，才輕聲道：「我跟你說句忤逆不孝的話，你別不愛聽。你爹娘、兄嫂這樣，你想讓我以後對他們怎麼孝順恭敬，我肯定是做不來的。我就想問問，你之前跟我說的只跟你爹娘、兄嫂維持個面子情的話，還算不算數？」

「自然算數，我又不是糊塗了，吃了這麼多年的虧還要往他們面前湊。」季霆驚覺自己的低落情緒讓小媳婦誤會了，忙握緊她的手道：「我跟妳說這事，不是想讓妳孝順我爹娘什麼的，就是覺得他們這事辦得不地道，丟人！」

在自己睡覺的時候竟然還發生了這樣的事，月寧一時都不知道該怎麼開導季霆，半晌才道：「你要一直把他們當親人看，以後他們再來鬧，你還得傷心難過，這事只能你自己想通、想透。」

身為穿越者，月寧根本沒有這個時代女人的那種不管公婆妯娌如何惡劣，都要孝順他們，要努力與之和睦相處的想法。她很冷靜的跟季霆分析。「而且你想過沒有？他們明知你我已經賣身給姚家了，還敢這麼上門來鬧，要是他們知道了我們不但是自由身，南山坳那正在起的房子和那塊地還是咱們的，他們會怎麼樣？」

還能怎麼樣？上門來直接霸占了他們的房子和地唄！

過去的種種還歷歷在目，季霆用力閉了閉眼，緊握著月寧的手，聲音急促的道：「我知道我知道，我不是要向著他們，我就是覺得委屈……還有點難過吧。我想不明白，明明都是從她肚子裡爬出來的，差距怎麼就這麼大呢？」

看來這是真委屈了。

月寧想到自己兩世為人都沒有父母緣，也忍不住嘆了口氣。「你就當你是沒有父母緣吧，這世上不得父母喜歡的人多了，你小時候至少還跟你爹娘一起生活過幾年的，我可是打小就被送到莊子上，連我爹長什麼樣都沒見過呢。」

這話讓季霆頓時就有種同病相憐的感覺，起身將月寧一把摟進懷裡，低聲安慰道：「沒見過就沒見過吧，妳爹不要妳，我要。以後有我疼妳。」

月寧哭笑不得的伸手推他。「我可沒覺得我爹不要我有什麼不好的，不然我現在也不能安心在這兒坐著了。倒是你，咱們剛剛好像是在說你兄嫂和母親的事吧？你怎麼還反過來安慰我了？」

季霆緊摟著月寧不放手，俯身趴在她肩上長長的嘆了口氣，道：「我以前一直以為爹娘待我冷淡，是因為我不常在家的緣故，直到那回在荀叔家才知道她是那樣想我的。」

自那之後我對他們是真的冷了心了，可今天看到他們又上門來鬧，開口閉口沒有一句好話，好像我就活該給他們做牛做馬一樣，我這心裡就跟壓了塊石頭似的難受。」

「你難受也是正常的，畢竟他們是你的兄嫂和親娘嘛，不過這種事情難受多了也就習慣了。」月寧很不負責的胡亂說著，一邊伸手去推季霆，就他這麼大塊頭兒，月寧被他緊緊壓著，氣都快有些喘不過來。「喂！咱們坐著好好說話行嗎？我都快要被你壓死了。」

季霆聞言眸色沈了沈，卻深知此時不是時候，悄悄深吸了口氣就依言直起身子，寵溺的抬手刮了下月寧的臉頰。「嬌氣！」

「到底是誰嬌氣啊？也不看看你自己長了多大的個頭，我沒被你壓斷氣就已經很好了。」月寧憤憤推開季霆，重新在書桌前坐好，扭頭問他道：「你委屈完了沒有？委屈完了就趕緊去把你二哥請過來，人家都上門多久了？你也不知道早點過來叫醒我。」

季霆滿身的鬱氣被月寧這麼不客氣的一打岔，哪裡還難過得起來？他不禁為自己叫屈。「荀叔可是再三交代了要讓妳自己睡到自然醒的，我這不也是怕妳身子弱，半途叫醒了妳，回頭妳又要頭暈了。」

「好啦，好啦！知道你對我好。」月寧忙推開他又靠過來的臉，把他拒於一臂之外。「快別再胡鬧了，你不是說晚些時候還要帶人上山嗎？要是一會兒來人叫你去，我跟你二哥還說不說事了？」

月寧就算是穿越來的也知道，這弟媳婦和大伯子私下說話，就算是在談正事，可要是沒季霆在旁陪著也是會惹人閒話的。

鄉下地方愛嚼舌根的三姑六婆有多可怕，季霆怎麼會不知道？當下便收了再與月寧膩歪的心思，捏捏她柔軟的小手，道：「那妳先畫著，我這就去請二哥過來。」

月寧揮揮手，示意他快走。

季霆的動作也確實快，月寧才把草圖畫出個大概，院外就響起了腳步聲。

月寧忙放下炭筆起身出去相迎。

「二哥，這就是我媳婦月寧。」季霆急走兩步來到月寧身邊，溫聲和她解釋。「妳到家裡的時候，二哥還在外頭做活，分家書都是二嫂代為按手印的。」

這是說季家分家時，季武當時是不在的。誰都知道季家這家分得不公，季武當時雖然不在，也並不能說明他就沒有占季霆便宜的心思。不過就衝著他妻子和兒子在有人想害她時，肯來給他們報信，他們就得放在心上。

月寧衝季武盈盈一福。「見過二哥。」

「不不，不用這樣。都，都是一家人。」季武的臉一下就脹紅了，慌得連連擺手，一時拘謹得手腳都不知道該往哪兒放了。

月寧驚訝的看看季武又轉頭看看季霆，要不是季武的相貌與季霆有幾分相似，她都要懷疑這兩人是不是親兄弟了。

季洪海和姜荷花一個狡猾貪婪，一個欺軟怕硬，像季文就是得了父母的真傳，季霆雖然被爹娘兄嫂欺負得看似挺慘，不過在月寧看來，他揮去那些糾葛情感，其實本性腹黑又狡詐，也不是什麼好東西。可這季武一看就是有些木訥的老實人，真沒想到季家這棵歪竹上還能生出這麼顆筍。

月寧臉上的笑容立時就真誠了許多。「二哥不用客氣，咱們進屋坐吧。」

季霆也道：「這裡雖是姚家，可這院子是分給我們夫妻住的，咱們是自家兄弟，二哥就當回自己家一樣，不用客氣。」又轉頭跟月寧道：「妳進屋去把東西拿出來，咱們就在這堂屋裡說事。」

東屋的廂房是她跟季霆的臥房，請大伯子到自己睡房裡說事，就算有季霆坐陪也確實不妥。月寧答應一聲，轉去屋裡把圖紙和炭筆都拿了出來。

沈香提了水壺進來，輕手輕腳的給三人都倒了水，然後就自覺站到了月寧身後。

季武雖只是個木匠，可這麼些年也沒少與一些大戶人家打交道。他雖然不清楚沈香的身分，可看她的衣著和做派，就跟那大戶人家裡守在主子身邊有些體面的丫鬟一樣，不由驚訝的看了眼坐在季霆身邊、低頭擺弄著紙筆的月寧。

有關月寧這個四弟媳的事情，季武自然也沒少聽說，卻是第一次見。這容貌、談吐和舉手投足間的氣度，一看就跟他們這些泥腿子不是一樣人，現在再加上她身後站著的這個女子，活脫脫就是大戶人家小姐的做派，可見那傳聞應該是真的，這個弟媳婦還真是哪戶人家的落難小姐。

「今天請二哥來，是想請你幫忙做幾輛擺攤用的車子的。」季霆起了個話頭，就把從月寧這裡聽來的有關餐車的功用先跟季武說了一遍。

「這車體要離地兩尺，車身與一般的馬車略寬些，但長度肯定是要更長些的。因此這車要有四個輪子，頂部要做成房子一般的斜頂，方便萬一下雨時好排雨水……」

月寧將畫好的餐車外觀草圖遞給季霆，又忙開始畫餐車的內部結構圖。

季霆接過圖紙只看了一眼就轉手遞給季武。「二哥先看一下這圖，看看這樣的車子你能不能做？」

季武接過圖紙看了眼，又忍不住驚訝的抬頭看了眼月寧，出身大戶人家的小姐不一定就能書會畫，但眼前這位顯然是個才貌雙全的。他拿著圖紙端詳了半晌，略帶遲疑的道：「這車子我做是能做，可妳要是想能擋雨防風，這活計就得往精細了做，木料也得用上好的。不說工錢，你們買木料只怕就要花上一大筆銀子。」

季霆微微一笑，道：「銀子不是問題，二哥，你看看這樣的車該用什麼木料好，做一輛這樣的車又得花多少工錢？你合計好了算個價錢出來，只要價格合適，姚叔肯定能點頭將這活計交給你做。」

邊上忙著畫圖的月寧嘴角微不可見的翹了翹。

季霆沒有被季武老實木訥的性格，和黃氏與季有剛的報信之恩迷惑，對季武透露不該透露的事情，能做到自己心裡有數，這樣很好。

「這敢情好。」季武喜得直搓手。今年的年景不好，老百姓飯都吃不飽了，自然也就沒人再找他做木工了。季家除了長子季文，沒有人能在家吃閒飯，所以他這幾月來一直都是靠在鎮上做零活，賺些銅板以維持家中花銷的。

季武低頭認真看著手裡的圖紙，沈思半晌才抬起頭道：「妳這圖上畫的車，我看這一側畫著臺階，不知道這車你們準備做多高呢？」

月寧頭也沒抬，只顧專心在紙上塗塗畫畫，顯然沒有開口的意思，季霆便道：「需讓人能在其中站立活動。」

「車子要做的這樣高，那車體就不能太重了，否則牛馬只怕拖之不動。」季武手指在圖紙上一彈，一臉嚴肅的道：「為了車身平衡，你這四個車輪只怕得再做大一圈才成，而且車輪的料子得用鐵木的才不易壞。至於這車身，我看用杉木的就成了。杉木咱們這兒的山上就有，你只要能派人上山砍了來，我就少收些加工費給你做出來，你看這樣可好？」

季霆聞言微微一笑，心裡卻明白這加工費不可能太高。太平年代，請有手藝的木匠幹活，一天的工錢差不多也就是十五到三十文不等，可如今年景不好，請木工做活的工錢自然也不會高到哪裡去。

果然，季武緊接著就道：「現在的年景不好，這車要是木料備足的話，我八、九天就能做好一輛，如此，我一輛就收一百文工錢，如何？」

季霆搖頭，覺得這價格有些低了，正想開口卻聽月寧出聲道：「二哥這價報的低了，我們自己備料，給你一輛五百文的加工費。只不過我們要的急，需二哥多請些幫手來做。要是能在十日之內做出三輛車來，我們再給你一輛加一百文的加急費，二哥你看這樣可好？」

月寧說著將手裡剛畫好的餐車內部平面圖遞給季霆。季武驚訝的看著泰然自若，好像已經習慣了拿主意的月寧，又轉眼看看臉色自然，好像一點都不在意月寧突然插話的季霆。

鄉下地方規矩大，一般男人說事女人是需要回避的，除非是在家中極有地位的女人，才會被允許在一邊旁聽。別人家如何季武不清楚，可他們季家一向就是如此的。家裡除了他大嫂許氏，這麼多年來就連他娘姜荷花在他爹說事時，都要謹守婦道，不敢隨便出聲。

而看季霆這態度，顯然是對月寧在他和他說事時，突然插嘴根本不以為意。也不知季霆對這個弟媳是真的這般看重，還是因為氣惱家裡，就故意要跟家裡的一切反著來。

誰也不知季武木訥老實的表面下生了顆七竅玲瓏心，世事紛爭他都看在眼裡，他心裡都明白，但他就是不說。既然季霆對自己媳婦出聲拿主意不以為意，季武自然也只當什麼事都沒有，跟月寧道：「弟妹這價給的委實高了，我可不能占你們的便宜。」

月寧笑道：「二哥是不瞭解這餐車的複雜，才會覺得我這價給的高了。不說這車的內部要做很多可活動的擋板，車子頂上的四角還要做榫頭，好方便以後接上長杆往外搭棚，就說這餐車一側要開的這扇大窗，這窗子要在關閉的情況下滴雨不入，就得在窗縫處另外做一層擋板。這些東西說來簡單，可要真做起來卻極為繁雜，而且還要處處做的精細，可是極費功夫的。」

這邊季霆把月寧畫的圖接在手裡，也確實是有看沒有懂，便把那圖攤放到三人面前，方便季武和月寧都看到。他指著圖上畫的餐車一側開的大窗問月寧。「媳婦，這車壁上的窗子開的是不是太大了？這樣只怕不好做啊。」

月寧用手裡的炭筆，在季霆手裡的圖紙上飛快的寫了個阿拉伯數字一，再在上面畫了個圈圈，然後在自己手裡的紙上飛快的畫起來。

「這車我之所以叫它為餐車，就是想要它跟個小鋪子一樣，人在車裡可以燒飯做菜，打開窗子可以往外賣東西，上頭帶頂不怕風吹日曬，下頭帶輪子可以沿街叫賣。而這車壁上開的大窗，就是鋪子往外賣東西的窗子。

「這窗子，要全往車尾一側開，車尾這裡還要做一個可活動的木階梯，方便擺攤時車裡的人上下餐車。而車頂四角的榫頭要另做數根配套的長木杆和木柱，要求在需要時，能把這些木杆和木柱組裝起來，蓋上油布就能搭起一個供人歇腳用的攤位來。」

這下季霆就算不是木匠，也聽明白月寧這「餐車」的精妙之處了。

季武更是如獲至寶，兩眼發光的指著圖紙上的餐車四角，問月寧。「這四角要是都做一樣的榫頭的話，妳這車子豈不是可以左右兩邊都搭出個攤位來？」

「要是外接的木杆和木柱足夠多和結實的話，按理是想搭幾個攤位就可以搭幾個攤位的。」月寧伸手，在季霆拿著的圖紙上用炭筆描畫了幾筆，一邊道：「咱們既然要賣吃食，這攤位就是必不可少的。不過，有喜歡買了吃食坐下吃的，自然也會有喜歡買了吃食帶回家下飯配酒的，車上的這扇大窗就是為了方便那些買了就走的客人的。」

月寧說著，就在自己手裡的紙上描畫起來。「至於另一邊的攤位，若是生意好自然可以搭來用，若是暫時用不著，逢年過節也可以搭了給我們女人賣些荷包、絹花什麼的，也能賺些銀子貼補家用不是？最重要的是兩個攤位挨一起，能夠互相照應，我們女人出去擺攤也不怕會出事。」

月寧邊說邊畫，手裡的炭筆看似隨意的橫塗豎抹，可每一筆都自有精妙之處，而且那速度還不慢。季武看著紙上慢慢顯現出來的攤位圖，心裡暗暗吃驚。他自認自己也算是見過一些世面了，可如眼前這個四弟媳這般，拿根用布條纏著的木炭就能將說的東西輕描淡寫的畫出來，還畫得這麼傳神的，他別說是見了，就是聽都沒聽說過。

鎮上那些大戶人家的小姐，雖說也有讀書識字的，可聽說也都是讀些女戒、女訓什麼的。他最常聽人說的是「女子無才便是德」，而這四弟媳這般隨手就畫出車子、攤位的，大概就是戲文裡說的「琴棋書畫樣樣皆通」的大家小姐吧。

季武抬頭看向季霆，只覺得四弟也算是因禍得福了。

月寧為了能讓季武明白餐車內部各處的功用，每個細節圖雖然都只是寥寥幾筆畫了個輪廓，可該畫該說的都儘量一一交代清楚。不管怎麼說，餐車在這個時代還是個全新的理念，用說的怎麼都不會有畫出來讓人一目了然。

「……車頭這裡，要跟車尾做一樣的上下四扇車門，中間栓上就成兩扇門，下頭栓上，把中間的栓拔掉這裡就是一個大窗子，這樣方便兩邊擺攤時相互照應。」

月寧甩甩畫得痠痛的手，抬頭看向季武和季霆。

季武看著她臉上明晃晃的「你們還有哪裡不明白」的表情，連忙點頭道：「弟妹說的我都明白了。」人家這邊邊角角都給清楚畫出來了，他要是還不明白，這得有多蠢啊？

想了想，季武又道：「這車雖說複雜，卻並不難做，工錢方面若真能照弟妹方才說的那樣，我便叫上我師傅和幾個師弟一起做，保證活計給妳做得漂亮，還能在十天之內給妳做出來。」

季霆與月寧對視一眼，當即拍板道：「這工錢是姚叔一早就跟我們商量好的，我們才沒跟二哥你說那些虛的。你放心去請人就是，今兒我還得上山去看看，明天……明天我向姚叔領了錢就跟你去鎮上買做車輪的鐵木。至於杉木，我也明天讓人上山去砍來。」

季武一聽這話，心裡立時就安穩了，當即起身道：「那我現在就去找人，杉木也是有好有壞的，明天我讓師弟陪你們一起上山挑，也省得你們砍了無用的木料下來，白費了那許多功夫。」

眼看就要到手的大活計讓季武無法平靜，他說完就匆匆告辭走了。季霆起身相送，沈香就端了早就準備好的溫水來給月寧洗手。

月寧自從起床就沒見著秦嬤嬤，不禁有些奇怪的問沈香。「沈香啊，奶娘去哪兒了？怎麼一早就沒見著她？」

「嬤嬤在後廚跟張家老太太和幾位奶奶忙呢，姚大少爺從鎮子上買了六副豬頭豬尾還有豬下水回來，我們一早起來就一直在忙著清洗那些東西。」

月寧不禁莞爾。「他這是吃出味兒來了，打算一次吃個夠嗎？」

沈香笑道：「姚少爺雖然買的多了點，不過這些豬頭豬尾的反正也不貴，咱們做好了給大家添個菜，也權當報了他們昨天的救命之恩了。」

「妳想的倒開，不過卻是想錯了。」月寧伸出食指隔空笑著點了點她。

「想錯了？奴婢哪裡想錯了？」沈香站住腳，不解的回頭問月寧。

「妳忘記了咱們現在可是一夥的，妳家小姐我這輩子是注定要嫁在這農家院裡了，妳跟著我，可不就也是這個家的一員嗎？既然大家都是一家人，他們救我們不正是應該的？那妳這報恩之舉可不就多餘了？」

沈香被月寧說得愣在那裡，心裡知道月寧的話不對，可腦子裡就是繞不過那個彎來，無法立即指出月寧的錯。看她端著水盆愣在門前，月寧背轉過身惡作劇得逞的吐吐舌頭，腳步輕快的跑回屋去穿外衣準備出門。

季霆回來時見沈香站在門前，奇怪道：「沈香，妳愣在這做什麼？妳家小姐呢？」

「小姐回屋去了。」沈香想也不想的說完，才反應過來自己或許、可能又被月寧戲弄了，不禁氣到向大開的東廂門跺腳。「小姐！妳又戲弄奴婢了對不對？哼！」

小丫頭也有大脾氣，沈香氣吼吼的一跺腳，端著水盆就出了院子，走了。

「果然是什麼樣的主子養什麼樣的丫鬟，這脾氣都是一個樣的。」季霆輕笑著搖搖頭，抬腳就進了東廂。

第三十六章

月寧從櫃子裡拿了件白底藍花的粗麻外衫，權當擋塵防污的圍裙般披在細棉的衣裙外頭，以防不小心沾了污漬不好清洗。也得虧她受傷之後，身體虛寒，否則大夏天的還真穿不住這麼多衣服。

月寧低頭一邊繫衣服上的繫帶，一邊轉身往外走，不想卻一頭撞入進來的季霆懷裡，把她自己嚇了一跳。

季霆抱著送上門來的月寧樂得不行，低頭笑著問她。「妳這樣算不算是投懷送抱？」

「投你個頭的懷啊！走路都沒點聲音，嚇死我了。」月寧沒好氣的抬手捶他，卻惹得季霆直樂。

月寧的這點力道落在他身上撓癢癢都嫌太輕，倒是看她微翹著小嘴，氣急敗壞紅了臉的模樣，讓他心癢難耐。沈香那礙事的丫鬟不在，此時不偷香竊玉，更待何時？

季霆順應本心，低頭就貼上去，張口含住她紅豔豔的小嘴，舌頭就不客氣的探了進去……

季霆滿面春風，神采飛揚的帶人上山時，月寧正捂著被吻腫的嘴唇坐在屋裡生悶氣，不過氣著氣著她就笑了。

雖然前世活了二十幾年都沒機會談戀愛，她在這方面毫無經驗可言，可季霆吻她時活像全身所有細胞都在渴望她一樣的急切和激烈，以及激情時帶著尊重的隱忍，都讓她忍不住為之感動和心動。

那個五大三粗的男人長了顆七竅玲瓏心，他堅持占著丈夫的名頭，擺明了就是要對她死纏爛打，用他的愛細細編織情網，霸道的要將她密密的包裹起來，讓她就是想逃都逃跑無門。

而月寧偏偏就對季霆這樣的死皮賴臉最沒有辦法。身為女人，就算她是從先進的現代穿來的，可受著東方文化的薰陶長大，身為女子的矜持和從一而終的心理還是難以打破的。抬手摸了摸還在紅腫發燙的嘴唇，要是她這副樣子被秦嬤嬤和張嬸那些人精看到，肯定得被笑話死了。

月寧看著窗外明亮的天光，果斷打消了去後院的念頭，坐下鋪紙研墨，心平氣和的寫起字來。

那頭，沈香的氣來得快去得也快，她跑到後院就把被月寧戲弄的事扔到了腦後，擼起袖子就去幫秦嬤嬤等人幹活了。

豬下水要做得好吃，這洗洗煮煮的工序必不可少，雖然做起來麻煩了些，可因為大家已經商量好了以後要做這個營生，因此雖然熱水煮了一鍋又一鍋，大家忙活起來還是很積極。

等眾人把這麼多東西都粗粗的用沸水煮過，洗乾淨鍋要準備開始滷製了，張嬸才發現半天都沒見到月寧，不禁轉頭問秦嬤嬤。「秦妹子，月寧那丫頭今天是不是沒來過後院啊？」

「對啊，我家小姐呢？」秦嬤嬤直到這時才想起來，她打從起床就沒見過月寧，立即轉頭去問沈香。「沈香，妳不是說小姐起床了嗎？人呢？」

「是起來了啊，小姐早上還跟姑爺見了姑爺的二哥呢。」沈香說完見秦嬤嬤還在瞪著她，不由一陣心虛，低頭絞著腰上的垂絲支吾道：「奴婢侍候小姐洗漱完了，小姐就又戲弄奴婢，所以……所以……」

「所以妳就扔下小姐一個人跑回來了！」秦嬤嬤的聲音頓時就高了八度，同時無奈的朝沈香揮揮手。「還不快去西跨院看看小姐在幹麼，把人給請過來。」

沈香委委屈屈的「哦」了一聲，也不敢為自己叫屈，提著裙子就跑了。

「都是些不省心的。」秦嬤嬤這話聽著雖是抱怨，但字裡話間無不流露著滿滿的親近和溫馨，聽得張嬸哈哈大笑起來，不見外的和秦嬤嬤道：「教出這麼個忠心不二的丫頭，妳就得意吧。」

秦嬤嬤確實挺得意的。她一邊把地上東一盆西一盆的豬頭和豬下水搬到一邊，一邊感慨的道：「咱們給人做奴婢的，升米恩斗米仇的事情見多了，這丫頭能記得小姐對她的救命之恩，能放棄陳府的富貴跟老奴一起出來找小姐，也不枉小姐救她一場了。」

而本分又忠心的沈香，此時卻正指著月寧紅腫的嘴唇毫無形象的哈哈大笑，曖昧的衝她擠眉弄眼。「小姐，妳這唇可是姑爺給……」

「妳個大膽的臭丫頭，還不快閉嘴！」這哪裡是個丫鬟啊，整個一祖宗！月寧羞惱得紅了臉，瞪著沒有一點身為丫鬟自覺的沈香，低聲警告道：「妳個沒臉沒皮的丫頭，真是吃了熊心豹子膽了，敢非議本小姐的房裡事，看我回頭不告訴奶娘去。」

沈香的笑聲立時就小了下去，可那彎彎的眉眼滿帶笑意，哪裡有一絲懼意？

月寧心裡吐槽著沈香的不可靠，卻也沒有要罰她的意思，抬頭用下巴指了指桌上放著的紙張，道：「妳笑完了就把這紙拿去給姚立強，讓他把昨天買的棉花給我留兩三斤下來，其他的都拿去彈成被子。」

「姚少爺跟姑爺他們上山打狼去了呢。」話是這麼說，沈香還是上前拿起桌上寫了棉被數量和尺寸的紙，小心折好後放進荷包裡。

「妳午飯不是送過了嗎？又跑來幹麼？」月寧話裡滿滿的嫌棄讓沈香不滿的嘟起嘴。「小姐這話好沒道理，奴婢可是您的丫鬟，難道不該在您身邊侍候嗎？」

「哎喲！我謝謝您啊，您這麼金貴的丫鬟我可使喚不起。」月寧沒好氣的說完，就想起沈香說她們一早都在後廚忙著清洗豬下水的事來了。「妳們把那些豬頭和豬下水都過完水了？」

「都收拾好了，就等小姐妳去配香料和調料呢。」

唇上的紅腫久久不退，月寧可不想去後院被人圍觀。她低頭想了想，道：「既然已經決定了要跟大家一起做這滷豬下水的營生，滷汁配方遲早也是要跟大家公開的。這樣吧，妳去把我放櫥櫃裡的藥材包拿來，我配好了香料，妳直接拿去讓張嬸她們一鍋放一包就成了。」

沈香看著月寧紅腫的雙唇了然的笑瞇了眼，道：「那調料呢？奴婢要不要把鹽、糖和醬油這些也給您一起拿過來啊？」

「湯汁的鹹淡，讓奶娘她們自己看著辦就好了。」月寧瞪著還想調侃她的沈香，沒好氣的道：「妳還不走，賴在這裡是等我請妳喝茶嗎？」

「奴婢可不敢讓您請喝茶。」沈香嘻嘻一笑，好心情的轉身蹦跳著出去了。

月寧懊惱的低頭捂臉，感覺這回真是面子、裡子都丟光了！季霆那個混蛋自己爽完拍拍屁股就跑了，把她吻出個香腸嘴來，讓沈香看了笑話不說，估計她躲屋裡不敢出門的事，一會兒就會傳得整個姚家皆知了。

月寧哪裡知道，秦嬤嬤知道季霆與她感情好，只有為她高興，而秀寧和秀樂因為美食當前，又被張嬸和各自的母親警告過，自然也就不會再來糗她了。

因為姚家一眾娘子軍的辛勤勞動，姚家後院一整個下午都飄散著濃郁的肉香味，惹得那些因得知昨日姚家進了野狼，而特地跑來看熱鬧的荷花村村民不停的猛嚥口水。

眾人聚在姚家大門口不捨得離去，這個說：「活了一輩子都沒聞過這麼香的味道。」

那個說：「味道這麼香，難怪會把山上的狼都引來。」

眾人七嘴八舌的，指著姚家大院議論紛紛，各種羨慕嫉妒、恨不得以身代之的酸話一句接一句冒出來，也不知道這些人哪來的臉皮，竟然將想佔便宜的話說成這樣熱鬧。偏偏這樣不知羞恥的話，竟還得到了不少村民的回應。

季霆和馬大龍等人帶著群眾浩浩蕩蕩下山時，太陽已經快要下山了，可圍在姚家門口看熱鬧的村民非但沒有散去，反而有越聚越多的趨勢。

他們見季霆和姚家人帶著給姚家幫工的一眾男人們滿載而歸，看那揹的揹，抬的抬，細細一數竟有六十多隻狼，不禁嫉妒到眼睛都紅了。

「我的天啊！姚家這是招了多少人上山啊？看這架勢，這次也不知道打到了多少獵物。」

「不管打了多少獵物都沒咱們的分，姚家是有錢人，眼睛都長在頭頂上，啥時看到過咱們這些窮鄉親了？」

有人大聲道：「姚家打到這麼多獵物，真要眼裡有鄉親們，多少也該給咱們分點肉吃吧？」

「鎮上現在的肉賣得可貴了，聽說豬肉一斤就要五十多文錢呢！姚家打了這麼多獵物，只怕捨不得拿出來分吧？這要是拉去鎮上賣了，能得多少銀子啊？」

一說到銀子，圍觀的村民心思就更加浮動了。姚家人和馬大龍都會武功，季霆以前是鏢師，這手裡的功夫肯定也不弱。眾人忍不住開始想：要是自己今天也跟著一起上山，就算不能打到獵物，想必也能從姚家的獵物中分一杯羹吧？

這個念頭一冒出來就跟野草似的，開始在眾人的心裡瘋長起來。

「這麼多獵物也不知道能賣多少錢？那馬大龍這回可發了，這些人裡，季老四和那些姚家招來做工的男人都沾不到好，就馬大龍可以分一杯羹。」

有村民更是酸溜溜的道：「你們還不知道吧，聽說姚家昨天打殺了一百多頭狼，連夜就裝車拉鎮上去賣了。姚家今天一早就往昨天給他家幫忙的人家裡，每家送了五斤肉，出手這麼闊綽，想來肯定是那些狼賣得個好價錢了。」

圍觀的一眾村民聽了更是嫉妒不已，又見從山上下來的男人們個個喜氣洋洋，抬的、揹的獵物裡不只有狼，還有乾瘦的野雞和野兔，心裡就更難受了，活像別人自己打的獵物都是偷了他們家的一樣。

可不管心裡再怎麼嫉妒、難受，村民們還是保持了理智，不敢在姚家門前胡糾蠻纏。猶記當年敢對姚家放肆的閒漢，都被衙門抓去挖沙修河堤去了，這樣的人家，不論武力、財富還是權勢，都不是他們這些小村民可以隨便得罪的。前車之鑒猶在眼前，蠻幹肯定是不行的，他們想要巴著姚家撈些好處，看來還需動動腦子。

「也不知道姚家把山上的狼都殺乾淨了沒有，要是跑了一、兩隻，誰知道那些狼會什麼時候再跑下山來報復啊？姚家還在南山坳裡起房子，別到時候被野狼一鍋端了都沒人知道。」

本著自己不舒服，也不想讓別人好過的心理，圍觀的村民裡說這些酸話的人不在少數。他們自認為說得小聲了，別人便聽不見，卻不知練武之人耳聰目明，就連六十好幾的姚鵬都聽到了幾句，更別說是姚錦富和馬大龍等人了。

對於這些一逞口舌之快的惡劣村民，姚家這邊一直以來的態度都是直接無視的。姚立強兩手提著數隻瘦巴巴的山雞，跑去拍門。「娘，妹妹，我們回來了，快開門。」

姚家大門「吱嘎」一聲就開了，張嬸領著眾人笑容滿面的迎出來。「哎喲，這是打了多少東西回來啊？」

姚立強高舉兩手，讓奶奶和母親看自己的收穫。「這些山雞都是順手打的，狼群被我們殺了不少，逃掉的零星幾隻成不了氣候，爺爺看天色不早了，就讓我們回來了。」

張嬸高興的撫掌笑道：「那就好、那就好，飯菜都給你們準備好了，大家把東西歸置一下，洗洗就來吃飯吧。」

男人們在山上與群狼周旋了一天，早就飢腸轆轆了。不過大家都知道姚家開飯前，要先把自己料理乾淨的規矩，當下紛紛把獵物抬進姚家大院，搶著就跑回住處洗澡換衣服了。

季霆在人群中舉目四顧，沒見著自家那明媚動人的小媳婦，就忍不住蹙起了眉。他幾步跨到沈香面前。「沈香，妳家小姐呢？」

沈香抬頭見是季霆，就想起月寧那紅腫的嘴巴來，一雙杏眼不由笑瞇了起來，道：「小姐在自己院裡呢，她今天一天都沒出屋子……哎？姑爺，你去哪兒啊？我話還沒說完呢。」

季霆哪裡耐煩聽她把話說完啊？他以為月寧身子又不舒服了，心裡一急，哪還聽得見別的？他繃著臉大步穿過人群後，便心急到開始改走為跑。

可等季霆心急火燎的跑回屋，卻被月寧用縫了一半的鞋底子給扔了出來。「我不能出屋子還不是你害的？也不看看你幹的那是人事嗎？你瞧瞧，你瞧瞧，我這嘴腫到現在都還沒消下去，你叫我怎麼見人啊？季石頭，我告訴你，姑奶奶現在很生氣！你給我哪兒涼快滾哪兒去，再讓我看到你，看我不打死你。」

季霆咧著嘴，被鞋底子抽得抱頭鼠竄，一路逃到院門口才撫著胸口，回身一臉邪笑的朝院子裡探頭探腦。「看這脾氣壞的，也得虧我不嫌棄，不然怎麼嫁得出去啊？」

壞脾氣的月寧姑娘逮著季霆一陣河東獅吼之後，只覺得神清氣爽，心情簡直不要太好。她心情愉快到拿起繡繃重新坐下，哼著小曲兒低頭繼續繡花，感覺自己繡的花兒都比平時漂亮了不少。可見這人多少都有些劣根性，看到別人不舒坦自己就舒坦了。

夏天的獵物不能久放，再說那山雞、野兔都瘦巴巴的，家裡如今有美味又油水十足的豬頭豬尾和豬下水，姚錦華兩兄弟和馬大龍三人就一人一架牛車，把下午打到的獵物收拾收拾，拉著就直奔福田鎮去了。

未等夜幕降臨，去南山坳幹活的人就都回來了。姚鵬當即拍板，決定就在前院擺桌吃飯。

擺桌、搬凳子的活自有人去做，季霆和荀健波忙進忙出的給院子四周插上火把，整個姚家前院亮如白晝，再加上吃飯的人多，一時簡直比過年還熱鬧。

眾人何時見過這樣的盛宴？甩開膀子玩命吃喝的同時，還對著一桌子的菜頻頻豎大拇指，交口稱讚菜好吃，主人家也厚道。

一眾漢子們吃得滿嘴流油，自上桌之後就沒捨得抬頭。那樣子看得姚家眾人、馬大龍和荀元等人都忍不住眉開眼笑，心下對幾家合夥要做的滷肉營生也充滿了信心。

與姚老爺子一桌的陳瓦匠，嘬一口酒，吃一口美味的豬耳朵，只覺得滋味十足，人生再幸福也沒有了，便跟姚老爺子感慨道：「老爺子一家都是厚道人，我老陳也給許多地主家蓋過房子，可這八菜一湯全上肉菜的，這還是頭一回見到。」又玩笑般的道：「得了主人家這般好的飯菜招待，咱們明兒一準下了力氣幹活，盡量早日給您把房子建好。」

「陳師傅，你這話當真？」房子建好就代表能跟月寧拜堂成親了，季霆作夢都想跟月寧做名正言順的夫妻，一聽這話哪裡還坐得住？

陳瓦匠立即正色道：「自然當真！老爺子這麼好飯好菜的招待咱們，咱們要不使勁幹活，可對不起吃下肚的這些油腥。」

季霆喜形於色的笑道：「陳師傅，你這話說出口可要說話算話。要是你能帶著大家儘快把房子給建起來，吃食方面你只管放心，我們姚家自是不會虧待了大家。」

陳瓦匠一聽這話不禁一愣，他看看季霆又看看但笑不語，感覺很有威嚴的姚老爺子，不由端正了神色，問道：「老爺子，季霆兄弟說的話，可能代表您？」

姚鵬似笑非笑的瞥一眼季霆，點頭道：「季霆說的就是我的意思。」

陳瓦匠作夢都沒想到，原本只是跟姚老爺子開個玩笑，誰知真的得到了這樣的許諾。當下也顧不得吃飯了，他喜出望外的跟姚老爺子告了罪，就跑去與徒弟和老夥計們合計怎麼才能又快又好的把房子建好了。

陳瓦匠一邊跟一眾夥計商量，一邊還在心裡暗暗發誓一定要在一個月內將姚家這六間二層的小樓保證品質的快速建起來，好為自己那些大半年來常常吃不飽、穿不暖的徒弟和老夥計們，掙到這有肉有麵，頓頓都能吃飽的好日子。

這頭季霆得了陳瓦匠的話也高興壞了，面對姚老爺子和眾人戲謔、促狹的眼神，他一點也不在意，反而興高采烈的扒了三大碗飯。

晚上姚老爺子有事要說，等吃飯的人都散了，季霆打發了自動請纓幫月寧守門的慧兒和小建軍，給月寧加了件衣服就帶著她去了主院。

姚鵬召集大家要說的事情主要有兩件，一是野狼下山的問題，二是打狼後賣得的銀子分配問題。

「山上的草木差不多都快枯死了，若是老天爺再不下雨，別說是野狼會下山，就是虎豹黑熊只怕都要跑下山來吃人了。所以我想著白天咱們家裡就不要留人了，大家都到南山坳去，晚上大家再一起回來，省得兩頭牽掛，我們在那邊幹活也不安生。」

「你們都去，都去，我就不去了，我白天把養的那些蟲子放出來，在家待著也安全得很。」荀元年紀大了就懶得動彈了，就想待在家裡晃晃搖椅，喝喝閒茶。

「荀叔，我原以為最不樂意去南山坳的會是月寧，沒想到竟是您。」田桂花天生生了個大嗓門，說起話來嘎蹦脆。「您怎麼也跟個大姑娘似的，還喜歡大門不出二門不邁啊？」

眾人聽著都忍不住笑起來。

月寧拍著手起鬨道：「可見田嫂子一點都不瞭解我，我這人平日裡最喜歡到處跑了，如今整天在屋裡憋著也是這身子不爭氣給鬧的。不信你們問問我家夫君，我是不是剛能出門就纏著他去了趟南山坳？」

「臭丫頭，妳這不是指著和尚罵禿驢，說老夫學娘們嘛？」荀元衝著月寧笑罵。「真是白瞎了我那些好藥了，妳這丫頭就是個小白眼狼。」

秦嬤嬤忙在一旁笑著幫腔道：「沒白瞎，沒白瞎，老先生仁心仁術，救下我家小姐，我們心裡可都牢牢記著呢。這不轉眼就要入秋了嗎？您跟荀少爺的秋衣我們小姐都裁剪好了，老奴這兩天縫好了就給您送過去。」

這話說得活像他是在討要好處一樣，縱使荀元人老皮厚，這下子也不禁紅了老臉，有些不自在的道：「老夫也就這麼一說，老妹子可千萬別這般客氣。再說老夫和小波的衣裳都夠穿，妳們就別浪費那些布料了。」

秦嬤嬤笑咪咪的道：「不浪費、不浪費，我家小姐自小就大手大腳慣了，買的那些布料堆在櫃子裡也是生蟲子的命，還不如裁了給大家多做兩身衣裳呢。」

趴在馬大龍腿上正跟姐姐玩手指的小建軍，耳朵敏感的捕捉到了「大家」一詞，立即兩眼放光的抬頭問道：「嬤嬤，您說給大家做衣裳，是不是也要給軍兒做新衣裳啊？」

「還是我們軍兒少爺聰明，老奴說的可不就是這個意思嗎？」秦嬤嬤雖然到姚家才兩天，可這兩天慧兒和小建軍跟前跟後，嬤嬤長、嬤嬤短的叫著，可把秦嬤嬤給稀罕壞了。對著兩個孩子，她一張臉笑得是要有多慈祥就有多慈祥。

第三十七章

「你這倒楣孩子，怎麼還學會跟人討東西了？」田桂花在馬建軍的屁股上輕拍了一記，不好意思的對秦嬤嬤道：「嬤嬤可別再慣著他，再慣下去都要上天了。」

秦嬤嬤稀罕慧兒和小建軍的乖巧，把兩個孩子當自個兒的孫輩一樣看待，最是聽不得別人說慧兒和小建軍不好。「馬家奶奶可千萬別這麼說，軍兒少爺也就是偶爾活潑了點，平時咱們軍兒少爺可是再懂事也沒有了的。」

小張氏指著田桂花就大笑起來。「哎喲我的天啊！秦嬤嬤這才是親奶奶吧？田桂花妳活脫脫就是個後娘啊。」

眾人都哄笑起來，小建軍聽得跟著傻樂，弄得田桂花哭笑不得，氣不過下又給了他屁股一掌。

待到眾人笑過了，張嬸才揮手將聊歪的話題給拉回來。「那這事就這麼定了吧，明天大夥兒都到南山坳去。」又問月寧。「我聽說妳上回買了不少布料，可有那白色的麻布？」

月寧點頭。「還有一疋厚料的白色粗麻布沒動過，您問這個可是想用麻布做掛簾？」

「還是妳這丫頭聰明。」張嬸笑著點點頭，道：「南山坳裡幹活的都是些糙漢子，妳們幾個嬌滴滴的女娃兒就是去了，也是要另外安置的。明天妳就把那疋白麻布帶上，咱們離遠點再搭個寬敞些的竹棚子，到時候就把這白麻布掛上。妳們幾個丫頭待在裡頭要繡花就繡花，要睡覺就睡覺，誰也管不著妳們。」

一疋白麻布解決了大問題，讓原本擔心自家閨女混跡在一群大男人中間，會影響了名聲的姜氏和何氏都鬆了眉頭，也讓擔心月寧的季霆、秦嬤嬤和沈香都鬆了口氣。

「行啦，棚子的事情等明天去了南山坳，咱們再討論怎麼弄。」姚鵬一開口，眾人全都自動噤了聲，安靜的聽他道：「昨天那一百多頭狼賣了六百零五兩銀子，五兩銀子已經買了肉和那些豬零碎了，剩下的這六百兩咱們四家平分，每家正好一百五十兩。」

「姚叔，這銀子可不能這麼分。」季霆皺眉道：「幹活的時候咱們大家雖說都出了力，可殺狼的時候，真正出力的除了您、小強、姚二哥和姚三哥，也就只有我、馬大哥和荀叔、小波了。這錢就是要平分也是我們八個人平分，斷沒有讓您一家子只得一份的道理。」

馬大龍和荀元也連忙點頭稱是，荀元更是直白的道：「姚老頭，你也別矯情了，正如月寧丫頭昨日說的，為人處世不患寡而患不均。咱們四家在一起住，以後還要一起做營生，這帳還是算清楚為好，省得以後因為這丁點小事讓大家心裡有了隔閡。」

姚鵬想想也覺荀元說的有道理，再說他們家人多，還都是能幹活的壯勞力，也不至於會占了其他三家的便宜，便點頭道：「那就按石頭說的，咱們八個人平分吧。」

六百兩銀子八個人分，一人能淨得七十五兩，馬大龍和季霆拿到銀子後的動作出奇的一致，全都是轉手遞給自家媳婦。

秦嬤嬤和沈香把這一切都看在眼裡，忍不住眉開眼笑起來，覺得季霆雖然是個粗人，卻還是很敬重月寧的，打心底就接受了他這個赤腳姑爺。

不過月寧並沒把這些錢留在手裡的打算，所以季霆把銀票和碎銀子遞給她時，她又反手把銀子給推回去，一邊跟季霆商量道：「咱們昨天賣了繡品不是還剩下三百零五兩嗎？加上這些就是三百八十兩了。我們留下一百八十兩花用，拿二百兩出來再在南山坳買兩百畝地吧。」

那三百多兩銀子本就是月寧自己賣繡品得的，要怎麼花用季霆都沒意見。不過……季霆忍不住笑她。「妳還真想把整個南山坳都買下來啊？」

月寧一仰腦袋，很是堅定的握拳道：「遲早有一天，我會把整個南山坳都買下來的。」

田桂花就坐在月寧邊上，一聽她說這話就不由驚詫道：「怎麼？你們還要在南山坳裡買地啊？」

田桂花的嗓門大，她這一開腔，立刻就引得眾人都往月寧和季霆這邊看來。

姚鵬直接開口問月寧。「月丫頭，你們還想在南山坳裡買地嗎？」

季霆深怕姚鵬會責怪月寧，不待她回答就搶先道：「姚叔，我是這樣想的……」

「你想什麼想？你就是個沒出息的，你家誰拿主意我還不知道嗎？」姚鵬不待季霆說完話，就不耐煩的揮手打斷他道：「你給我一邊待著去，我就要聽你媳婦說。」

一句話讓眾人都笑了起來。

月寧擔心季霆會被眾人笑得臉上下不來，誰知他見她看過去，他還衝她俏皮的眨眼，弄得月寧無語至極。大庭廣眾的，你這擠眉弄眼的是要鬧哪樣？深怕別人沒好戲可看？

「姚叔，我是這麼想的。」月寧果斷決定不再理會季霆那個沒臉沒皮的，端正了神色道。「南山坳三面環山就一個出口，山上還有數道山泉，不管怎麼看地理位置都很得天獨厚。眼下因為那滿地的石頭，大家覺得麻煩才不願意去那裡開荒，官府也正是因為這個，才將南山坳界定為貧瘠的荒地，一兩銀子一畝地還能免稅三年。

「拿這三年的稅銀來說，不管我們把地開出來種什麼，這三年都是穩賺不賠的。加上現在是災年，災後朝廷肯定是要減免賦稅的，只要能跟縣太爺要張條子，把這荒地的三年免稅和災後的減免賦稅疊加起來來用，這幾年地裡的產出，怎麼著也夠抵我們買地的錢了。」

姜氏聽了撫掌笑道：「被季娘子這麼一說，我都想跑南山坳買地去了。」

月寧聽了就眼睛一亮，慫恿道：「嫂子，要不妳們也買點？」

姚鵬沒好氣的笑罵道：「妳以為這是買糖豆？還買點？」南山坳的地雖好，可那裡既然是季霆和月寧的立足之地，姚鵬自然不會讓自家兒孫與他們夫妻爭利。

月寧看看坐在上首的張嬸，想著她剛剛收起來的那三百兩銀票，眼珠子轉了轉，便計上心頭，諂媚的向姚鵬笑道：「姚叔、張嬸，那你們可不可以先借我三百兩銀子，順便幫我個忙，以姚家的名義把南山坳山坳口那裡的地都買下來？」

姚家眾人倒是沒覺得月寧張口借錢有什麼不對，只是對她要求以姚家的名義，指名要買南山坳山坳口的地好奇不已。

「妳這丫頭，怎麼一會兒一個主意，這又打什麼鬼主意呢？」張嬸一個沒忍住，就把眾人的心聲給問了出來。

「我這哪是打鬼主意啊，我這是未雨綢繆！」月寧說著，轉頭瞥了季霆一眼，嘆氣道：「我們南山坳的房子和地遲早是要曝光的，我婆婆那天在荀叔家院子裡說的話，大家也都知道了。我琢磨著她那個意思大概就是，夫君這輩子過的越淒慘，她老人家才會越開心。而我公爹和大房兩口子圖的無非就是錢財。」

姚鵬沒聽懂月寧的意思，便問道：「這跟妳讓我們幫忙買下山坳口的地有什麼關係？」

「關係可大了。」月寧笑著解釋道：「我奶娘和丫鬟都找上門來了嘛，那她們變賣了首飾給我贖身，應該也是說得過去的吧？」

季霆看著月寧嘴角的笑容，怎麼看怎麼覺得她那笑裡帶了幾分不懷好意。「所以？」

月寧看著他就「咯咯」笑道：「所以奶娘和沈香幫我贖身之後，就輪到我賣繡品、借銀子給你贖身了呀，到時候姚叔把你轉賣給我，我拿著你的賣身契，還不是想讓你幹麼就幹麼？你要敢說個不字，我就把你賣到西北挖煤去。」

季霆聞言哭笑不得，馬大龍等人卻紛紛大笑著鼓掌叫好起來。

「弟妹英明啊，就該這麼幹！姚叔，我看這賣身契現在就可以寫了，季嬸子今早還帶著季文和許氏跑來要肉了呢，咱們早些把這小子賣了，也省得砸手裡還得倒貼幾斤肉。」

馬大龍一說完，荀元也笑著跟著起鬨道：「我看這事使得，就這麼辦吧。」

季霆簡直要給這群唯恐天下不亂的老少爺們跪了，起身不停的給眾人打躬作揖道：

「各位叔伯、兄弟，嬸子、嫂子們，高抬貴手、高抬貴手啊，小的有什麼做的不對的地方以後一定改，各位發發慈悲放過小的吧。」

一番笑鬧過後，張嬸卻對月寧正色道：「月丫頭啊，妳當真想好了讓石頭『賣身』給妳？」

這事月寧本來真是開玩笑的。不過認真仔細想想，這主意雖有些損，卻正是個擺脫季家二老和大房兩口子糾纏的好主意，可這事若成真了對季霆來說是一種折辱。事情傳開後，季霆將會受到怎樣的異樣目光和嘲笑，月寧光想想都覺得怪對不起他的。

「賣身之事畢竟有損夫君名譽……」月寧看著季霆的眼裡帶上了幾分歉意。

「我就一個有點拳腳功夫的泥腿子，有什麼名譽不名譽的？」季霆從小被自己的爹娘兄弟都打擊得皮實了，對自己的名聲是真的不怎麼在意。他揮手打斷月寧的話，正色道：「這麼些年，我就沒少被人笑話，如今再添一件，也不過是多惹人唏噓兩句而已，沒啥大不了的。」

當今天子以孝治天下，子女孝順父母，父慈子孝可是記入大梁朝國法裡的。季家就算分了家，分家書上也寫明季家老倆口不用季霆和月寧贍養，可等季霆兩口子日子過起來了，親爹娘真要鬧上門去，他們也沒轍。

畢竟他們沒法真把人擋在門外不讓爹娘進門，要是季家老倆口再無恥一些，沒臉沒皮的死賴著不走，當人兒子、媳婦的還能不給他們吃？不給他們喝？不讓他們在家裡睡覺嗎？

「要想一勞永逸的解決石頭那對糊塗爹娘，還是要月寧丫頭受些委屈才行啊。」姚鵬也沒覺得要季霆賣身給月寧有什麼不對，左右兩人都是夫妻，能以最微小的代價，換取小倆口以後安安生生過日子，怎麼想都很划算。

姚鵬語重心長的對月寧道：「石頭他娘只要石頭過得慘，她就舒坦了，至於他爹……只要他們不拿捏你們倆，妳一年給他點孝敬銀子也是好打發的。」

說來說去，其實還是要月寧自己立得起來，不會輕易讓人左右了去才行。

「姚叔，你說我這種情況，能不能在福田鎮自立女戶？」月寧雖然喜靜，可也不是人人都能拿捏的包子，比起以後得天天面對季家父母的糾纏，她倒寧願做個忤逆不孝的兒媳婦。

「妳休了這小子，就能自立門戶了。」姚鵬手指指著季霆一臉的幸災樂禍，一看就知道沒安好心。

月寧呆呆的轉頭看看季霆，好一會兒才反應過來，失聲笑道：「我跟他無媒無聘的，如今我奶娘和丫鬟要贖了我回去，可不正好自立門戶嗎？」

季霆一聽這話臉都黑了。「媳婦，咱們當初的約定妳不會忘了吧？眼看咱家的房子都要建好了，妳現在跑去自立什麼門戶啊？妳這是打算對為夫始亂終棄嗎？」

季霆夫妻倆這一齣接一齣的，眾人看著那笑意壓都壓不住，簡直是太可樂了。大家乾脆都不說話了，就瞠圓了眼睛，好整以暇的瞪著兩人看。

秦嬤嬤和沈香剛來，還不知道這兩口子說話總是半真半假的，都信以為真了，急得在邊上直勸。「小姐，姑爺雖然長得不怎麼樣，可他對小姐您的心可是真真的，咱們可不能做那始亂終棄的事情啊！」

眾人頓時哄堂大笑起來。

秦嬤嬤和沈香被眾人笑到一時沒了主意，看看這個又看看那個，只覺得莫名其妙。

季霆低頭捂臉，只覺得生無可戀。他也就是身材長得魁梧了點，這臉長得也不醜啊？怎麼到了秦嬤嬤嘴裡，就成不怎麼樣了呢？

月寧哭笑不得的看著季霆一副飽受打擊的頹喪模樣，只能無奈的衝秦嬤嬤道：「奶娘，自立女戶也是為以後安生過日子考慮，雖然妳家姑爺長得確實不怎麼樣，不過我也不嫌棄他，不會對妳家姑爺始亂終棄的，妳放心好了。」

眾人笑得更大聲了。

季霆得了月寧一句「不嫌棄」，立即就美得原地滿血復活了。他笑咪咪的仰著頭，一副「你笑任你笑，我有媳婦要」的得意模樣，讓眾人更是笑到腰都直不起來。

「月寧自立女戶倒也不啻是個好辦法。」姚鵬和荀元一番商量，把方方面面都分析了一遍，最後才拍板道：「既然有了法子，那咱們就趕緊把這事情給辦了吧，等月寧辦好了戶籍，再把石頭給『買』回去。」

荀元也道：「月寧立的是女戶，只要有季霆的賣身契在手，季家人就算想上門鬧事也站不住腳。你們小倆口以後只要防著他們點，安生過日子是肯定沒問題了。」

這年頭，就算是斷親也斷不了血脈親情，能做到讓季家人不上門鬧事，已經是最完美的解決辦法了。姚鵬最後拍板，同意出借三百兩銀子，代替季霆兩口子買下南山坳山坳口往裡的三百畝地。

第二天，眾人全都集中到了南山坳。接著在早飯過後，做活的人就都知道了秦嬤嬤和沈香是月寧的奶娘和丫鬟，兩人拿銀子向姚家贖回了月寧，還準備在荷花村買地落戶的事。

而季霆在安置好月寧後，就趕著牛車去了姜金貴家，跟他說了月寧要在荷花村買地落戶，自立女戶的事。

「我說你小子這犧牲未免也太大了吧！真想背一輩子怕媳婦的名聲啊？」對於季霆總是自損形象的行為，姜金貴其實頗為不解。「你說你明明壯得跟頭熊似的，媳婦又嬌嬌柔柔，風吹即倒，你偏還弄出個懼內的名聲，這傳出去能聽嗎？」

別人不清楚南山坳那塊地的底細，季霆當初買地就是姜金貴親自經手的，那地契上原本寫的就是月寧的名字陳芷蔓，什麼月寧的奶娘丫鬟找來，贖回月寧還買下了姚家南山坳裡正在起的那幾間房子，簡直就是鬼扯嘛。

趁著四下無人，姜金貴悄悄問季霆。「你老實跟表舅說，你們夫妻倆到底是在搞什麼名堂？月寧要自立女戶也就算了，怎麼又要在南山坳裡買地了？你們既然有銀子買地，你怎麼不把自己贖身了？還有姚家又是怎麼回事？他們買地就買地吧，還就要山坳口那一段的地，這山坳口要是被堵了，你們住在裡頭，以後要怎麼進出啊？」

季霆自然不會笨到把實話都告訴姜金貴，只半真半假的道：「月寧的奶娘和丫鬟拿銀子把月寧從姚家贖回去，這事是真的，要再在南山坳買地的事也是真的。她們主僕三個準備把戶籍落在咱們這兒，自立女戶。至於南山坳那房子和地，原本買地的銀子就是她自己的，後來是姚叔心善，想說借我們些銀子先將房子建起來，好幫我們把日子過起來。

「月寧的奶娘和丫鬟找過來時，身上帶了不少首飾和銀子，她們幫月寧贖身之後，還把姚叔建房時墊付的銀子給還清了。只不過我當初為了救月寧，花用掉的銀子確實不少，我想著月寧她們手裡的那點銀子反正不夠給我贖身了，姚叔也不是外人，我早些贖身、晚些贖身都不打緊，所以才讓她們先買地，等收拾了來年種下東西，家裡也能多個進項。」

一番話說的一分真九分假，季霆說得面面俱到、滴水不漏，姜金貴打心裡不信他的說詞，偏又說不出有哪裡不對，便拿這女戶做起文章來。「你媳婦這自立女戶，又是要鬧哪樣？你寵媳婦也就罷了，難道還要讓她爬到你頭上去？」

季霆眼見姜金貴一副恨鐵不成鋼，好像不把他訓成孫子，叫他徹底明白讓媳婦騎自己頭上是多損男人尊嚴的事情就不甘休似的，立即舉手投降，拉著姜金貴小聲道：「表舅，我們做這個決定也是逼不得已的，您也知道我娘那人，那是真的恨我恨到了骨子裡，你說我們不這樣，以後還能有安生日子過嗎？月寧是自小嬌生慣養著長大的，那是連廚房裡的活計都不會做的，現下她那奶娘和丫鬟找了來，又多了兩張嘴吃飯，這個家裡裡外外以後都要靠我一個人撐著，我娘要是三不五時的帶我大哥、大嫂上門一陣搜刮，你說我們以後這日子還用過嗎？」

「那不會的，你們分家文書上都寫清楚了，你娘和你大哥、大嫂再跑你家搜刮東西，他們的臉還要不要了？」姜金貴顯然還不知道昨天，姜氏就帶著兒子媳婦跑姚家要肉了，還想為自己那沒出五服的堂妹遮掩一二。

季霆自然不會給自家老娘留面子，當下就把昨天一早姚家給幫忙的人分肉，姜氏帶著季文和許氏上門，死皮賴臉以姚家的名聲為要脅，要姚家給她發肉的事情說了。

姜金貴聽得半天都回不過神來，臉上一陣青一陣紫的簡直不要太精彩。「你娘這可真是不要臉面了啊，這個不著調的東西！」

姜金貴對姜荷花那是哀其不幸，怒其不爭，可讓月寧自立女戶，他又覺得不妥。什麼叫女戶啊？上無父母兄弟，下無夫婿子嗣，由女子做戶主，這才叫女戶。立了女戶，官府還要給免徭役，減賦稅。

那麼個俏生生的小媳婦，季霆為了給她治傷欠了一屁股債，把自己都賣給人為奴了，現在她自己贖身出來就要立女戶，怎麼聽怎麼像是把季霆用過就扔了。要說季霆這個後生吧，姜金貴是怎麼看怎麼好——長得人高馬大，幹活一個人頂仨，為人孝順隱忍，他爹娘兄弟那麼欺負他，他都沒仗著自己的武力打回去，可見是一個多麼厚道的孩子。

可要把月寧放季霆身邊這麼一比，那就……說這兩人合適，姜金貴自己都心虛。

人家那麼個長得跟朵花兒似的嬌小姐，身嬌體貴的，聽說還能書會畫，繡活女紅都一等一的好，一看就知道跟他們這些泥腿子不是同樣人。而季霆，雖然能識得幾個大字，可也就是個會點拳腳功夫的粗人，尤其他那身材長得還比一般人都魁梧，就是村子裡的女娃看了都會怕，更何況是季霆媳婦那樣的嬌小姐呢？

那女人現在自立女戶，不會是看不上季霆，如今得了自由就想把他給甩了吧？姜金貴瞇眼打量季霆，越想越有這個可能。季霆長得跟頭熊似的，就兩人這身材，晚上躺一塊，是個女人都得擔心自己睡到半夜，會不會因為男人翻個身而被壓死吧？

第三十八章

姜金貴覺得自己真相了，一根指頭差點沒戳到季霆的鼻子上去，恨鐵不成鋼的罵道：「你就長點心吧，跟個二傻子似的還讓你媳婦自立女戶？也不想想人家那麼個嬌滴滴的千金小姐，不是落了難，她會落你手裡？你讓她自立女戶了，她要是翻臉不認人，以後還有你什麼事啊？」

季霆被罵得跟個二傻子似的，立在那裡哭笑不得，心裡卻也為姜金貴對他的維護感動。

不過為了以後能有安生日子過，月寧立女戶的事勢在必行，季霆只能半真半假的道：「表舅，這事是我們與姚叔和荀叔商量了之後才決定的，為防你說的那種情況發生，姚叔還讓我媳婦寫了保證書。等南山坳那房子起好了，姚叔還要為我們主婚，讓我們正式拜堂成親呢。您就放心吧，月寧現在是我媳婦，以後也只能是我媳婦，跑不掉的。等我們成親擺酒，到時候一定請表舅過去坐席喝酒。」

姜金貴一臉不信的看著季霆。「姚鵬和荀元怎麼會想出這麼個餿主意？那倆老貨在想什麼……」話沒說完，他就輕輕「啊」了一聲，一臉恍然的以掌擊拳，道：「原來如此，我說姚家怎麼也傻了，什麼地方的地不好買，偏偏就要買南山坳口那一片的地呢，原來如此啊。」

季霆也不知道姜金貴原來如此個什麼，不過不管他在原來如此什麼，顯然肯定是誤會了。季霆也不點破，在旁配合的猛點頭，用行動告訴姜金貴。「沒錯，就是你想的那樣。」只要姜金貴能答應讓月寧自立女戶，管他誤會了什麼呢？就讓這個美麗的誤會一直持續下去吧。

事情就這麼定了。辦戶籍要去縣衙登記上冊，季霆今天就是專門為辦這事來的，因此親自趕了牛車，帶著姜金貴去了縣裡。

南山坳這邊，新搭的竹棚在一眾女人的張羅下，掛上了雪白的粗麻布，姚立強才從馬大龍家將一堆竹桌、竹椅、竹榻拉過來，就又被月寧拉了壯丁。他懷裡揣著那張寫明了數量和尺寸的清單，被打發回家，拉上月寧前日買的那一大袋棉花，去隔壁的榆樹村找人彈棉被去了。

新搭好的竹棚還散發著淡淡的竹香，四周掛著的雪白粗麻布底端都墜了拳頭大的石頭，能擋住外頭刺眼的烈陽，卻擋不住四周吹來的徐徐涼風。

雪白的粗麻被風吹得微微晃動，卻並不會被風吹得揚起，因此待在竹棚裡的一眾女眷能清楚看到外頭的景色，外頭的人卻無法窺視竹棚裡的情景。

秀寧和秀樂作為姚家嬌養著長大的姑娘，到了這南山坳，自然就只能待在竹棚裡。而月寧作為一病號，更被勒令不准踏出竹棚一步。秦嬤嬤被委以「看管」的重任，被張家眾人一致要求留在竹棚裡照看月寧，順便指點兩個小姑娘刺繡。

就連沈香都被田桂花指派了照看慧兒和小建軍的任務，只不過慧兒和小建軍實在是太過乖巧懂事了，他們一直記著月寧頭部受傷，聽不得吵鬧，所以就算是蹲在竹棚的背陽處玩著小石子，嬉鬧時也都是小小聲的。

為怕這幾個嬌人兒被那些粗漢子們衝撞或吵著，或是被小溪旁生的火燻著了，季霆和姚家人在搭竹棚時，特地選了離小溪遠些的位置，雖與那一排供眾人歇休的竹棚隔溪相望，可那距離得卻並不近。

就這，姚鵬還不放心。不說月寧這個病號，就是自己的兩個小孫女，雖然也學過一點拳腳，可這南山坳畢竟地處荒郊野外，三面還都緊挨著大山。這光天化日的，要真來個什麼人還不怕，就怕山上跑下個什麼東西，一眾女孩兒手無縛雞之力，反而危險。

姚鵬拿著煙槍，在竹棚的背陽處找了塊大石頭坐著，心甘情願給幾個小輩當護衛，親自守著她們。

所幸姚立強走後不久，姚家兩兄弟就從鎮上回來了。因為前日才在鎮上賣了一百多頭狼，昨晚送去的那六十三頭狼，鎮上的酒樓和富戶就有些吃撐了，牛屠戶見消化不掉這麼多狼，便連夜帶著兩人趕車去了縣裡，才會弄到這個時候才回來。

縣裡如今的野味價格可比福田鎮上高了不止一點、兩點，昨天眾人打的獵物除了那六十三頭狼，還有些零星的野雞和野兔，雖然如今的獵物都瘦巴巴的不壓秤，可也賣了三百五十兩銀子。

牛屠戶看到賣了這麼多銀子，還扼腕不已，直說早知道前天那批野狼就都拉縣裡來賣了。縣裡和福田鎮相差不過兩個時辰的路，這野味的價格卻是差了一倍還多，原本一百多頭狼能賣六百多兩就已經很讓人驚喜了，可跟在縣裡賣出的價格一比就不夠看了。

不過開弓沒有回頭箭，都已經賣出去的東西也沒得後悔，再說真要後悔，那也是姚家兩兄弟更後悔，畢竟那狼可都是他們家打的。這麼一想，牛屠戶心裡才好受了些。

姚鵬拿到兩兄弟遞來的銀子，直接就按照昨晚的分法分成了八份，按人頭每人淨得四十三兩銀子，剩下的六兩銀子就先留在他手裡。

對於這個分法，眾人都沒有異議。

月寧看著又進帳的四十三兩銀子，想著手裡能活動的銀子變成了兩百二十三兩，就又蠢蠢欲動起來。她掰著手指頭算了算，想著以季霆在縣衙裡的人脈，在不違規的前提下弄張免稅條完全是有可能的，所要付出的也不過就是一些打點銀子。

南山坳的土地一旦開始開發，肯定會惹來村裡人的注意，月寧不能指望別人都是瞎子，所以想先把南山坳的地都拽在自己手裡，就算她現在又能買下兩百畝地了，這些地也只能暫時放著不去動。

先前買的三十畝地倒是可以按原計劃先弄起來，到時候砌上圍牆，他們在裡頭想幹麼都行。而他們新買的那些地，還是得讓姚家背鍋，誰叫季霆有個極品老娘呢？事情還沒處理完，他們也唯有悶聲才能發大財了。

月寧讓沈香拿來紙筆，對著南山坳的一地亂石，拿起炭筆在紙上描畫起以後需要的房舍來。這個小山坳月寧實在是太喜歡了，只要想著以後能用她自己辛勤勞動賺到的銀子，把這裡建設成自己理想中的模樣，然後住在裡面看花開花落，月寧光想想就覺得很有成就感。

隔著條小溪，對面的竹棚裡，張嬸正領著一眾婦人在摘菜揉麵，更遠處，是一眾正熱火朝天忙著砌牆抛磚的漢子。一切都顯得這般的美好，月寧恨不得這樣的日子永遠延續下去才好，可顯然老天爺並不願意滿足她這個美好的願望。

山坳口鬼鬼祟祟的貓腰走來一人，那探頭探腦的模樣，一看就知道不是個好東西，最重要的是，月寧看著那人竟莫名的有種熟悉感。

這荷花村她總共才認識幾個人？熟悉的不是有事出去了就都在這南山坳裡幹活，這人會是誰呢？月寧腦子裡一個機靈，忙扭頭去小聲招呼秀寧和秀樂。「秀寧，秀樂，妳們快過來看看，那人是誰？」

秀寧和秀樂聞聲忙放下繡繃走過來，兩人順著月寧的手指透過粗麻布的掛簾縫隙看出去，都看到了從山坳口那邊過來的那個鬼祟人影。

「季文?!」秀樂驚呼一聲，扭頭去看秀寧。

「原來是季文啊。」難怪她看著覺得眼熟，卻想不起來是誰呢。月寧轉頭看向竹棚外，原本坐在外面大石頭上抽菸的姚鵬不知何時已經不見了身影，倒是一旁的平板車上，躺著呼呼大睡的姚錦華和姚錦富。

「秀寧，妳去把妳爹和三叔叫起來。」月寧一邊吩咐一邊把手裡的紙筆往桌上一擱，快步走到竹棚邊，掀起布簾對蹲在外頭玩石子的慧兒道：「慧兒，快去跟張奶奶和妳娘她們說一聲，就說季文來了。」

託季文夫妻倆以前三不五時跑去季霆家搜刮吵鬧的福，慧兒和小建軍對他還真不陌生。一聽說季文來了，那效果就跟「狼來了」一樣，慧兒小臉嚇得一白，什麼也不用多說了，轉身拔腿就跑。那小小的身子就像一頭靈敏的小鹿，在一地的石子間靈巧的跳躍而過。

小建軍一見姐姐跑了，原本也想跟著去，可跑了兩步想想又停下腳步，小傢伙瞪著大大的眼睛，轉頭問月寧。「季四嬸，我去找姚爺爺來怎麼樣？」

月寧忍不住微笑起來，衝他點點頭。「那軍兒可要小心點，注意別摔了，知道嗎？」

「知道了。」小建軍歡快的答應一聲，就往遠處正在建房的工地跑去。

另一邊，秀寧已經把在外頭板車上補眠的姚錦華和姚錦富給叫了起來。

兩人一聽季文那個龜孫子來了，立即翻身而起，心裡也不約而同的大讚老爹未雨綢繆，果然是一如既往的有遠見。沒讓他們回家睡覺真是再正確不過了。

不然季霆和他們都不在，老爹和馬大龍又都在那邊忙著起房子，就自家小閨女和月寧她們待在這竹棚裡，一不小心還不被季文那齷齪貨給嚇著了？

就一個季文，顯然不需要兩兄弟一齊出面對付，姚錦華向姚錦富使了個眼色，姚錦富點點頭，抹了把臉就直直往山坳口去了。

這邊張嬸等人得了慧兒的報信，也匆匆趕了過來，知道姚錦富已經往山坳口那邊去了，便都一起站在竹棚裡往山坳口看。

因為距離隔得有些遠，眾人看得到姚錦富向季文迎了過去，卻聽不到兩人的聲音。

不過因為季文面朝著她們這邊，雖然聽不到兩人說了些什麼，可季文的表情神態眾人卻看得一清二楚。

只見他一開始臉上還帶著些許討好的笑，人看著也有些唯唯諾諾的，可也不知道姚錦富說了些什麼，季文就扠腰仰脖子的，神情囂張的指著姚錦富破口大罵起來。

眾人不知道的是，自姜氏昨天在姚家門口撒了一回潑，就白得了五斤豬肉回去，季文嘗到了甜頭，便自覺抓到了姚家人的軟肋。他想著姚家人既然這麼愛惜名聲，只要季霆給姚家做一天的奴才，憑他撒潑的功力，以季霆被姚家苛待為由讓姚家破財消災，拿出好處來堵他的嘴簡直不要太簡單。

我們回到季文看見姚錦富衝他迎面跑來的時候。說實話，他心裡對自己胡糾蠻纏的功力雖然很有自信，可看到人高馬大的姚錦富朝他跑過來，季文還是忍不住心虛腿軟了。因此在姚錦富問他過來幹麼時，季文臉上的笑容是帶了幾分討好意味的。

面對姚錦富橫眉冷對的質問時，季文是這麼說的——「看姚三兄弟你這話說的，我沒事就不能來看看了嗎？雖說你家在這南山坳買了地，可這南山坳這麼大，又不都是你家的，村裡的娃子們還都會來這邊的石頭縫裡找野菜呢，我為啥就不能來了？」

這話姚錦富還真沒法反駁，只能警告道：「你來就來，不過最好別往竹棚和鍋灶那邊湊，我家的米麵肉蛋都堆在那邊呢，萬一要是少了什麼可說不清楚。」

季文頓時一臉受了侮辱的表情，仰起脖子扠腰道：「你這人怎麼說話的呢？你姚家是有錢，可也不能看不起人不是？我季家就是再窮也不缺那口吃的，還真不稀罕你姚家的破東西？」

姚錦富嗤笑。「真是說的比唱的好聽，你季家人既然這麼有骨氣，昨天怎麼還跑我姚家撒潑打滾的討肉呢？別跟我說那是季霆的，賣身為奴的人就連命都是主人家的，我都不知道季霆這一份是打哪來的？昨天要不是我家人手不夠，忙不開，我爹又懶得跟你們一般見識，不然你以為我們會給你們肉？」

硬氣話才出口就被人打臉，季文縱使臉皮再厚，也忍不住紅了下臉，強撐著色厲內荏的叫道：「你也說那肉是你們給的了，我就不信季霆沒給你家出了大力，你能給我們那五斤豬肉？你們姚家連那些招來做工的難民都給分了肉吃，姚老爺子對外口口聲聲說視季霆為子姪，要是真沒拿季霆當外人，哪能不分給他肉？可見那肉原本就有季霆的分的，既然季霆原本就有份，我娘上門討要又有哪點不對？

「原本就該給我們的肉，卻偏要我娘上門討了才給，可見姚家也是說一套做一套的人。我家四弟雖然賣身進了你姚家，可他到底還姓季，我今天來，就是想看看我四弟在你們姚家過得怎麼樣，你們要是敢苛待我四弟，那就別怪我季文不客氣。」

姚錦富差點沒被氣笑了。「我說你今天出門前是不是忘記吃藥了，季文？這臆症是病，得治！你知道嗎？你要不清楚賣身為奴四個字是什麼意思，可以回家問問你爹，他肯定清楚。你們要真這麼心疼季霆的話，就拿錢出來把他贖回去啊。放心，再怎麼說他都是我們看著長大的，你們只要把季霆跟我爹借的銀子還上，我們立即還季霆自由，保證一個銅板都不多要你們的。」

開什麼玩笑！就季霆那傻大個，空有一把力氣卻不長腦子，當初走鏢傷了腿，要百兩銀子治傷時他們就覺得不划算了，現在他蠢到為個女人欠下一屁股債，把自己兩口子賣了都堵不上那窟窿，還想拖累他們這些兄弟也給他墊背？

季文當下表情嚴肅的道：「這件事你跟我說不著，錢是季霆欠下的，他自願賣身給你家，那是他自己的事，我們四兄弟已經分家了，可沒那個義務給他還債。」

「哎喲！你現在又記起來你們已經分家了啊？」姚錦富諷刺的笑道：「那你應該也還記得你們當初分家的時候，也已經白紙黑字寫清楚了，季霆不分田地和新宅子，以後父母也不用他贍養和孝敬的吧？你們一家當著村長和族老們寫清楚的事情，就是季霆沒賣身給我家，你們都沒那臉上門跟他要東要西的，更何況是他現在賣身給我姚家了，是我姚家的一個奴才。

「所以別說我姚家沒有苛待季霆，就是苛待他了你又能怎麼樣？我姚家要怎麼對待自家的奴才，關你季文什麼事？又關你老季家什麼事？真要這麼捨不得、看不過眼，好呀！你們拿銀子出來把他贖回去啊。我爹一時爛好心，砸下大把的銀子給個不相關的人還債，我們這些做兒子的心裡正不痛快呢。你老季家有這個心那就太好了，趕緊拿銀子來把他贖回去吧，也省得我媳婦整天對我眼睛不是眼睛、鼻子不是鼻子的。」

季文以己度人，對姚錦富這番話倒是深信不疑。可他今天跑南山坳來，原本可是來找季霆撈好處的，要是現在被姚錦富一說就這麼灰溜溜的回去了，豈不是很沒面子？

那天在荀家院裡季文可聽得清清楚楚，季霆對他娘說，要治好自己的腿和他媳婦的病，沒個千八百兩是治不好的。他要有那千八百兩銀子，拿著幹點什麼不好？去贖季霆和他媳婦？別作夢了！他要真敢那麼幹，別說他媳婦饒不了他，就是他娘也肯定會拿鞋底子抽死他的。

季文心裡打了退堂鼓，可為了面子卻不得不強撐著道：「你們姚家不拿我兄弟當人看，我們季家可容不得你們這麼欺負季霆，你說吧，要多少銀子？我回去拿！」

至於回去之後還回不回來，那就再說了。

姚錦富咧嘴露出一口銀光錚亮的大白牙，伸出兩根手指，一字一頓的道：「零頭就算了，你們拿出二千兩銀子來，就可以把人領回去了。」

「二千兩？」季文聽得一呆之後就像被踩了尾巴的貓一樣蹦起來，指著姚錦富就破口大罵。「你想銀子想瘋了吧？季霆那日明明說治好他的腿和他媳婦的病只要用千八百兩銀子，你嘴皮子上下一碰就成了二千兩？敢情你們姚家的銀子都是打著與人為善的名頭訛來的啊？就你這樣的人也敢說自己仁善？」

「仁不仁善的，也不是我們姚家自己說的，那是十里八村的鄉親們對我姚家的抬舉。至於我說季霆贖身要二千兩銀子，你改明兒不妨親自找季霆問問，看我有沒有訛你？」

姚錦富覺得跟季文扯皮簡直就是在浪費時間，明明是個沒擔當的廢物，偏又要在這裡死撐著。你說你既捨不得拿銀子出來，又討不到好，你走不就結了嗎？賴這兒廢話有意思嗎？

「為什麼要改明兒，你把季霆叫出來，我現在就問他。」一大早從鎮上趕回村子裡，他坐牛車還花了三文錢呢，什麼都沒撈著就要他走人，季文怎麼想都不甘心。

「季霆今天沒在這兒，跟村長去縣裡辦事了，今天不知道回不回來。」姚錦富掏了掏耳朵，見季文又有話說的樣子，連忙舉手道：「當然，你要想在這等他回來我也不反對。不過別怪我沒提醒你啊，這南山上的野狼雖然被我們打殺了不少，不過逃掉的更多，那些野狼還會不會摸下山來誰也不知道。你昨天不是在村裡嗎？村裡組織了人每天在村口巡邏站崗你不會不知道吧？」

季文突然就覺得有股涼意從腳底板直衝頭頂心。昨天姜氏特地去鎮上叫了他們夫妻倆回來，跟她一起去姚家要的肉，用的名義可不正是季霆幫忙姚家打狼的謝禮嗎？他自然是知道姜金貴安排了村民在村口守著，以防有狼進村的事。他只是沒想到南山上的野狼還有可能會下山來，或者說他當時整個心思都在怎麼從姚家訛好處上頭，壓根兒就沒想過這事。

「不……不是說你們前後已經殺了兩百來頭野狼了嗎？這南山上的狼祖宗只怕都已經被你們給殺光了吧？」季文強自鎮定的揚起嘴角，可說話的聲音卻抖顫了起來。

姚錦富一臉戲謔的看著他瞬間變得慘白的臉，笑道：「怎麼可能殺得光？南山有多大你知道嗎？老天不下雨，山上的草木都枯死了，那些鹿、野兔也都餓死、渴死了，野狼在山裡沒了吃的，都聚在一起往山下跑。我們兩天殺了接近兩百頭野狼，可跑掉的也不在少數。村長就是怕野狼還會摸下山來，才會叫村裡人守著村口，還禁止村裡的孩子和婦人來南山坳找野菜了。」

季文聞言忙往南山坳裡看，這一看嚇得他冷汗都下來了。這山坳裡不似往日，除了南邊那一角有人活動之外，哪裡還有半點孩子和婦人的身影？

姚錦富見他這樣，強忍著笑意指指自己身後，又提出一個佐證道：「你沒見以前那些沒事就喜歡四處湊熱鬧的鄉親們，今天一個都沒來嗎？他們以前可是每天都要來看我家起房子的，如今卻是一個都不敢來了。」

第三十九章

季文差點沒哭出來，他說路過村口的時候，那些鄉親們看他的眼神怎麼都怪怪的呢？原來是看他往南山坳這邊來，覺得他在找死，都等著看他的笑話呢！

「南山坳有野狼，你怎麼不早說啊！」季文尖叫著朝姚錦富撲過去，卻是死死的抱著姚錦富的手臂，一副「我好害怕，你別拋下我」的崩潰模樣。

「你打鎮上過來，路過村口的時候難道就沒人跟你說？」姚錦富幸災樂禍的看著他，道：「村口一天到晚守著那麼多人，竟然沒一個人提醒你南山上可能會有野狼下來，你說，你這人緣有多差，才會有那麼多人想拿你餵狼啊？」

「你、你……我要回家！」季文這下可真哭了，他不是季霆那大老粗，真要遇上野狼就只有餵狼的結局。可從這山坳口到村口可有整整兩里地呢，這麼遠的一段路，萬一他往回走的時候正好遇到狼怎麼辦？

季文哆嗦著抱住姚錦富的手臂，哭喪著臉求道：「姚、姚三哥，來者是客，你送我一程吧，也不用送多遠，你把我送到村口就行了。」

「憑什麼？」姚錦富很無語。「哎，我說你不會真有毛病吧？你跑來這胡攪蠻纏的找我家麻煩，還想我送你回去？你的臉皮有多厚啊？」

季文光想到從南山坳到村口那段人跡罕至的路就硬不起氣來，只能低聲下氣的求道：「那，那我不找你們麻煩了，你送我回村口吧。」

姚錦富確定了，這人的腦子長得就跟正常人不一樣。他不禁要為季霆掬一把同情淚，同時又不得不佩服自家爹娘和季霆媳婦的遠見。看看，這人明知道季霆已經賣身給姚家了，還能以姚家的名聲為要脅，想要訛詐好處。這種腦子不正常，眼裡只想著自己沒有別人的人，要是知道了季霆夫妻倆不但沒賣身，還身價不菲，季霆兩口子的日子可真沒法過了。

要他說真想省心，季霆就不該太慣著他媳婦，哪有媳婦說喜歡就巴巴的窩在這南山坳裡整石頭起屋子的？他要是帶著媳婦遠走高飛了，季文和姜氏還真能一路追著他們去嗎？

這些念頭只在姚錦富的腦中一閃而過，他不屑的呸了季文一聲，冷笑道：「我姚家不怕你找麻煩，所以你走好，不送了。」說完他轉身就要走。

「別啊，姚三哥……姚大爺……」季文幾乎是用撲的撲上來抱住姚錦富的大腿，帶著哭腔道：「姚爺爺，你就發發善心送我到村口吧，南山上有狼，我，我一個人不敢回去啊～～」

姚錦富抖抖腿，哼道：「我姚家為富不仁，心都是黑的，你那好四弟在我姚家就是做牛做馬的命，你就一個奴才的兄弟，還能叫我這當主子的給你跑腿？張嘴就讓我送你，你季文在我姚錦富面前還真沒這麼大臉。」

季文就好像看到了自己被野狼撕巴撕巴吞了的慘樣，直接就哭了。他抱著姚錦富的大腿嚎道：「我錯了，我錯了！姚爺爺，我以後再也不敢了，你發發善心饒了我吧，我求求你了……」

季文哭得眼淚鼻涕一齊下來，姚錦富被噁心得不行，用力踢腿掙開季文，連連退了幾大步才站定。「你噁不噁心啊？一個大老爺們學娘們說哭就哭，還撒潑耍賴？」

姚錦富提著褲腿低頭瞧了瞧，幸好幸好，沒被季文蹭上眼淚鼻涕。姚錦富長呼出口氣，知道是自己犯蠢了。季文這種看到根稻草都能順稈爬的人，他就不該跟他多廢話，直接把人送走不就結了嗎？

「行了行了，我送你去村口就是了，把你那眼淚鼻涕擦一擦，一個大老爺子跟個娘們似的哭哭啼啼，也不怕別人笑話。」

姚錦富讓季文在原地待著，轉身小跑回來，結果便見一竹棚的人都眼巴巴的看著他。他也不用大家詢問，邊套牛車邊把跟季文說的話都學了一遍。

姚鵬只一沈吟便道：「季霆跟姜金貴去縣裡也不知道今天能不能趕回來，你趕緊把那貨送回去，省得季霆他們要是改坐馬車回來，回頭讓他給碰上。」

姚錦富答應一聲，便聽荀元在竹棚裡道：「你們昨天就不該把豬肉給那姜氏，那女人簡直瘋魔了，只怕這輩子只要石頭不死，她都不會想讓這個兒子好過的。」

現在說什麼都晚了，姚鵬拍著額頭走回竹棚裡，一臉懊惱的和月寧道：「月丫頭啊……」

「姚叔不用為此事介懷。」月寧給姚鵬的杯子裡添了茶，才坐下盈盈笑道：「昨天那樣的情況，真讓我婆婆鬧開，丟的可不單是夫君的臉，還與姚家的名聲有損，換作我也會將那肉給她的。只不過老宅那邊順杆爬的本事如此高竿，只怕就算我自立門戶了，手裡捏著夫君的賣身契，也不能讓他們消停。」

人不要臉天下無敵，這句話竟在姜荷花和季文等人的身上應驗了。一時間，眾人都沈默了。

本來都已經分家了，季文其實很好對付，可對上季霆的雙親，眾人就有種深深的無力感。在這個孝字壓死人的年代，季洪海和姜荷花又是季霆的親生父母，不管他們對季霆做了什麼天怒人怨的事，世人只會可憐季霆投錯胎，議論季洪海和姜荷花不慈，除此之外，根本就不能拿他們怎麼樣。

姚錦富套好了牛車，在外頭衝姚鵬招呼一聲就趕著牛車走了。

姚鵬端起桌上的茶喝了一口，這才重重的嘆了口氣。「這可真是輕不得、重不得。」

荀元也是愁眉不展。「要是只貪圖錢財還好辦，可這姜荷花就是個瘋子，她沒看到季霆過得悲悲慘慘的，怕是不會消停的。」

張嬸道：「當初虧得王仙姑的一句話才讓石頭活了下來，你們說，咱們要是讓王仙姑跟她說，石頭大了會剋她，她會不會就消停了？」

月寧聽了笑起來。

姚鵬卻黑著臉道：「妳出的這什麼餿主意？石頭才出生，姜荷花就怪他剋死了自己娘家一家，喊打喊殺了這麼多年，要是讓王仙姑再這麼一說，石頭這剋六親的名聲豈不就坐實了？」

小張氏看著笑盈盈的月寧，也在旁支招，道：「那要不叫王仙姑跟姜嬸說，季霆娶了月寧就不剋人了，以後大家和和樂樂的過日子，豈不是更好？」

「要真有這麼容易，姜氏也不會偏執這麼多年了。」荀元搖頭道。「石頭這麼多年給老季家攢下那麼大一份家業，他是不是真的剋六親，妳們以為姜氏心裡就真的沒一點數嗎？她那是驟聞噩耗悲痛過度，只想揪著一個東西發洩心中的悲痛。當初要是被人訓斥一番，姜氏可能哭上一陣子這毛病也就好了。可王仙姑那話雖是救了石頭，卻也在姜氏心裡埋下了一顆仇恨的種子，讓她得以理直氣壯的虐待石頭而不覺有絲毫不妥。」荀元說到這裡，重重一嘆。「她這是偏執成魔，藥石難醫了啊。」

說穿了無非就是心中有病，徹底黑化了。其實真想對付姜荷花也不是沒有辦法，只不過月寧的辦法會有點損，可能會比較有損季家人的顏面而已。

對於一個會對她的日常生活造成嚴重困擾的長期騷擾源，就算那人是季霆的媽，月寧要真想對付她，心裡也不會有一點負擔。只不過在有其他選擇的前提下，月寧也想給季霆留幾分顏面，不想把姜荷花整治得太難看而已。

「我覺得吧，姚三哥今天告訴季文夫君需要二千兩贖身，這事其實很有操作的空間。」月寧看看姚叔和張嬸，又看看荀元，笑道：「按夫君之前走鏢的收入，就算他不吃不喝，二千兩也得攢上兩、三年時間。可如今他多了我這個拖累，家裡又多了秦嬤嬤和沈香兩張嘴吃飯，以後窩在這南山坳裡種地的話，只怕一輩子都還不上這二千兩了吧。」

姚鵬看了老伴和荀元一眼，略帶遲疑的問：「妳是說……」

月寧環視一圈眾人，才朝姚鵬和荀元笑道：「這件事仍需姚叔你幫忙，我想我們或許可以寫一份以工還債的契書，就是姚叔幫夫君還債二千多少兩，然後夫君自願賣身姚家，以工代勞償還欠債這樣的。契書裡要寫明二千兩銀子分多少年還清、利是多少、連本帶利總共需要償還的銀兩。

「比如夫君想十年還清欠債，就寫明夫君每年需償還多少銀兩，或是需為姚家做多少天工，否則就自願要加還多少銀兩這樣。這份契書咱們大家好好商量商量，務必得寫得讓人一看就覺得姚叔辦事很厚道、很仁義，而夫君有情有義，知恩圖報，任誰看了都要說一聲好，對這份契書挑不出一個錯來。」

張嬸失笑。「妳這要求還挺高。」

「那可不，為了我跟夫君能過上安生日子，大家這九十九步都幫著走了，還差這最後一步嗎？」月寧屈指在竹桌上敲了敲，笑道：「咱們做戲做全套，等以後需要拿這份契書出來做證時，得讓人知道咱們都是好人，做的也都是有理有據、合乎情理的事情，而他老季家才是真正無情無義、不顧夫君死活的惡人。」

苟元摸著鬍子想了想，點點頭。「要想讓姜氏不再鬧騰，石頭每年要還的銀兩還不能少了。」

張嬸沒好氣的道：「要真按姜氏的意思來，石頭就是每天吃糠咽菜，她只怕也不見得會滿意。」

「總不能為了讓姜氏滿意，就讓石頭衣不蔽體、食不果腹吧？」姚鵬犯愁的搖搖頭，表示這樣不行。

沈香拿了畫圖的炭筆和紙過來，月寧接在手裡，想了想便低頭書寫起來。大家全都圍過來，伸長脖子看著她寫了什麼。

少時，月寧抬頭跟眾人道：「反正以後咱們四家也是要合在一起做營生的，這契書上索性就寫上我們一家四口都賣給姚家做工抵債，以後吃住都在姚家，每年姚家還得給我們發兩身四季衣裳，如此一來，吃好、穿好自然也就沒人能說什麼了。」

姚鵬聞言點點頭。「這個使得。」

「那就只剩下每天需償還多少銀子這個問題了。」手裡的炭筆在紙上輕快的敲了兩下，月寧腦中的思路也慢慢清晰起來。

荀元搖頭道：「二千兩銀子真要算起來，沒兩年也就還清了。」

月寧一臉慶幸的笑道：「幸好我身子不好，人參、靈芝什麼的吃一吃，夫君這債肯定能越還越多。」

眾人不禁哄堂大笑起來。

荀元卻是認真起來，呵呵笑道：「吃人參好啊，人參安精神，定魂魄，止驚悸，除邪氣，有開心益智之效，正對月丫頭妳頭部重傷的病症，最重要的是，人參貴，三十年的野參，一株要百兩上下，五十年分的野參，兩、三百兩上下。要是這參的年分上了百年，市面上五百到八百兩上下還供不應求。月丫頭的病要靠吃人參養著，那石頭就是幹一輩子的活也別想把債還清了。」

眾人不禁又一陣笑。

「這人參可真是個好東西。」張嬸呵呵笑完，又道：「不過你們也不能太過分了，月丫頭就吃三十年分的野參吧，年分太高的價錢太貴了，說出去也不容易取信於人。」

荀元笑道：「三十年分就三十年分的吧，年分短也有年分短的好處，三十年分的參它個頭小，一年吃上五根那也得五百兩了。」

田桂花笑得腰都直不起來，直「哎喲」道：「我的天，月寧一年要是真吃上五根參，那季霆兄弟這輩子還有望贖身嗎？」

姚鵬笑道：「五根參確實有些過了，我既然這般寬厚仁義，自然也不能虧待了你們，季霆幹活一個頂仨，不過月丫頭妳是個病秧子，秦嬤嬤和沈香又要照看妳，也幹不了什麼活，所以你們一家四口一年的工錢就算三百兩吧。」

月寧點點頭，撇嘴道：「那我委屈點，一年就吃三根參吧。」說著又「嘖」了一聲，嫌棄道：「這日子過得好點的人參都吃不起了，只能將就這三十年分的。」那委屈的口氣，說得跟真的似的，惹得眾人又一陣笑。

月寧手下不停，炭筆在紙上刷刷的書寫著，不多時一份契書的草稿就寫成了。她拿著紙在手裡讀道：「本人季霆因借恩人姚鵬二千零七十三兩銀子無力償還，自願到姚家做工還債。姚家供我夫妻吃住，並應允予我二人每年兩套四季衣裳。又因內人傷及頭部，需每年購買三株人參養身，購參尚需三百兩銀子。恩公可憐本人窮苦無依，答應借銀予本人買參，所欠銀兩由本人每年給姚家做工抵償。

「恩公姚鵬願以每年二百兩的高薪聘請本人做工，但因內人的身子不知何時能好，本人承諾於十年內還清所欠銀兩，二千兩借銀每年利息五十兩。此契書之下將附每年新借銀兩數與還銀數，為避免本人借取之銀兩過多，此生無力償還，特立此書為憑，若本人至死仍無法還清所欠銀兩，便由本人後代子孫或親人繼續償還餘銀。

「季霆有感恩公於危難之時，雪中送炭之義舉，今特立此契為證。」

秦嬤嬤忙道：「小姐，妳怎麼把老奴和沈香忘了？」

「奶娘妳別急啊。」月寧安撫她道：「妳跟沈香是後來的，得寫在這契書後面。」又問姚鵬和荀元。「姚叔，荀叔，你們這契書這樣寫可妥當？」

「內容方面也算齊全了，不過尚缺兩個見證人，老夫腆臉占一個名額，另外一個，你們看看找誰合適。」荀元說完，便轉頭讓站在竹棚外的姚錦華去找筆墨來。

這見證人的身分顯然是越高越好，可這偽造契書的事又不宜讓外人知曉。在場眾人雖都是自己人，女眷卻占了多數，要說唯一合適的也就是馬大龍了。

「另一個見證人，我看也就我家大龍合適，我這就去叫他過來。」田桂花說話做事都乾脆，說完也不等別人回答就轉身跑了出去。

急得張嬸跟在後面喊：「桂花妳慢點，這滿地的石頭，妳小心扭了腳。」

「嬸子妳放心吧！我都看著呢。」卻是頭也不回的跑遠了。

張嬸轉頭跟眾人抱怨。「這事大家不都還在商量嗎？你們說她這是急什麼呢？」

大家不禁都笑起來。

「她就那性子，也是被馬大龍給慣的，這輩子只怕是改不了了。」姚鵬說著又往月寧看了一眼，那眼神明晃晃的寫著「這也是個被慣壞的」。

月寧表示這槍躺得著實冤枉，不過心下卻又有那麼點小甜蜜。一個女人一輩子能圖些什麼呢？左右也不過就是老公、事業和孩子罷了。

穿到這大梁朝來，事業月寧是不想了，孩子也還沒影，至於老公嘛……雖然「威武雄壯」了些，不過他肯全心全意的寵她、愛她，萬事以她為先，這樣就足夠了。

「要說合適，其實讓姜金貴來當這個見證人是最合適的。」荀元說完嘆了口氣，沒說出口的話不用說大家也明白。

姜金貴身為荷花村的村長兼里長，這身分地位是足夠了，可主要是這賣身契是假的，姜金貴是姜荷花的族兄，真要論起親疏遠近來，只怕不會同意給這份假契書做偽證，所以這合適也就變成不合適了。

「我看馬大哥做見證人就挺好的。」月寧指著草稿笑道：「這份契書寫下的時候應該是夫君對外宣稱我們賣身給姚家之前，那麼秦嬤嬤和沈香來了之後，這工錢就該寫在這契書之後。」

姚鵬大方的一揮手，笑道：「我為人厚道，自是不能虧待了秦嬤嬤和沈香，她們兩個每人年酬五十兩。」

荀元白了他一眼，道：「你姚老頭既然這麼厚道，那這兩天打狼的所得，也得記上。」

姚鵬點頭道：「是該記上。」

月寧想了想也覺得該記上，便笑道：「左不過才一百一十八兩，我吃根人參就能抵掉了。」

荀元好笑的看著她，道：「只出不進也容易引人懷疑，這銀子就別抵了，就讓它好生生的待在帳上吧。」

姚錦華拿著筆墨回來，同來的還有馬大龍、田桂花和專程跟來看熱鬧的荀健波。

月寧接手重新將契書謄抄了一份，就將契書轉了個方向，方便荀元和馬大龍在見證人一欄簽字。

馬大龍簽完了大名才認真去看契書的內容，這一看之下不由得笑出聲來，向姚鵬道：「行啊，姚叔，這契書一簽，您老就平白多了二千多兩銀子，這麼大一件喜事，您老可別忘了請客啊。」

荀健波在旁幸災樂禍的笑道：「季霆哥太可憐了，他才去了趟縣裡就被你們給賣了。」

荀元抬手就把荀健波揮到了一邊。「大人談事，小孩子別插嘴，一邊待著去。」已經十六歲高齡的小孩指著自己的鼻子，看向月寧的目光簡直不要太羨慕嫉妒恨。月寧攤手笑笑，表示同人不同命，這可不是她的錯。

季霆是午時過後才與姜金貴，和請回來的鄭書吏坐馬車一起回來的。月寧的女戶戶籍已經辦妥了，她的戶籍下頭還有秦嬤嬤和沈香兩個人的名字，而季霆卻是不能記在這個戶籍上的。

這回名義上買地的仍是姚家，所以姚鵬在招待姜金貴和書吏飽餐了一頓之後，就帶兩人去山坳口那裡量地去了。

月寧趁沒有外人在，忙把早上季文過來和大家商量好的事告訴了他，然後讓沈香拿出契書，讓他簽字。季霆痛快的簽了字，才拿著這份異常詳細的假契書感慨。「也不知這一紙契書，能不能讓我娘心情好點。」

這話要是換個人來聽，八成會以為季霆和姜荷花有多母慈子孝呢，只可惜，現實和真相卻是完全的南轅北轍。

「你今生命中沒有母子緣就別糾結了，反正師娘也是娘，以後你把師娘當親娘一樣孝敬也是一樣的。」這是月寧的心裡話，人與人之間若是只有一方付出，就是血脈親情遲早也是會被消磨光的。就季霆這種情況，血脈親人還真沒有外人來得強。

季霆嘆了口氣，怎麼說那都是親娘，雖然早就對她冷了心，可每每想起她對自己的所做所為，心裡總還是會覺得膈應。他囑咐月寧將戶籍收好，想著方才回來時陳師傅跟他說的話，心情頓時又好了幾分。

腆著臉湊到月寧跟前，季霆略帶緊張的道：「陳師傅向我保證，咱們家的房子十月中旬一準就能弄好。妳看，咱倆的婚事是不是也該著手準備了？」

月寧奇怪的看著他，道：「我不是早就在準備了嗎？」

第四十章

這下輪到季霆驚訝了。「妳一早就在準備了？都準備了什麼，我怎麼不知道？」

月寧掰著手指算給他聽。「那日去鎮上買的那些鍋碗瓢盆、酒米油鹽不都是嗎？我在繡坊買的紅布和棉花你不是都看到了？那些棉花早上也已經讓立強拉去彈被子了。師傅一家，荀叔和馬大哥夫妻倆都對我們幫助良多，認親禮要是送鞋襪、荷包什麼的未免顯得小家子氣，所以我決定給他們每家都幾彈床被子。至於咱倆成親要用到的衣服鞋襪，家裡棉的、麻的布料都有，要給你製衣納鞋也很方便，這不還有一個多月嗎？來得及的。」

在這物資匱乏的古代時空，別說是桌椅、板凳，就連衣服、被子都是不可或缺的財產，像被子這樣的大件物什，簡直就是家裡的重要物資了。新嫁娘認親禮上拿被子回送親友，別說是在荷花村，就是整個福田鎮那都是獨一份的。

月寧出手大方，對幫過他們的親友不吝嗇，送人的禮或許不算多貴重，可心意滿滿，這就足夠季霆心花怒放了。自家四兄弟，那許氏不說也罷，季武和季雷的媳婦在村裡也算得上賢慧了，可也沒有誰能像月寧這樣毫不藏私的。

季霆越是想明白，嘴角的笑容就越大，那模樣看著真是要多傻有多傻，簡直讓人不忍直視。月寧看不下去的把他往外推。「你和村長不是帶了那個鄭書吏來量地嗎？快別在這兒杵著了，趕緊好好招呼人家去，招待得好，興許還能給咱們多量幾畝地呢。」

季霆若不想讓月寧推動，憑她那點子力氣，累死了也不可能撼動他半分。可作為一個把媳婦放心尖尖上寵著的老光棍，季霆腦子裡想的都是要在不違背媳婦意願的前提下，既讓她有推他出門的成就感，又要盡可能的多待一會兒是一會兒。

所以他順著月寧的力道一點點的往外挪時，一邊還不忘回頭跟她說話。「咱們那地還買嗎？會不會有影響啊？」季霆所說的影響，指的自然是買地與那一紙假賣身契上的內容前後矛盾了。

「現下買的這些先記師父名下，回頭讓師父再寫份轉讓契書給我們就成了，等你娘什麼時候不針對咱們了，咱們再去衙門裡把名字改過來。」

月寧說者無心，季霆卻聽者有意。想著自己都等同於被淨身出戶了，還要這樣束手束腳的過活，他就覺得憋屈不已，連帶的對姜荷花這個生母也就更覺得心寒、憤恨起來。

有了打狼的收入，季霆和姚鵬手裡都不缺銀子。鄭金貴見姚鵬開口就要買五百畝地，雖然其中的三百畝要從山坳口開始往山坳裡量，這有點奇怪，可只要姚家能真金白銀的拿錢出來買地，鄭金貴也沒心思多問。

如今這樣的大災年，地都被太陽曬裂了，今年的稅收沒指望不說，去年的稅銀指不定還得往裡倒貼。時下忙著買地、圈地的都是些地主士紳，那些人有背景有手段，從老百姓手裡收取良田的價格低到讓人髮指，像他們這些小書吏根本沾不到半點好處。

但像姚家買的這地就不一樣了，滿地石頭的孬地就算花費了人力、物力也不一定能種出東西來，一兩銀子一畝都嫌貴。這樣的地，上頭那些大人物根本就看不上眼，在衙門裡掛的也是荒山野地的名頭，連山頭帶地打包都不值幾個錢。

而這樣的荒地才是劃歸給他們這些小吏的好處，地賣出去了他們有銀子分，賣不出去扔著也沒妨礙。現在有人肯買這南山坳的地，自然就成了他們這些小吏的福利。這荒山野地照著規矩一兩銀子一畝賣出去，衙門裡連契稅都是免交的，可這事姚家可不知道。

所以這契稅銀子和姚家人的打點銀子鄭金貴都能自己揣著，回頭還能從衙門裡拿到不少抽成，這裡邊的好處光想想就讓他興奮。

五百畝荒地就等同於五百兩銀子，衙門裡的抽成再加上契稅和姚家人的打點銀子，鄭金貴一下收穫了幾十兩白銀，心情大好之下，他也不拿尺來正經丈量了，大手一揮，直接用目測的。

「這裡……從山坳口起，這北邊到那條山溪的位置，南面就到這南面山上小瀑布正對的位置，北邊就與之前那戶人家買的三十畝地接壤，我看……這中間這麼多地差不多就夠五百畝了，你們看著要是差不多，這地契我就這麼立。」

姚鵬照著鄭金貴說的定睛一看，這哪裡是只有五百畝？除去那邊邊角角的地方不說，光中間這一塊只怕六百畝都不止了。心知這鄭書吏是有意放水，姚鵬人老成精，自然不會傻得指出來，當下故作激動的上前握住鄭金貴的手，嘴裡一迭連聲的說著感激的話，不著痕跡的就將一個早就準備好的二十兩荷包塞了過去。

用二十兩換一百多畝地，這筆買賣何其划算！

荷包入手輕薄，不用看也知道裡頭裝的肯定是銀票。大梁朝的錢莊發行最小面額的銀票也是十兩銀子一張，所以這荷包裡最少也是一張十兩的銀票。對於一個月俸才八百錢的小書吏來說，十兩銀子可真不算少了。

鄭金貴對姚鵬的識時務很是滿意，當下就著姚錦華送上來的筆墨，拿出有著固定格式，早就蓋好了府衙大印的地契文書，刷刷幾筆就把說好的面積給填了上去。

姚鵬看著那張地契兩眼放光，鄭金貴在旁看得嘴角止不住的往上揚。紅底黑字的契書一寫完，這六百多畝地也就到手了。姚鵬從鄭金貴手裡接過地契，就爽快的掏出一個小木匣子，並一張十兩的銀票一起遞到鄭金貴手裡。「這買地的銀兩和契稅就有勞鄭大人幫小老兒帶回衙門了。今天天色也晚了，大人趕回縣裡只怕也要半夜了，不若您今晚就在福田鎮上屈就一晚，明日一早，小老兒再讓兒子雇馬車送您回縣裡。」

這其實就是買地買宅院的人家都會說的套話，這話從字面上聽就是一番客套話，可大家都心知肚明，這其實就是要招待鄭金貴在鎮上好吃好喝，再美美歇上一晚的意思。

鄭金貴心裡滿意到不行，面上卻還很矜持，點點頭道：「姚老爺子所言甚是，那鄭某就在福田鎮歇一晚吧。」

「老二！」地契都到手了，姚鵬也就懶得再應付這小書吏了，他叫來姚錦華叮囑一番，再藉口自己年老體衰，拜託姜金貴代為作陪，讓姚錦華趕著牛車送兩位金貴回福田鎮吃喝玩樂去了。

季霆趕到山坳口時，就只來得及看到牛車遠去變成的一個小點，他四下看了看，沒找到鄭金貴和姜金貴的身影，不由驚詫的指著遠去的牛車問姚鵬。「師傅，村長和那個鄭書吏該不會是走了吧？」

姚鵬沒好氣的白他一眼，道：「事情都辦好了，他們不走，你還想留他們吃晚飯？」

「辦好了？」季霆怎麼都想不通，他跟月寧不過多說兩句話，這才過了多久？怎麼就辦好了呢？五百畝的地，走一圈都得小半個時辰吧？那個鄭書吏上回量地時，明明慢得很，這回的辦事效率怎麼突然變這麼高了？

「拿去，這是地契。這鄭書吏也算是個能吏了，竟然還帶了份蓋好了官印的空白地契過來。現在的小吏倒是比以前的會辦事多了。」姚鵬將手裡的地契拍到季霆身上，背著手轉身就要走。

季霆接住地契也不急著打開來看，趕忙一把拉住姚鵬。「師傅，師傅！您先別忙著走，我還有事跟您商量呢。」

「啥事？」姚鵬站住腳，半轉過身看他。「趕緊說吧，我這裡還有事呢。」

季霆腆著臉笑道：「那啥……這不是陳師傅說房子十月中旬就能全部建好嗎？我就尋思著跟月寧把婚事給辦了，您看著幫我挑個好日子唄。」

姚鵬上下打量著季霆，調侃道：「這事你跟你媳婦商量過沒？」

季霆一點也沒有被揶揄的自覺，一副理所當然的得意樣兒，昂首挺胸的道：「那當然，月寧把成親要用的東西都準備得差不多了，就差您給我們挑個好日子了。」

「瞧你那點出息！」姚鵬看他這副樣子就氣不打一處來，不就是找了個漂亮媳婦嘛，有什麼好得意的？他翻了個白眼，轉身就走。「日子早給你看好了，十月十九就是個好日子，挑日子的紅紙在你師娘那兒，自個兒跟她要去。」

季霆高興到差點沒跳起來，狠狠揮了下手臂，才回道：「知道了，師傅。」姚鵬頭也沒回的揮揮手，徑直往工地那頭去看起房子的進度了。

季霆這時候才有時間去看手裡的地契，這一看之下，眼珠子差點沒掉到地上去。這地契上寫的竟是從南山坳山坳口起始往西，北到北面山頭第一道流下的小溪處，南到南面山頭的小瀑布處，北與另一戶地主的三十畝地接壤，其中之荒地皆售予姚鵬所有，購地所需銀兩五百兩，自購地之日起，此片荒地可免稅三年……

季霆抬頭從南到北的看過去，從山坳口到他之前買的那三十畝地的位置，這一片過去何止五百畝，只怕離七百畝之數相差也不多了。

發財了！發財了！

季霆活像撿到了金磚似的，跳起來就往月寧所在的竹棚衝去。等跑到竹棚裡，他也不說什麼事，拿過帷帽扣在月寧頭上，就拉著她往竹棚外走。

月寧不用看也知道秀寧和秀樂那幾個丫頭，這會兒正拿什麼眼神在看她。她往回抽了抽手，結果一如既往的抽不動，不禁嗔道：「你這是要拉我去哪兒啊？」

「找個沒人的地方，我有好東西給妳看。」季霆神神秘秘的說完，拉著她又一陣急走。

南山坳裡一眼望過去都是大大小小的石頭，根本就沒有什麼太大的遮擋物。

不過季霆也不是真要找什麼地方躲著，等到兩人走得離人群足夠遠了，四下也空曠的無法藏人了，他才停下，把那張地契拿出來。

他把地契上寫的地標一一指給月寧看，然後兩眼發光的看著她道：「月兒，地契上這麼一寫，那這一塊根本就不止五百畝，只怕是比六百五、六十畝還多。」

月寧聞言一喜，從季霆手裡接過地契看了看，便開心的笑起來。「這回竟是多了一百五、六十畝地嗎？這鄭書吏可真是個好人。」可笑完了，月寧就想到了關鍵處，道：「不過這鄭書吏會這麼大方，想來師傅肯定是打點了他不少銀子，這兩相一加減，估計咱們也占不了太多便宜。」

對姚鵬這個恩師，季霆除了感激還是感激。「師傅幫咱們給出去的打點銀子，連同借給咱們的三百兩銀子，等咱們有錢了，一定得連本帶利的還給師傅。」

「這還用你吩咐？」月寧看著他，嗔道：「我在你眼裡難道就是個小氣、愛占人便宜的人？」

季霆連忙擺手，道：「沒有沒有，我知道妳心裡都有數，我也只是這麼一說。」見月寧沒有生氣，他才鬆了口氣，有感而發。「師傅這回這事辦得實在是太漂亮了，剛剛我看到多出這麼多地來，可是激動壞了。」

月寧忍不住潑他冷水，道：「你也別激動了，這地咱們雖然買了，可現下時機不對，在沒把整個南山坳都買下來之前，就算是把地給整好了也不能用來種糧食。」

季霆眉頭一皺，眼神瞬間變得凌厲起來。「這是為何？」

月寧嘆氣。「這裡的地才一兩銀子一畝，真要給我們種出個大豐收來，不等咱們賺夠銀子再買地，就會有別人跑來跟咱們搶著買這兒的地了。」

月寧只要一想到原本可以全屬於自己的南山坳，要被別人占去一部分，心裡就覺得不舒服。

「難道這地買了就這麼扔著？」季霆看著那一片才到手的亂石地，心裡很是不甘。

月寧也順著他的眼光看過去，想了想道：「先把那些石頭給清理掉吧，現在說要種什麼也還為時過早。如果天一直不下雨，到明年開春的時候，說不準咱們也得出去逃難了。這地以後要怎麼捯飭，還得看老天爺給不給面子呢！」

季霆一聽這話也覺得有道理，當下便也就不再糾結了，又跟月寧說起姚鵬已經給他們挑了日子的事。「師傅說十月十九是難得的好日子，咱們就訂在那一天把婚事辦了吧？」

她跟季霆整天睡在一張床上，在外人眼裡兩人早就已經有了夫妻之實了，現在她跟季霆缺的也就是一個為自己正名的婚禮而已，所以月寧談到婚事也沒什麼羞澀感，點頭答應道：「師傅既然說十月十九是好日子，那就訂在那一天吧。」

季霆聞言，眼裡的笑就滿滿的溢了出來，染得眉梢眼角都帶上了笑意。

月寧看他這樣也忍不住笑起來，囑咐道：「現在離九月也沒幾天了，時間這麼緊，這邊屋子也才起了個牆面，家具什麼的要怎麼辦？你自己能做嗎？」

這個季霆就無能為力了。「我可不會木工活。」

「不會木工活，可以做竹桌、竹椅嘛，竹榻也可以多做幾張，反正竹子長在山上也不要咱們花錢買。」月寧不是土生土長的大梁人，對家具的材質真沒啥要求，竹椅跟木椅在她看來都一樣，牢靠就好。

季霆眼睛亮亮的猛點頭，心裡開始計算起桌椅的數量來。

月寧又道：「你花點功夫多做些，真要屋裡擺不下了，咱們還可以拿出去賣。」

「我都聽妳的。」季霆現在只覺得幸福到插對翅膀就能飛起來，月寧說什麼他都樂意聽。

遠處的竹棚裡，張嬸抬頭就看到季霆和月寧站在一起相視而笑，那甜甜蜜蜜的樣子看得她也忍不住跟著笑起來。

季霆以前過得太苦了，她只盼著老季家能消停點，讓季霆兩口子以後能好好的過日子。可老季家真的能如張嬸所願的消停下來嗎？這顯然是個很值得考慮的問題。

姚錦富送季文回到村口後，季文一下牛車就翻臉不認人了，他連個謝字都沒有，藉著跟村口的鄉親打招呼的空隙，一溜煙就跑進了村子。

姚錦富看著季文跑遠的背影，忍不住「嘖」了一聲，鄙視的撇撇嘴，跟村口幾個相熟的鄉親招呼了幾句，就調轉牛車回南山坳去了。

而這頭，季文急急忙忙的一路小跑到季家大門口，推開院門就衝了進去，嚇到幾隻在院子裡踱步的母雞上下飛竄，「咯咯」尖叫個不停。

姜荷花氣急敗壞的罵聲，立即就從院子西北角的廚房裡傳了出來。「哪個殺千刀的嚇唬我的雞啊？」

「娘，是我，我回來了，我爹在屋裡不？」季文嘴裡答應著，看到一隻雞從腳邊飛竄過去，習慣性的抬腳就踹。

那雞「咯咯」尖叫著，玩命似的搧著翅膀逃竄。

「你爹在後院菜地裡給菜澆水呢，今天井裡的水又下去了一指，這天要是再不下雨啊，咱們可都要淨等著渴死了。」姜荷花嘮嘮叨叨的說完，又聽到雞叫，忙跑出來看。

「這雞又怎麼了？」

「沒怎麼，咱家的公雞追著要騎牠呢。」季文連忙站好，一點都沒覺得自己三十好幾的人，跟隻雞較勁有什麼不對。

「娘，妳去後院把我爹叫回來，我有事跟你們說。」說完就大爺似的背著手往堂屋走去，也不自己去後院叫季洪海，讓姜荷花歇著。

西廂半掩著的屋門後面一雙亮晶晶的大眼不斷眨巴著，直到看見季文進了堂屋，才轉身撲進坐在炕上繡荷包的婦人懷裡，小聲叫道：「娘，剛剛大伯踢奶的雞了，我都看到了，不是大花追的。」

白氏連忙輕噓了一聲，看了眼身邊乖乖低頭學刺繡的大女兒，轉頭拍拍小女兒的頭，低聲道：「妳大伯打小就這樣，他踢妳奶的雞，就算踢壞了妳奶也不會說什麼。不過這毛病咱們可不能學，知道不？」

小丫頭眨著大眼點點頭，奶聲奶氣的道：「知道了，秋菊聽話，不學大伯踢奶的雞。」

邊上的夏荷這時才抬起頭來，把終於繡完了的繡繃遞給白氏，一邊輕聲道：「大伯每次回來都沒有好事，也不知道今天來又想幹啥了。」

秋菊看著姐姐，慫恿道：「姐，咱們去看看吧。」

白氏嚇了一跳，連忙喝斥。「胡鬧！要是被妳奶逮到了，還不打死妳們啊？」

夏荷眼珠子轉了轉，從炕上跳下地，跑到屋角，從一個竹簍裡翻出一把花生，轉身向白氏笑道：「娘，我們給大伯送花生吃，我奶就不會打我們了。」

白氏看著那把花生眼眶不禁有些發熱。老季家說是分了家，可其實真正被分出去的只有季霆，家裡的食物都被姜荷花把著，每天能填飽肚子就要阿彌陀佛了，想吃零嘴？那是想都不要想。

這花生還是半個月前，她帶孩子回娘家時她姥姥給的，這孩子平時自己都捨不得吃，現在卻要把它拿去送人？還是送給季文那黑心肝的缺德貨吃，他這得有多大的福分啊？

白氏心裡不痛快，語氣也就不好了，道：「妳大伯可不缺妳這把花生吃，再說他跟妳爺奶要說的話也不值得妳們拿自己的吃食去換，妳們乖乖的都在屋裡待著，省得出去惹妳奶的眼。」

「大伯每回找爺奶說事，不是商量著怎麼找四叔要錢，就是找二叔和咱們家要錢。」夏荷噘了噘嘴，把手裡的花生放到炕上，揀了一顆大的遞給秋菊，才又道：「我和妹妹上回在南山坳看到季四嬸嬸了，季四嬸嬸跟我們說話可和氣了，一直都在笑。」

秋菊奶聲奶氣的道：「季四嬸嬸笑起來好看。」

白氏怎麼會不知道老季家最有出息、最能幹的是老四季霆呢？可惜婆婆也不知道發了什麼瘋，不但看不上這個小兒子，還拿他當仇人看。

白氏看看大女兒，又看看小女兒，咬咬牙，起身去碗櫥裡拿了個不大不小的粗瓷碗，把炕上的花生都裝了進去。

夏荷見那花生全裝進去了也才半碗多點，忙又去抓了一把放進去，把個粗瓷碗裝得滿滿的，這才滿意的笑起來。

「就妳這傻丫頭會窮大方。」白氏心疼又無奈的戳戳大女兒的額頭。

夏荷摸著額頭嘻嘻一笑，捧起碗往外走，一邊朝秋菊招呼。「妹妹，咱們去給爺奶送花生。」

秋菊連忙顛顛的跑過去，很狗腿的道：「姐，我幫妳開門。」

白氏不放心的跟在兩姐妹身後，看兩人才出了房門，就見對面東廂的房門也打了開來，黃氏跟在季有剛身後出來，而季有剛的手裡也捧了個跟夏荷手裡差不多大的粗瓷碗，那碗裡裝的卻是幾塊黃黃的地瓜乾。

季文可不是個好大伯，要不是另有目的，這幾個平時躲他都來不及的姪子、姪女，可不會他一來就忙著給他送東西吃。顯然，大家打的都是一樣的主意，黃氏站在門裡與白氏相視一笑，紛紛小聲叮囑孩子們要小心，慢慢走云云。

季洪海和姜荷花從屋角通往後院的過道裡出來，正好就看到了這一幕。姜荷花看著孩子們手裡捧著碗，雖然心裡有些嫌棄東西少，不過倒沒生氣，她揚聲叫道：「喲，你們這是要做什麼呢？」

白氏怕姜荷花為難自家女兒，連忙出來道：「婆婆，是這樣的。昨兒夏荷在村口碰到她舅了，她舅給了她兩把花生，我給孩子留了些，這一碗是孝敬您跟公爹的。」

——未完，待續，請看文創風848《二兩福妻》3（完）

狗屋★2020週年慶

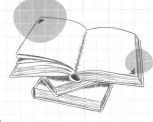

無事 就在家看書吧！

5/18(8:30)~5/28(23:59)

READ MORE, STAY HOME

不需人擠人，輕鬆挑書送到家

週年慶期間75折，快來瞧瞧神農如何出頭天！

新書 文創風 849-851《神農小倆口》全三冊

新歡與老友的回憶時光

75折	文創風805-848
7折	文創風750~804
6折	文創風640~749

小狗章專區

每本 100 元	文創風526~639
每本 50 元	文創風001~525、橘子說/花蝶/采花全系列（典心、樓雨晴除外）
每本 15 元	PUPPY 439~522
每本 10 元	PUPPY 001~438、小情書全系列

更多活動請上 f 狗屋天地

旺來好評推推

在家就是防疫，狗屋精挑細選好評書單，錯過真的母湯～～

文創風 750-754 《妙手福醫》 全套五冊

重生一世，爹不疼娘不愛的程蘊寧沒啥了不起的大志向，
只想著醫好被滾水燙壞的容顏，還有為她試藥而中毒的祖父，
她已非昔日任人揉捏的無知幼女，修理算計她的人不過小菜一碟，
孰料卻引來行事不羈的陸九公子注意，不但吃光她的藥膳，還賴上她了？!

文創風 815-818 《醫世好妻》 全套四冊

憶起前世慘遭養姊毒手的悲劇，定國公府嫡女宋凝姝實在嚥不下這口氣——
先是設計她跟家人離心後被黑豹咬死，然後踩著宋家往上爬，再一腳踢開，
身為冤魂的她卻什麼都不能做，只能眼睜睜看定國公府毀在那惡毒女子手裡。
如今重活一世，她定要揪出養姊的狐狸尾巴為家族除害，奪回自己的人生！
眼看事事皆按預想發展，孰料一場遇襲，讓她跟蜀王傅潋之意外牽上了線……

文創風 836-838 《二嫁榮門》 全套三冊

她名叫簡淡，但日子過得……可真不簡單！
因為雙胞胎剋親的傳言，自小爹不疼娘不愛，只得在祖父關照下寄居親戚家，
學得製瓷巧藝回本家後，又被迫代替嬌弱的胞姊出嫁，最後落得橫死下場。
這回重生，她不打算再悲催一次，定要保全自己，還要做瓷器生意賺大錢！
有祖父當靠山，她忙著習武強身、精進手藝，唯一苦惱的是隔壁王府的沈餘之，
此人正是前世早早病亡，害她沖喜不成，嫁人三月便做了寡婦的罪魁禍首！

更多精采故事請見官網→ love.doghouse.com.tw

※ 小叮嚀——

(1) 請於訂購後**兩日內**完成付款，最後訂購於**2020/5/30**前完成付款才算有效訂單喔！
(2) 活動期間親自至本社購買亦享有相同折扣，請先電話聯絡確認欲購書籍，以方便備書。
(3) 購書滿千元(含)以上免郵資。未滿千元部分：
郵資65元(2本以下郵資50元)／超商取貨70元，限7本以內／宅配100元。
(4) 特賣書籍因出書時間較久，雖經擦拭、整理，仍有褪色或整飾痕跡，故難免不如新書亮麗。
除缺頁、倒裝外無法換書，因實在無書可換，但一定會優先提供書況較良好的書給大家。
若有個人原因需要換書，需自付來回郵資。
(5) 各書籍庫存不一，若遇缺書情形可選擇換書或退款。
(6) 歡迎海外讀者參與(郵資另計)，請上網訂購或是mail至love小姐信箱
(love@doghouse.com.tw)詢問相關訊息。

狗屋有權修改優惠活動的實施權益及辦法。

2020年5月出版

醫香情願

文創風 844～845

前世坎坷，她從賢妻良母被逼成下藥毒婦，
今生伊始，她便立志行醫只求能安身立命；
不嫁人，遠離渣夫，不出頭，識破婊女，
一報前仇恩怨，活出快意人生。

妙手繞情絲，心病為相思／南林

若不是外翁為江家小郎治病釀下大禍，
蘇荏不會家破人亡，嫁給渣夫，最終死於非命。
如今得以重活一世，她當然得把握良機逆轉命數，
先是為蘇家趨吉避凶，接著將前世仇人送作堆，
然後看盡互相傷害的戲碼，享受一把快意恩仇！
既報了前仇，也得活好現世，一輩子不嫁人是基本，
再有個行醫濟世的一技傍身，女人何愁不能自立自強？
孰料她聰明反被聰明誤，為了打擊渣夫一家的仕途，
醫治好江家小郎那病秧子，有心助他奪得科舉榜首，
妙手將如意算盤打得叮噹響，竟無意間為自己種下桃花？
眼見那江家小郎總以看病為由到藥堂訴相思，
從秀才一路考到探花郎還宣示了求娶之意，
不得不承認，他年輕有為、才貌兼備，樣樣都好，
可是……遠離情愛誰也不嫁，才是她的本命初衷啊！

2020年4月出版

下堂婦逆轉人生

文創風 841～843

她是與夫和離、帶著女兒的下堂婦；
他是有剋妻之名、姻緣路多舛的正直父母官。
已無心婚配的兩人被月老牽紅線送作堆，
這是天作之合還是亂點鴛鴦譜？

庚子年正緣到 下堂妻好運來／饞饞貓

聶顏娘從未想過自己會被逼和離，可偏偏現實就是如此殘酷——
夫君嫌她體胖貌醜另攀高枝，婆家為了將她趕離凌家竟意圖毒害她親生女，
顏娘只能同意和離，不料回到娘家後亦是猜忌加身，早無容身之處……
但為母則強！她與女相依為命，在外也能自力更生，
因緣際會從做繡活謀生到開鋪子，一款美顏藥膏賣翻了天，連自己都受惠，
臉上痘疤盡消像換了張臉，從此再無人嘲諷她貌若無鹽！
然而小日子也有煩心事，竟有人想為她和虞城父母官姜裕成拉紅線 ?!
傳聞他有剋妻命，姻緣路多災多難，可確實是位公允正直的好官，
幾次承他相助，她也對這位貴人心存感激，只可惜她本無心再嫁；
何況他和她那無良前夫是同窗好友又同朝為官，何必牽連不休惹人口舌？
哪知直言拒之仍壓不住旁人的熱切，最後連當事人都前來直白相詢 ?!
這倒令她遲疑了，難道正直不阿的姜大人當真對她這個下堂婦心懷傾慕？

2020年4月出版

吃貨小廚娘

文創風 839～840

吃得飽，沒煩惱。
作為一個吃貨，哪怕穿越到陌生的年代，
她依舊樂天的深信，能靠著一手好廚藝養活一家人。
美食萬歲！美食拯救世界！

不負愛與美食／記蘇

作為一個爆肝設計師，熬夜趕稿是家常便飯，
但熬到眼前一黑，睜開眼發現自己穿越了，還真是第一次……
沒什麼特殊技能，也沒得到空間或是金手指護體，
還得負責養兩個年幼的弟妹，她的新人生還真艱難哪！
好在她是個吃貨，不只說得一口好菜，更煮得出滿桌佳餚，
尋常的野菜、山產到了她手中，三兩下就能料理出人間美味，
小試身手做出的料理，受到街坊鄰里大力讚揚，
讓她對靠賣吃食養家更有信心，
靠著獨門配方，柯采依的小吃攤生意紅火，發家致富不是夢！
從上輩子到這一世，她一心只想賺錢擺脫苦日子，
戀愛結婚從來不是她人生的必須選項，
不過良緣來了，她不好好把握也說不過去。
只是在這講求門當戶對的年代，她一個小孤女拿什麼配他？
好歹也要等自己事業有成，才好站到他的身邊——

文創風 847

二兩福妻 2

國家圖書館出版品預行編目資料

二兩福妻 / 鳳棲梧桐著. --
初版. -- 臺北市 : 狗屋, 2020.05
冊 ; 公分. --(文創風)
ISBN 978-986-509-104-0(第2冊:平裝). --

857.7　　109004254

著作者　鳳棲梧桐
編輯　林俐君
校對　周貝桂
發行所　狗屋出版社有限公司
地址　台北市104中山區龍江路71巷15號1樓
電話　02-2776-5889～0
發行字號　局版台業字845號
法律顧問　蕭雄淋律師
總經銷　知遠文化事業有限公司
電話　02-2664-8800
初版　2020年05月
國際書碼　ISBN-13　978-986-509-104-0

本著作物由廣州阿里巴巴文學信息技術有限公司授權出版

定價250元
狗屋劃撥帳號：19001626
網址：love.doghouse.com.tw　E-mail：love@doghouse.com.tw